金履祥卷

北山四先生全書

黃靈庚　李聖華　主編

金仁山先生文集
濂洛風雅

〔宋〕金履祥／撰　李聖華　慈波／整理

上

上海古籍出版社

浙江文化研究工程重大項目成果
中共金華市委宣傳部重大文化研究工程項目成果
首都師範大學中國詩歌研究中心成果
浙江師範大學江南文化研究中心成果
浙江省越文化傳承與創新研究中心成果
二〇二一年國家古籍整理出版資助項目

浙江省文化研究工程指導委員會

浙江文化研究工程成果文庫總序

習近平

有人將文化比作一條來自老祖宗而又流向未來的河，這是説文化的傳統，通過縱向傳承和横向傳遞，生生不息地影響和引領着人們的生存與發展；有人説文化是人類的思想、智慧、信仰、情感和生活的載體、方式和方法，這是將文化作爲人們代代相傳的生活方式的整體。我們説，文化爲群體生活提供規範、方式與環境，文化通過傳承爲社會進步發揮基礎作用，文化會促進或制約經濟乃至整個社會的發展。文化的力量，已經深深熔鑄在民族的生命力、創造力和凝聚力之中。

在人類文化演化的進程中，各種文化都在其内部生成衆多的元素、層次與類型，由此決定了文化的多樣性與複雜性。

中國文化的博大精深，來源於其内部生成的多姿多彩；中國文化的歷久彌新，取決於其變遷過程中各種元素、層次、類型在内容和結構上通過碰撞、解構、融合而産生的革故鼎新的强大動力。

中國土地廣袤、疆域遼闊，不同區域間因自然環境、經濟環境、社會環境等諸多方面的差異，建構了不同的區域文化。區域文化如同百川歸海，共同匯聚成中國文化的大傳統，這種大傳統如同春風化雨，滲透於各種區域文化之中。在這個過程中，區域文化如同清溪山泉潺潺不息，在中國文化的共同價值取向下，以自己的獨特個性支撑着、引領着本地經濟社會的發展。

從區域文化入手，對一地文化的歷史與現狀展開全面、系統、扎實、有序的研究，一方面可以藉此梳理和弘揚當地的歷史傳統和文化資源，繁榮和豐富當代的先進文化建設活動，規劃和指導未來的文化發展藍圖，增强文化軟實力，爲全面建設小康社會、加快推進社會主義現代化提供思想保證、精神動力、智力支持和輿論力量；另一方面，這也是深入瞭解中國文化、研究中國文化、發展中國文化、創新中國文化的重要途徑之一。如今，區域文化研究日益受到各地重視，成爲我國文化研究走向深入的一個重要標誌。我們今天實施浙江文化研究工程，其目的和意義也在於此。

千百年來，浙江人民積澱和傳承了一個底蘊深厚的文化傳統。這種文化傳統的獨特性，正在於它令人驚嘆的富於創造力的智慧和力量。

浙江文化中富於創造力的基因，早早地出現在其歷史的源頭。在浙江新石器時代最爲著名的跨湖橋、河姆渡、馬家浜和良渚的考古文化中，浙江先民們都以不同凡響的作爲，在中華民族的文明之源留下了創造和進步的印記。

浙江人民在與時俱進的歷史軌迹上一路走來，秉承富於創造力的文化傳統，這深深地融匯在一代代浙江人民的血液中，體現在浙江人民的行爲上，也在浙江歷史上衆多傑出人物身上得到充分展示。從大禹的因勢利導、敬業治水，到勾踐的卧薪嘗膽、勵精圖治；從錢氏的保境安民、納土歸宋，到胡則的爲官一任、造福一方；從岳飛、于謙的精忠報國、清白一生，到方孝孺、張蒼水的剛正不阿、以身殉國；從沈括的博學多識、精研深究，到竺可楨的科學救國、求是一生；無論是陳亮、葉適的經世致用，還是黄宗羲的工商皆本；無論是王充、王陽明的批判、自覺，還是龔自珍、蔡元培的開明、開放，等等，都展示了浙江深厚的文化底蘊，凝聚了浙江人民求真務實的創造精神。

代代相傳的文化創造的作爲和精神，從觀念、態度、行爲方式和價值取向上，孕育、形成和發展了淵源有自的浙江地域文化傳統和與時俱進的浙江文化精神，她滋育着浙江的生命力、催生着浙江的凝聚力、激發着浙江的創造力、培植着浙江的競争力，激勵着浙江人民永不自滿、永不停息，在各個不同的歷史時期不斷地超越自我、創業奮進。

悠久深厚、意韵豐富的浙江文化傳統，是歷史賜予我們的寶貴財富，也是我們開拓未來的豐富資源和不竭動力。黨的十六大以來推進浙江新發展的實踐，使我們越來越深刻地認識到，與國家實施改革開放大政方針相伴隨的浙江經濟社會持續快速健康發展的深層原因，就在於浙江深厚的文化底蘊和文化傳統與當今時代精神的有機結合，就在於發展先進生産力與發展先進文化的有機結合。今後一個時期浙江能否在全面建設小康社會、加快社會主義現代化建設進程中繼續走在前列，很大程度上取決於我們對文化力量的深刻認識、對發展先進文化的高度自覺和對加快建設文化大省的工作力度。我們應該看到，文化的力量最終可以轉化爲物質的力量，文化的軟實力最終可以轉化爲經濟的硬實力。文化要素是綜合競爭力的核心要素，文化資源是經濟社會發展的重要資源，文化素質是領導者和勞動者的首要素質。因此，研究浙江文化的歷史與現狀，增强文化軟實力，爲浙江的現代化建設服務，是浙江人民的共同事業，也是浙江各級黨委、政府的重要使命和責任。

二〇〇五年七月召開的中共浙江省委十一届八次全會，作出《關於加快建設文化大省的決定》，提出要從增强先進文化凝聚力、解放和發展生産力、增强社會公共服務能力入手，大力實施文明素質工程、文化精品工程、文化研究工程、文化保護工程、文化産業促進工程、文化陣地工程、文化傳播工程、文化人才工程等「八項工程」，實施科教興國和人才强國戰略，加快建設教育、科技、衛生、體育等「四個强省」。作爲文化建設「八項工程」之一的文化研究工程，其任務就是系統研究浙江文化的歷史成就和當代發展，深入挖掘浙江文化底蘊、研究浙江現象、總結浙江經驗、指導浙江未來的發展。

浙江文化研究工程將重點研究「今、古、人、文」四個方面，即圍遶浙江當代發展問題研究、浙江歷史文化專題研究、浙江名人研究、浙江歷史文獻整理四大板塊，開展系統研究，出版系列叢書。在研究内容上，深入挖掘浙江文化底蘊，系統梳理和分析浙江歷史文化的内部結構、變化規律和地域特色，堅持和發展浙江精神；研究浙江文化與其他地域文化的異同，釐清浙江文化在中國文化中的地位和相互影響的關係；圍遶浙江生動的當代實踐，深入解讀浙江現象，總結浙江經驗，指導浙江發展。在研究力量上，通過課題組織、出版資助、重點研究基地建設、加强省内外大院名校合作、整合各地各部門力量等途徑，形成上下聯動、學界互動的整體合力。在成果運用上，注重研究成果的學術價值和應用價值，充分發揮其認識世界、傳承文明、創新理論、咨政育人、服務社會的重要作用。

我們希望通過實施浙江文化研究工程，努力用浙江歷史教育浙江人民、用浙江文化熏陶浙江人民、用浙江精神鼓舞浙江人民、用浙江經驗引領浙江人民，進一步激發浙江人民的無窮智慧和偉大創造能力，推動浙江實現又快又好發展。

今天，我們踏着來自歷史的河流，受着一方百姓的期許，理應負起使命，至誠奉獻，讓我們的文化綿延不絶，讓我們的創造生生不息。

二〇〇六年五月三十日於杭州

浙江文化研究工程成果文庫序言

袁家軍

浙江是中華文明的發祥地之一，歷史悠久、人文薈萃，素稱「文物之邦」「人文淵藪」，從河姆渡的陶竈炊烟到良渚的文明星火，從吴越争霸的千古傳奇到宋韵文化的風雅氣度，從革命紅船的揚帆起航到建國初期的篳路藍縷，從改革開放的敢爲人先到新時代的變革創新，都留下了彌足珍貴的歷史文化財富。縱覽浙江發展的歷史，文化是軟實力，也是硬實力，是支撑力，也是變革力，爲浙江幹在實處、走在前列、勇立潮頭提供了獨特的精神激勵和智力支持。

二〇〇三年，習近平總書記在浙江工作時作出「八八戰略」重大決策部署，明確提出要進一步發揮浙江的人文優勢，積極推進科教興省、人才强省，加快建設文化大省。二〇〇五年七月，習近平同志主持召開省委十一届八次全會，親自擘畫加快建設文化大省的宏偉藍圖。在習近平同志的親自謀劃、親自布局下，浙江形成了文化建設「3＋8＋4」的總體框架思路，即全面把握增强先進文化的凝聚力、解放和發展文化生産力、提高社會公共服務力等「三個着力點」，啓動實施文明素質工程、文化精品工程、文化研究工程、文化保護工程、文化産業促進工程、文化陣地工程、文化傳播工程、文化人才工程等「八項工程」，加快建設教育、科技、衛生、體育等「四個强省」，構建起浙江文化建設的「四樑八柱」。這些年來，我們按照習近平總書記當年作出的戰略部署，堅持一張藍圖繪到底、一任接着一任幹，不斷推進以文鑄魂、以文育德、以文圖强、以文傳道、以文興業、以文惠民、以文塑韵，走出了一條具有中國特色、時代特徵、浙江特點的文化發展之路。

文化研究工程是浙江文化建設最具標誌性的成果之一。隨着第一期和第二期文化研究工程的成功實施，産生了一批重點研究項目和重大研究成果，培育了一批具有浙江特色和全國影響的優勢學科，打造了一批高水平的學術團隊和在全國有影響力的學術名師、學科骨幹。二〇一五年結束的第一批浙江文化研究工程共立研究項目八百十一項，出版學術著作千餘部。二〇一七年三月啓動的第二期浙江文化研究工程，已開展了五十二個系列研究，立重大課題六十五項、重點課題二百八十四項，出版學術著作一千多部。特别是形成了《宋畫全集》等中國歷代繪畫大系、《共和國命運的抉擇與思考——毛澤東在浙江的七百八十五個日日夜夜》等領袖與浙江研究系列、《紅船逐浪：浙江「站起來」的革命歷程與精神傳承》等「浙江一百年」研究系列、《浙江通史》《南宋史研究》等浙江歷史專題史研究系列、《良渚文化研究》等浙江史前文化研究系列、《儒學正脈——王守仁傳》等浙江歷史名人研究系列、《吕祖謙全集》等浙江文獻集成系列。可以説，浙江文化研究工程，賡續了浙江悠久深厚的文化血脈，挖掘了浙江深層次的文化基因，提升了浙江的文化軟實力，彰顯了浙江在海内外的學術影響力，爲浙江當代發展提供了堅實的理論支撑和智力支持，爲堅定文化自信提供了浙江素材。

當前，浙江已經踏上了實現第二個百年奮斗目標的新征程，正在奮力打造「重要窗口」，争創社會主義現代化先行省，高質量發展建設共同富裕示範區。文化工作在浙江高質量發展建設共同富裕示範區中具有决定性作用，是關鍵變量；展現共同富裕美好社會的圖景，文化是最富魅力、最吸引人、最具辨識度的標識。我們要發揮文化鑄魂塑形賦能功能，爲高質量發展建設共同富裕示範區注入强大文化力量，特别是要堅持把深化文化研究工程作爲打造新時代文化高地的重要抓手，努力使其成爲研究闡釋習近平新時代中國特色社會主義思想的重要陣地、傳承創新浙江優秀傳統文化革命文化社會主義先進文化的重要平臺、構建中國特色哲學社會科學的重要載體、推廣展示浙江文化獨特魅力的重要窗口。

新時代浙江文化研究工程將延續「今、古、人、文」主題，重點突出當代發展研究、歷史文化研究、「新時代浙學」建構，努力把浙江的歷史與未來貫通起來，使浙學品牌更加彰顯、浙江文化形象更加鮮明、中國特色哲學社會科學的浙江元素更加豐富。新時代浙江文化研究工程將堅守「紅色根脈」，更加注重深入挖掘浙江紅色資源，持續深化「習近平新時代中國特色社會主義思想在浙江的探索與實踐」課題研究，努力讓浙江成爲踐行創新理論的標杆之地、傳播中華文明的思想之窗；擦亮以宋韵文化爲代表的浙江歷史文化金名片，從思想、制度、經濟、社會、百姓生活、文學藝術、建築、宗教等方面全方位立體化系統性研究闡述宋韵文化，努力讓千年宋韵更好地在新時代「流動」起來、「傳承」下去； 科學解讀浙江歷史文化的豐富内涵和時代價值，更加注重學術成果的創造性轉化，探索拓展浙學成果推廣與普及的機制、形式、載體、平臺，努力讓浙學成果成爲有世界影響的東方思想標識； 充分動員省内外高水平專家學者參與工程研究，堅持以項目引育高端社科人才，努力打造一支走在全國前列的哲學社會科學領軍人才隊伍； 系統推進文化研究數智創新，努力提升社科研究的科學化水平，提供更多高質量文化成果供給。

偉大的時代，需要偉大作品、偉大精神、偉大力量。 期待新時代浙江文化研究工程有更多的優秀成果問世，以浙江文化之窗更好地展現中華文化的生命力、影響力、凝聚力、創造力，爲忠實踐行「八八戰略」、奮力打造「重要窗口」，争創社會主義現代化先行省，高質量發展建設共同富裕示範區，提供强大思想保證、輿論支持、精神動力和文化條件。

目録

詩　七言絶

仁山文集卷之二……七一

仁山文集卷之三……一一五

祝文

行狀

題跋

仁山文集補遺卷之一……一五一

序

論

附録四 宗譜資料……三三一

濂洛風雅

濂洛風雅卷之一

濂洛風雅卷之二……四〇四

古體之次

濂洛風雅卷之三……四一七

五言古風

濂洛風雅卷之四

濂洛風雅卷之五……四六二

五言絕句

五言律詩

濂洛風雅卷之六……四八九

七言絶句

濂洛風雅卷之七

《濂洛風雅》歷代版本著録

總序

南宋乾淳間，吕祖謙東萊之學、陳亮永康之學、唐仲友説齋之學同時並起，金華之學彬彬稱盛。吕祖謙尤著，與朱熹、張栻并稱「東南三賢」，又與朱熹、陸九淵并稱「朱陸吕三大家」。祖謙惜早逝，麗澤門人無大力者繼之，永康、説齋之學亦無紹傳。嘉定而後，何基、王柏振起。何基（一一八八—一二六九），字子恭，金華人。親炙於朱熹高弟子黄榦，居北山之陽，學者稱北山先生。門人王柏（一一九七—一二七九），字會之，一字仲會，號長嘯，改號魯齋，金華人。家學源於朱、吕，而已則師於何基。何、王轉承朱子之統，王柏又私淑東萊。王柏門人金履祥（一二三二—一三〇三），字吉父，號次農，蘭溪人。從學王柏，并得何基指授。宋、元易代，以遺民終，隱居講學，許謙、柳貫諸子從學。許謙（一二六九—一三三七），字益之，號白雲山人，東陽人。年三十一師履祥，爲元世大儒。後世推許何、王、金、許，并稱「金華四賢」「金華四先生」「金華四子」「何王金許四君子」，又稱「北山四先生」。

四先生爲講學家之流，名相并稱始於元末，流行於明初。杜本《吴先生墓誌銘》：「浙之東州有數君子，爲海内所師表。蓋自朱子之學一再傳，而何、王、金、許實能自外利榮，蹈履純固，反身克己，體驗精切，故其育德成仁，顯有端緒。」①黄溍《吴正傳文集序》：「初，紫陽朱子之門人高弟曰勉齋黄氏，自黄氏四傳，曰北山何氏、魯齋王氏、仁山金氏、白雲許氏，皆婺人。」②宋濂《故丹谿先生朱公石表辭》：「而考亭之傳，又唯金華之四賢續其世胤之正。」③張以寧《甑山存稿序》：「婺爲郡儒先東萊吕成公之里也。近何、王、金、許氏，得勉齋黄公之傳於徽國朱文公者，以經學教於鄉。」④蘇伯衡《洗心亭記》：「伯圭，何文定公、王文憲公、金文安公、許文懿公里中子，而四賢實以朱文公之學相授受。」⑤鄭楷《翰林學士承旨宋公行狀》：「初，宋南渡後，新安朱文公、東萊吕成公並時而作，皆以斯道爲己任。婺實吕氏倡道之邦，而其學不大傳。朱氏一再傳，爲何基氏、王柏氏，又傳之金履祥氏、許謙氏，皆婺人，而其傳遂爲朱學之世適。」⑥以上爲元末明初諸家并提四家之説。導江張𩓴爲王柏高弟子，「以其道顯於

①　吴師道《禮部集》附録，文淵閣《四庫全書》本。
②　黄溍《金華黄先生文集》卷十八，元刻本。
③　宋濂《宋學士文集》卷十九，明天順五年黄譽刻本。
④　張以寧《翠屏文集》卷三，明成化間刻本。
⑤　蘇伯衡《蘇平仲文集》卷八，《四部叢刊》景明正統刻本。
⑥　程敏政《明文衡》卷六十二，《四部叢刊》景明本。

北方」①，柳貫與許謙同學於履祥，元時又有黄溍、吴萊、吴師道、胡長孺并著聞，何以不入「四賢」之目？以上所引諸説已明言之：一則四先生遞相師承，非嫡傳不入；二則四先生於吕學既衰之後，上接紫陽之傳，以講學明道爲己任，非一般詞章文士；三則皆不肯仕，高蹈遠引，以經學教於鄉；四則學行著述堪爲師表，足傳道脈。元末明初學者多稱説「何王金許」、「金華四賢」，盛明而後始多稱「金華四先生」。「北山四先生」之稱，則始於全祖望修補《宋元學案》，改《金華學案》爲《北山四先生學案》。蓋以北山一脈起於何基，何基居金華北山下，取以自號，王柏、金履祥亦居北山之下，隱於斯，遊於斯，講學於斯。北山秀奇，得四先生名益彰，北山有靈，亦莫大幸焉。

在中國學術史上，四先生成就雖不足與朱、陸、吕三大家相提并論，但皆不愧一代學者。且其上承朱、吕，下啓明清理學及浙學一脈，有功於浙學與宋元明清儒學匪淺，學術貢獻不下於王陽明、黄宗羲諸大家。

---

① 吴師道《敬鄉録》卷十四，明抄本。

一、朱子世適，兼取東萊

四先生爲朱子嫡脈，除何基「確守師説」外，餘三家承朱子之學，繼朱子之志，鑒取東萊之學，兼容并包，已構成朱學之變。即浙學而言，由此復興，雖與東萊、永康、永嘉所引領浙學初興有異，但亦是浙學之「新變」。全祖望《北山四先生學案序録》稱金履祥爲「浙學之中興」，卓有見解。

（一）傳朱一脈

金華爲東萊講學之邦，何基、王柏奮起於吕學衰没之際，承朱學之統，亦自有故。

按王柏《何北山先生行狀》，何基早歲從鄉先生陳震習舉子業，已能潛心義理。弱冠隨父伯慧宦遊臨川，適黄榦爲令，伯慧令二子何南、何基師事之。黄榦首教以「爲學須先辨得真實心地，刻苦工夫」，臨别告以「但讀熟《四書》，使胸次浹洽，道理自見」。何基「終身服習，不敢頃刻忘也。一室危坐，萬卷横陳，存此心於端莊静一之中，窮此理於研精覃思之際。每於聖賢微詞奥義疑而未釋者，必平其心，易其氣，舒徐容與，不忘不助，待其自然貫通，未嘗參以己意。不立異以爲高，不狥人而少變。蓋其思之也精，是以守之也固。充其知而反於身者，莫不踐其實」①。

雖説何基開金華朱學之門，但居鄉里未嘗開門授徒，聞名而來學者，亦未嘗爲立題目、作話頭。王柏從學何基，及金履祥從學王柏、許謙問師履祥，皆有偶然性。王柏身出望族，少慕諸葛亮之爲人，年逾三十，與友人汪開之同讀《四書》，取《論孟集義》求朱子去取之意，以黄榦《四書通釋》尚闕答問，乃約爲《語録精要》以足之，題曰《通旨》。間從朱子門人楊與立、劉炎、陳文蔚問朱門傳授之端，與立告何基得朱氏之傳，即往從學②。何基授以「立志居敬」之旨，舉胡宏之言曰：「立志以定其本，居敬以持其志。志立乎事物之表，敬行乎事物之内。」③王柏自是發憤讀書，來學者必先教之讀《大學》。

金履祥年十八試中待補太學生，有能文聲。旋自悔，屏舉子業，研解《尚書》。與同郡王相爲友，知向濂洛之學。聞何基得朱子之傳，欲往從之無由。年二十三，由王相之介，得從王柏受業。初見，問爲學之方，即教以「立志居敬」，問讀書之目，則曰「自《四書》始」。未幾，由王柏之介進於何基之門，自是講貫益密，造詣益精，講求禔躬㩁物，如何、王所訓「存敬畏心，

① 何基《何北山先生遺集》卷四，《金華叢書》本。
② 金履祥《仁山文集》卷三，明萬曆二十七年刻本。
③ 王柏《復吴太清書》，《魯齋集》卷八，明崇禎刻本。

尋恰好處」，「真實心地，刻苦工夫」。柳貫《故宋迪功郎史館編校仁山先生金公行狀》云：「二先生鄉丈人行，皆自以爲得之之晚，而深啓密證，左引右掖，期底于道。雖孫明復之於石守道，胡翼之之於徐仲車，不是過也。然文定之所示曰『省察克治』，文憲之所示曰『涵養充拓』，語雖甚簡，而先生服之終身，嘗若有所未盡焉者。」①

大德五年，履祥年七十，講道蘭江之上，許謙始來就學，年已三十一。明年，履祥設教金華呂祖謙祠下，許謙從之卒業。履祥告曰：「吾儒之學，理一而分殊。理不患其不一，所難者分殊耳。」許謙由是致辨於分之殊，而要歸於理之一。屏居八華山，率衆講學，教人「以五性人倫爲本，以開明心術變化氣質爲先，以爲己爲立心之要，以分辨義利爲處事之制」②。吳師道《祭許徵君益之文》云：「烏乎紫陽！朱子之傳，其在吾鄉，曰何與王。傳之仁山，以及於公，其道彌光。仁山之門，公晚始到。獨超等夷，遠詣深造。」③

---

① 柳貫《柳待制文集》卷二十，《四部叢刊》景元至正本。
② 黃溍《白雲許先生墓誌銘》，《金華黃先生文集》卷三十二。
③ 吳師道《吳禮部文集》卷二十，《金華叢書》本。

（二）兼采吕學

何、王崛起於吕學衰落之際，傳朱子之學。然生於東萊講學之鄉，麗澤之潤已入士人肌理。故自王柏以下，返本溯源，遂成學朱爲主、參諸吕學之格局。此一變化自王柏始。

王柏家學出於吕氏。按葉由庚《王魯齋先生壙誌》，王柏祖師愈從楊時受《易》《論語》，後與朱、張、吕遊。父瀚與其叔季執經問難於考亭、麗澤之門，世其家學。王柏早孤，抱志宏偉，三十而後「始知家學授受之原，慨然捐去俗學以求道」。既師何基，發憤奮厲，「研窮愈刻深，則義理愈呈露；涵養愈細密，則趣味愈無窮」①。金履祥《魯齋先生文集目後題》追溯魯齋家學云：「初，公之大父焕章公與朱、張、吕三先生爲友，父仙都公早從麗澤，又以通家子登滄洲之門。公天資超卓，未及接聞淵源之論而早孤。年長以壯，謂科舉之學不足爲也，而更爲文章偶儷之文；又以偶儷之文不足爲也，而從學於古文、詩律之學，工力所到，隨習輒精。今存於《長嘯醉語》者，蓋存而未盡去也，公意不謂然。因閲家書，而得師友淵源之緒，間從搗堂先生劉公、船山先生楊公、克齋先生陳公考問朱門傳授之端。而於楊公得聞北山何子恭父之名，於是尋訪盤溪之上，盡棄

① 王柏《魯齋王文憲公文集》附録，《金華叢書》本。

所學而學焉。」①所言王柏既見何基，「盡棄所學」，非謂盡棄家學，而指前之所好。吳師道《仙都公所與子書》亦載：「魯齋先生之學，世有自來矣。先生大父崇政講書直煥章閣致仕，諱師愈，師事龜山楊公，後又從朱、張、呂三公遊，朱子誌墓稱其有本有文者也。父朝奉郎、主管仙都觀，諱瀚，執經朱、呂之門，克世其學。此其所與子書，莫非《小學》書、《少儀外傳》之旨也。」②

東萊之學，與朱、陸有同有異。概言之，東萊主於經史不分，《五經》、史學皆擅；近接北宋理學之緒，遠采漢儒考據訓詁，并重義理、考據；博收廣覽，以文獻見長，講求通貫；重於用實，揆古用今。呂祖謙與陳亮等人好讀史，學問「博雜」，朱熹深有不滿，指爲「浙學」風習。然東萊之學自成一系。王柏嘗爲履祥作《三君子贊》，分贊「東南三賢」朱熹、張栻、呂祖謙，《呂成公》云：「片言妙契，氣質盡磨。八世文獻，一身中和。手織雲漢，心衡今古。鼎峙東南，乾淳鄒魯。」③於東萊評價高矣。然王、金諸子終不明言取則東萊，而標榜傳朱一脈。葉由庚《壙誌》、金履祥《後題》、吳師道《仙都公所與子書》追溯王柏家學出於呂氏，亦皆重於載述從何基接軌朱子一脈，而不言返本呂學。

---

① 金履祥《仁山先生文集》卷三。
② 吳師道《吳禮部文集》卷十七。
③ 金履祥《濂洛風雅》卷一，清雍正間金律刻本。

論四先生之學，當察其言，觀其行，亦必考其實跡，始可得真實全貌。王、金、許三家，於《五經》之好不減《四書》，既重性理探求，復事於訓詁考據；守朱子之説，而欲爲「忠臣」，以求是爲本；朱子不喜學者嗜讀史，三家未盡遵行；朱子不喜浙學「博雜」，三家貫通經史、諸子百家，喜輯録文獻；朱子不喜浙人好言事功，三家負經濟之略，而身在草萊，心存當世，欲出所學措諸政事。柳貫《金公行狀》稱履祥「先生夙有經世大志，而尤肆力于學，凡天文地形、禮樂刑法、田乘兵謀、陰陽律曆，靡不研究其微，以充極於用」。史學、考據乃東萊所長，朱子亦借助訓詁，并出其餘力研史，此史學、考據終爲其所短。王、金、許三家取朱子言性理之長，去其所短，兼師東萊，遂精於史學、考據。

王、金、許三家援漢儒訓詁考據以治《四書》《五經》，得力於東萊頗多。生於東萊講學舊邦，風氣needed熏，有其不自知者。尤可言者，四先生好「標抹點書」，殆傳東萊文獻之學。東萊標抹圈點之書，如《儀禮》《漢書》《史記》《資治通鑑》等，久爲士林所重。吕喬年稱其「一字一句，點畫皆有深意，而所得之精，多見於此」①。吴師道屢言四先生「標抹點書」，乃鑒用東萊之法。《請傳習許益之先生點書公文》：「當職生長金華，聞標抹點書之法始自東萊吕成公，至今故

① 吴師道《吴禮部文集》卷十八。

家所藏猶有《漢書》《資治通鑑》之類。」①《題程敬叔讀書工程後》：「蓋自東萊吕成公用工諸書，點正句讀，加以標抹，後儒因之，北山何先生基子恭、魯齋王先生柏會之俱用其法」，「金、張亦皆有所點書，其淵源有自來矣。」②章懋《楓山語録》云：「何最切實，王、金、許不免考索著述多些。」又，「東萊於香溪，四賢於東萊，皆無干涉」③。王、金、許「考索著述多些」，即三家重於文獻。然稱四先生與東萊「無干涉」，未盡合於實。東萊文獻之學冠於海内，四先生生長其鄉，著述相接，故論者曰：「吾婺固東南鄒魯也，中原文獻之傳甲於天下。」④全祖望稱王應麟承東萊文獻之學，爲「明招之大宗」。以文獻之傳而言，王、金、許何嘗不可稱「明招之大宗」？

四先生緣何不明言取徑東萊，今蠡測之，蓋有數因：一則重於師承，稱説師門，但言朱子，不言其他。二則東萊之學不能無弊，麗澤後學治經，輯討文獻，或疏於性理求索；四先生以明道爲先務，篤信朱子問學要義。三則朱子批評浙人「好功利」，四先生亦警醒，關注世用而不急功求利，不標舉東萊之學，或有此故。由此不難理解葉由庚《壙誌》所言：「證古難也，

①　吴師道《吴禮部文集》卷二十。
②　吴師道《吴禮部文集》卷十七。
③　章懋《楓山語録》，文淵閣《四庫全書》本。
④　張祖年《婺學志》集前序，清刻本。

復古尤難也；明道難也，任道尤難也。朱、張、吕三先生同生於一時，皆以承濂洛之統爲身任者也。張、吕不得其壽，僅及終身，經綸未展，論著靡竟。獨文公立朝之時少，居閑之日多，大肆其力於聖經賢傳，刊黜《詩》《書》之小序，紹復《易》《春秋》之元經，定著《論語》《孟子》《中庸》《大學》章句，以立萬世之法程。北山、魯齋二先生同生於一鄉，亦皆以續考亭之傳爲身任者也。」①

四先生之學，以朱學爲本，參諸東萊，朱、吕互爲表裏。海寧查慎行爲黄宗羲高弟子，《得樹樓雜鈔》卷一云：「魯齋上承吕、何之緒，下開金、許之傳，其功尤大。」②卓有識見。數百年來，學者罕直言四先生私淑東萊，而述及學統，或指出接緒朱、吕。成化三年，浙江按察司僉事辛訪奏請將宋儒何基等封爵從祀，下禮部尚書兼翰林學士陳文議：「昔者晦庵朱文公熹與東萊吕成公祖謙皆傳聖道，而金華郡儒者何基、王柏、金履祥、許謙師徒，累葉出於文公之後，以居于成公之鄉，其於斯道不爲不造其涯涘，然達淵源則未也；不爲不躡其徑庭，然造堂奥則未也。」③張祖年《八婺理學淵源序》云：「子朱子挺生有宋，疏洙泗，瀹濂洛，决横渠，排金

① 王柏《魯齋王文憲公文集》附録《壙誌》。
② 查慎行《得樹樓雜鈔》卷一，民國《適園叢書》本。
③ 姚夔《姚文敏公遺稿》卷十，明弘治間姚璽刻本。

谿，補苴罅漏，千古理學淵源，渾涵渟滀，稱會歸矣。維時吾婺東萊成公倡道東南，而子朱子、南軒宣公聲應氣求，互相往來」，「是麗澤一泓，固八婺理學淵源也，猗歟盛哉！三先生爲東南理學鼎峙，吾婺學者翕然宗之」，「而毅然卓見斯道者，未之有聞。幸北山先生父伯慧者，佐治臨川，欽勉齋黄氏學，命北山師事之，遂載紫陽的傳而歸。以授之魯齋，魯齋以授之仁山，仁山以授之白雲，踵武繩繩，機籥相印，而麗澤溶瀁灝瀚矣」①。胡宗楙謂趙宋南渡，婺學昌盛，鈎稽派别，可約分政學、理學、文學三派，其理學則自范浚以下，繼以東萊，復繼以四先生。《續金華叢書序》云：「二曰理學，香溪《心箴》，導其先河。東萊吕氏，麗澤講席。北山、魯齋，溯源揚波。仁山、白雲，一脈相嬗。莘莘學子，追蹤鄒魯。咸淳之際，於斯爲盛。」②當然，論者迄今仍多只認四先生爲朱子嫡傳。近歲，我們昌言「浙學復興」，强調四先生兼傳東萊之學，諸論始有所改觀。

（三）從「確守師説」到「要歸於是」

四先生中，何、王殁於宋，金履祥由宋入元，許謙則爲元世名儒。四先生尊德性，道問學，

① 張祖年《婺學志》集前序。

② 胡宗楙《夢選樓文鈔》卷上，民國二十五年刊本。

遞相師傳，百餘年間亦有前後變化。兼采呂學，即是自王柏後一大變化。另一顯著變化，即從「確守師説」到願爲「朱子之忠臣」，篤於求是。

何基之學，立志以定本，恭敬以持志，力學以致知，篤守朱、黄之傳，虚心體察，不欲參以己意，不以立異爲高。王柏《何北山先生行狀》稱「思之也精」，「守之也固」。《啓蒙發揮後序》又説：「晚年纂輯朱子之緒論，羽翼朱子之成書，不敢自加一字，而條理粲然，羣疑盡釋。」①《同祭北山何先生》則云：「公獨屹然，堅守勿失」，「發揮師言，以會於歸」②。黄宗羲論云：「北山之宗旨，熟讀《四書》而已」，「北山確守師説，可謂有漢儒之風焉。」③

王柏問學，重視求於《四書集注》《周易本義》之内，然好探朱子發端而未竟之義，考訂索隱朱子所未及，視此爲繼朱子之志，較何基已有變化。葉由庚《壙誌》云：「先生學博而義精，心平而識遠，考訂羣書，如干將、莫邪，所向肯綮，迎刃自解。凡文公發其端而未竟，致其疑而未決，與夫諸儒先開明之所未及者，莫不該攝融會，權衡裁斷，以復經傳之舊」，「上自羲畫，下逮魯經，莫不索隱精訂，以還道經之舊，以承考亭之志，確乎其任道之勇也！」金履祥《祭魯齋

① 王柏《魯齋王文憲公文集》卷五，明崇禎間刻本。
② 王柏《魯齋王文憲公文集》卷十九。
③ 黄百家《金華學案》。

先生文》云：「論定諸經，決詭放淫。辯析羣言，折衷聖人。究其分殊，萬變俱融。會諸理一，天然有中。見其全體，靡所不具。」①

金履祥爲王柏所授，重於求是，不標新奇之論，亦不拘於一説，欲爲「朱子之忠臣」。《論孟集注考證跋》云：「文公《集注》，多因門人之問更定，其問所不及者，亦或未修，而事跡名數，文公亦以無甚緊要略之，今皆爲之修補。或疑此書不無微牾者，既是再考，豈能免此？但自我言之，則爲忠臣；自他人言之，則爲讒賊爾。此履祥將死真切之言，二三子其詳之！」②李桓《論孟集注考證序》云：「其於《集注》也，推其意之未發，佐其力之不及，以簡質之文，達精深之義，而名物度數、古今實事之詳，一皆表其所出。後儒之説，可以爲之羽翼者，間亦採摭而附入之。觀之時若不同，實則期乎至當，故先生嘗自謂朱子之忠臣。夫忠臣者，固不爲苟同，而其心豈欲背戾以求異哉？蓋將助之而已矣。斯則《考證》之修所以有補於《集注》者也。」③

許謙承履祥之傳，於先儒之説未當處不敢苟同，敷説義理，歸於平實，考據訓詁，「要歸於

① 金履祥《仁山文集》卷三。
② 金履祥《孟子集注考證》，《率祖堂叢書》本。
③ 陸心源《皕宋樓藏書志》卷十，清同治、光緒間刻《潛園總集》本。

是」。黄溍《白雲許先生墓誌銘》云：「先生於書無不觀，窮探聖微，蘄於必得，雖殘文羨語，皆不敢忽。有不可通，則不敢强。於先儒之説，有所未安，亦不敢苟同也。讀《四書章句集注》，有《叢説》二十卷。敷繹義理，惟務平實」，「讀《詩集傳》，有《名物鈔》八卷。正其音釋，考其名物度數，以補先儒之未備，仍存其逸義，旁採遠援，而以己意終之。讀《書集傳》，有《叢説》六卷。時有與蔡氏不能盡合者，每誦金先生之言曰：『自我言之，則爲忠臣；自他人言之，則爲讒賊。』要歸於是而已。」①

四先生之學，從何基「確守師説」，到金履祥、許謙「要歸於是」，乃其前後一大變化。四先生傳朱子之學，重於涵養功夫、踐履真實。何基常是一室危坐，存此心於端莊静一之中，研精覃思。履祥從學何、王，何基示曰「省察克治」，王柏示曰「涵養充拓」，履祥服之終身，常若有所未足。許謙習静，晚年尤以涵養本原爲務，講授之餘，齋居凝然。應典《八華精舍義田記》云：「迨其晚年，有謂：聖賢之學，心學也。後之學者雖知明諸心，非諸事，而涵養本原，弗究弗圖，則雖博極群書，修明勵行，而與聖賢之心猶背而馳也。」②

① 黄溍《金華黄先生文集》卷三十二。
② 党金衡纂修《道光東陽縣志》卷十，民國三年石印本。

（四）發揮表箋，漢宋互參

何基「確守師説」，毋主先入，毋師己意，虛心體察，述自得之意，名其著述曰「發揮」，所撰有《易學啓蒙發揮》《易大傳發揮》《大學發揮》《中庸發揮》《語孟發揮》《太極通書西銘發揮》。《近思録發揮》未詮定而殁，金履祥與同門汪蒙、俞卓續抄校訂，付其家藏之。柳貫《金公行狀》云：「凡文公語録、文集諸書，商確考訂之所及，取其已定之論，精切之語，彙敘而類次之，名爲《發揮》，已與諸書並傳於世矣。而若文公、成公所輯周、程、張子之微言曰《近思録》者，宜爲宋之一經，而顧未有爲之解者，亦隨文箋義，爲《近思録發揮》，未詮定而文定殁。」

自王柏以下，雖力戒先入之見，不標榜己意，然欲爲通儒，折衷羣言，出入經史百家，索隱朱子發端而未竟之義，考訂朱子所未及之書，故不苟同先儒之見，且倚重於訓詁考據，已不能不與何基有異。所著述於「標抹點書」「發揮」外，或名「考證」，或曰「精義」「衍義」「疏義」「指義」，或曰「表注」「叢説」。王柏考訂羣書，葉由庚《壙誌》稱「無一書一集不加標注，於《四書》《通鑑綱目》，精之又精。一言之題，一點之訂，辭不加費而義以著明，無非發本書之精髓，開後學之耳目」。又論其與何基異同云：「北山深潛沖澹，精體默融，志在尚行，訒於立言；魯齋通睿絶識，足以窮聖賢之精蘊，雄詞偉論，足以發理象之微著。」履祥出入經史，天文地理、禮樂刑法、田乘兵謀、陰陽律曆無不究研。謂古書有注必有疏，作《論孟集注考證》，以爲朱子《集注》有疏，補所未備，增釋事物名數。注解《尚書》，推本父師之意，正句畫段，提其章旨，析其義理之微，考證文字之誤，表於四闌之外，曰《尚書表注》。柳貫《行狀》云：「研窮經義，以究窺聖賢心術之微；歷考傳注，以服襲儒先識鑒之確。無一理不致體驗，參伍錯綜，所以約其變；無一書不加點勘，鉛黄朱墨，所以發其凡。」許謙《上劉約齋書》云：「其爲學也，於書無所不讀，而融會於《四書》，貫穿於《六經》，窮理盡性，誨人不倦，治身接物，蓋無毫髮歉，可謂一世通儒。」①許謙追步王、金，欲爲一世通儒。黄溍《白雲許先生墓誌銘》云：「先生於天文地理、典章制度、食貨刑法、字學音韻、醫經數術，靡不該貫，一事一物，可爲傳聞多識之助者，必謹志之。至於釋老之言，亦皆洞究其藴，謂學者孰不日闢異端，苟不深探其隱，而識其所以然，能辨其同異、别其是非也幾希。」許謙每念履祥所言欲爲「朱子之忠臣」、「要歸於是」，所著《詩集傳名物鈔》《讀書叢説》《讀四書叢説》，考訂索隱，以補先儒所未備，存其逸義，而終以己意。在王、金、許三家看來，其著述不離於孔孟遺意，惟求是求真，乃可繼朱子之志。

四先生著述，無論彙敘發揮、隨文箋義，抑或考證衍義、辨誤訂訛，都不離於言説義理。王、金、許三家治學，與何基有所不同。總體以觀，有三大特點：一是治《五經》而貫穿性理，治《四書》而倚重訓詁考據，《四書》《五經》融會貫通。二是以理學爲本，兼采漢學。漢、宋兼

① 許謙《許白雲先生文集》卷三，明成化二年陳相刻本。

采，本爲東萊所長，三家蓋以朱學爲主，兼采東萊。三是欲爲通儒之學，貫穿經史百家，重於世用，不避「博雜」之嫌，此亦與東萊之學相通。

二、四先生治《四書》《五經》及其史學、文學

四先生長於《四書》，自王柏以下，《五經》貫通，兼治史學，重於文獻。其治《四書》，義理闡説與訓詁考據并重；治《五經》，疑古考索，尚於求是，并重義理；研史則經史互參，會通朱、吕；詩文雖其餘事，不離於講學家風習，然發攄性靈，陶冶性情，文以載道，裨益教化，各具其致。以文章合於道，扶翼經義、世教，通於世用，故金、許傳人尚文風氣日盛。以下分作論述：

（一）《四書》學

朱子之學，萃於《四書集注》。門人黄榦得其傳，有《四書通論》。世推四先生爲朱子適傳，亦以其得朱門《四書》之傳也。

何基從學黄榦，黄榦臨别告以熟讀《四書》，道理自見。何基以此爲讀書爲學之要，教門人治學以《四書》爲主，以《朱子語録》爲輔。嘗曰：「學者讀書，先須以《四書》爲主，而用

《語録》以輔翼之」，「但當以《集注》之精嚴，折衷《語録》之疏密；以《語録》之詳明，發揮《集注》之曲折。」王柏《行狀》稱「此先生編書之規模也，他書亦本此意」。何基後又覺得《四書》「義理自足」，當深探本書，「截斷四邊」。王柏稱「此先生晚年精詣造約，終不失勉齋臨分之意」（《何北山先生行狀》）。

王柏得北山之教，深味其旨，教門人爲學亦以《四書》爲本。寶祐二年，履祥來學，問讀書之目，告以「自《四書》始」。是年冬，履祥作《讀語論管見》，凡有得於《集注》言意之外者則録之。王柏讀後，勸説當沉潛涵泳於《集注》之内，有所自得，不當固求言外之意，發爲新奇之論①。履祥終生沉潛涵泳不輟，作《論孟集注考證》。殁前一歲，即大德六年，在金華城中講學，以《大學》爲第一義，諸生執經問難，爲之毫分縷析，開示藴奥，因成《大學指義》一書。許謙聞履祥緒論，精研《四書》。黄溍《白雲許先生墓誌銘》稱其每戒學者曰：「聖賢之心盡在《四書》，而《四書》之義備於朱子。顧其立言，辭約意廣，讀者或得其粗，而不能悉究其義。或以一篇之致自異，而初不知未離其範圍。世之詆訾貿亂、務爲新奇者，其弊正坐此耳。始予三四讀，自以爲了然，已而不能無惑，久若有得，覺其意初不與己異，愈久而所得愈深，與己意合者，亦大異於初矣。童而習之，白首不知其要領者何限？其可以易心求之哉！」

---

① 王柏《金吉甫管見》，《魯齋王文憲公文集》卷九。

四先生闡説性理，遞相師承，治《四書》皆所擅長。何基有《大學發揮》《中庸發揮》《語孟發揮》，王柏有《論語通旨》《論語衍義》《魯經章句》《孟子通旨》《批點標注四書》，金履祥有《大學疏義》《中庸表注》《論語集注考證》《孟子集注考證》，許謙有《讀四書叢説》。從朱子《四書章句集注》《四書或問》，到黄榦《四書通釋》，再到四先生著述十餘種，可見四先生《四書》學淵源，亦可見朱學流傳及其盛行浙東之況。

何基《四書發揮》，取朱子已定之論，精切之説，以爲發揮，守師説甚固，研思亦精。王柏、金履祥、許謙三家，傳何基之學，復繼朱子之志，索隱微義，考證注疏，以爲羽翼。其索隱考證，倚於訓詁考據，以性理爲本，重於求是。許謙《論孟集注考證序》云：「先師之著是書，或檃栝其説，或演繹其簡妙，或攄其幽，發其粹，或補其古今名物之略，或引羣言以證之。大而道德性命之精微，細而訓詁名義之弗可知者，本隱以之顯，求易而得難。吁！盡在此矣。」吴師道《讀四書叢説序》稱《四書》自二程肇明其旨，至朱子集其大成，然一再傳之後，泯没畔涣，「其能的然久而不失傳授之正，則未有如於吾鄉諸先生也。蓋自北山取《語録》精義，以爲《發揮》，與《章句集注》相發明；魯齋爲標注點抹，提挈開示；仁山於《大學》有《疏義》《指義》，《論》《孟》有《考證》，《中庸》有《標抹》，又推所得於何、王者，與其己意併載之」，「今觀《叢説》之編，其於《章句集注》也，奥者白之，約者暢之，要者提之，異者通之，畫圖以形其妙，析段以顯其義。至於訓詁名物之缺，考証補而未備者，又詳著焉。其或異義微牾，則曰：『自我言之，則爲忠臣，自他人言之，則爲殘賊。金先生有是言也。』此可以見其志之所存矣」(《吴禮部文集》卷十七)。《四庫全書總目》著録《論孟集注考證》，《提要》云：「其書於朱子未定之説，但折衷歸一，於事蹟典故，考訂尤多。蓋《集注》以發明理道爲主，於此類率沿襲舊文，未遑詳核，故履祥拾遺補闕，以彌縫其隙，於朱子深爲有功」，「然其旁引曲證，不苟異，亦不苟同，視胡炳文輩拘墟迴護，知有注而不知有經者，則相去遠矣。」此可見四先生《四書》學及其「家法」之大端。

(二)《五經》學

朱子研《易》《詩》，并涉獵禮制，而東萊則《五經》貫通。何基於《五經》僅《易經》有撰著，仍題曰「發揮」。其治《四書》，雖與《五經》參讀，大抵「發揮師言，以會於歸」。自王柏以下，不惟尊德性，且好治經研史。王、金、許三家研討《五經》，既通於朱子經學，又通於東萊經學及文獻之學。概言之，一是崇義理而并事訓詁考據。二是好纂輯、音釋、標抹、考訂、表注，以翼經傳。三是好考證名物度數，補先儒之未備。四是不苟同，不苟異，「要歸於是」。前已言及，此更舉例以明之。

王柏於《五經》皆有撰述，著《讀書記》十卷、《讀詩記》十卷、《讀春秋記》八卷、《書附傳》四十卷、《詩可言》二十卷、《詩疑》二卷、《書疑》九卷、《涵古易説》一卷、《大象衍義》一卷、《左氏正傳》十卷等。葉由庚《壙誌》稱其嗜於索隱考訂，好「復經傳之舊」，「先生一更一定，皆有授證，一析一合，不添隻字，秩秩乎其舊經之完也，炳炳乎其本旨之明也」。并舉其大端如：於《易》，作《易圖》，推明《河圖》《洛書》先後。謂《河圖》爲先天後天之宗祖，逐位奇偶之交，後天爲統體奇偶之交。古之册書，作上下兩列，故《易》上下經非標先後。謂今之三百五篇非盡孔子之三百五篇，孔子所删，或有存於閭巷浮薄之口者，漢儒概謂古詩，取以補亡。乃定二《南》各十一篇，還兩兩相配之舊，退《何彼穠矣》《甘棠》歸之《王風》，而削去《野有死麕》。若風、雅、頌，亦必辨其正變，次其先後，謂鄭、衛淫詩，皆當在削。

世人或稱經以講解辯訂而明，釐析類合則陋，王柏則不以爲然，好參訂疑經。何基嘗告之：「治經當謹守精玩，不必多起疑端。有欲爲後學言者，謹之又謹可也。」①然王柏終勇於「任道」「求是」，《書疑序》云：「不幸秦火既焰，後世不得見先王之全經也。惟其不全，固不可得而不疑。所疑者，非疑先王之經也，疑伏生口傳之經也。讀書者往往因于訓詁，而不暇思經文之大體，間有疑者，又深避改經之嫌，寧曲説以求通，而不敢輕議以求是」，「聖人之經不可改，伏氏之言亦不可正乎？糾其繆而刊其贅，訂其雜而合其離，或庶幾乎得復聖人之舊，此

①　戴殿江《金華理學粹編》。

有識者之不容自已。」①

後世於王柏疑經，頗多争議。錢維城《王柏删詩辯》：「宋儒之狂妄無忌憚，未有如王柏之甚者也」，「朱子惟過於慎，故寧爲固而不敢流於穿鑿，而孰知一再傳之後，其徒之肆無忌憚，乃至於此也。」②成僎《詩説考略》卷二《王柏詩疑之舛亂》：「夫以孔子所不敢删者，而魯齋删之；以孔子所不敢變易者，而魯齋變易之。世儒猶以其淵源於朱子而不敢議，此竹垞所以嗤爲無是非之心也。」《四庫全書總目》著録《書疑》九卷，《提要》云：「然柏之學，名出朱子，實則師心，與朱子之謹嚴絶異」，「柏作是書，乃動以脱簡爲辭，臆爲移補」，「至於《堯典》《皋陶謨》《説命》《武成》《洪範》《多士》《多方》《立政》八篇，則純以意爲易置，一概托之於錯簡」，「是排斥漢儒不已，並集矢於經文矣，豈濂、洛、關、閩諸儒立言垂教之本旨哉？」托克托等修《宋史》，乃與其《詩疑》之説並特録於本傳，以爲美談，何其寡識之甚乎？」又著録《詩疑》二卷，《提要》云：「《書疑》雖頗有竄亂，尚未敢删削經文。此書則攻駁毛、鄭不已，並本經而攻駁之；攻駁本經不已，又並本經而删削之。」爲之辯護析論者亦多。如胡鳳丹《重刻王魯齋詩疑序》：「朱子所攻駁者《小序》耳，於本經未嘗輕置一議也。先生黜陟《風》《雅》，竄易篇次，非

① 王柏《魯齋王文憲公文集》卷五。

② 錢維城《茶山文鈔》卷八，清乾隆四十一年眉壽堂刻本。

惟排詆漢儒，且幾幾乎欲奪宣聖删定之權而伸其私説。其自信之堅，抑何過哉」，「是書設論新奇，雖不盡歸允當，而本其心所獨得，發爲議論，自成一家，俾世之讀其書者足以開拓心胸，增廣識見，引而伸之，觸類而長之，未始非卓犖觀書之一助也。」①皮錫瑞《論王柏書疑疑古文有見解特不應並疑今文》：「王氏失在並今文而疑之耳，疑古文不得謂其失也。」「王氏知古文之僞，不知今文之真。其並疑今文，在誤以宋儒之義理準古人之義理，以後世之文字繩古人之文字。」「《書疑》多本前人，亦非王氏獨創，特王氏於《尚書》篇篇獻疑，金履祥等從而和之，故其書在當時盛行，而受後世之掊擊最甚。平心而論，疑經改經，宋儒通弊，非止王氏，皆由不信經爲聖人手定。（注：王氏《詩疑》删鄭、衛詩，竄改《雅》《頌》，僭妄太甚，《書疑》猶可節取。）」②王柏以義理治《詩》《書》，索隱太過，不免其弊，後人盡黜之則未當，宜小心考求，平允論之。

金履祥承王柏疑經之緒，以爲秦火之後全經不存，漢儒拘於訓詁，輕於義理，循守師傳，曲説不免。亦自勇於「任道」「求是」。其考訂諸經，用力最多乃在《尚書》，有《尚書注》十二卷、《尚書表注》二卷。《尚書表注序》稱全書不得見，「考論不精，則失其事迹之實；字辭不

① 胡鳳丹《退補齋文存》卷一，清同治十二年退補齋鄂州刻本。
② 皮錫瑞《經學通論》，清光緒間思賢書局刻本。

辨，則失其所以言之意」，「夫古文比今文固多且正，但其出最後，經師私相傳授最久，其間豈無傳述附會」，「後之學者，守漢儒之專門，開元之俗字，長興之板本，果以爲一字不可刊之典乎？幸而天開斯文，周、程、張、朱子相望繼作，雖訓傳未備，而義理大明，聖賢之心傳可窺，帝王之作用易見」①。履祥鈎玄探賾，折衷群説，力求平心易氣，不爲浚深之求，無證臆決，考訂較王柏爲慎。《四庫全書總目》著録《尚書表注》二卷，《提要》云：「大抵攟摭舊説，折衷己意，與蔡沈《集傳》頗有異同。其徵引伏氏、孔氏文字同異，亦確有根原。」胡鳳丹《重刻尚書表注序》云：「故先生之功在注釋，而先生之志在表章。以視抱經硜硜索解於章句之末者，其相去爲何如耶？」陸心源《重刊金仁山先生尚書注序》云：「《尚書》則用功尤深，《表注》一書，爲一生精力所萃。是書即《表注》之權輿，訓釋詳明，頗多創解。」②

按柳貫《行狀》，履祥殁時，所注書僅僅脱稿，未及正定，悉以授門人許謙。許謙遵其遺志，讎校刻板以傳。許謙考訂諸經，用力尤勤者在《詩》《書》，撰《讀書叢説》六卷、《詩集傳名物鈔》八卷，長於正音釋、考證名物度數。讀《春秋三傳》，撰《温故管窺》。讀《三禮》，參互考訂，發明經義。句讀標抹《九經》《儀禮》《三傳》，注明大旨要解、錯簡衍文。吴師道《詩集傳名

① 金履祥《仁山文集》卷三。
② 金履祥《書經注》集前序，《十萬卷樓叢書》本。

物鈔序》云：「君念朱《傳》猶有未備者，旁搜博采，而多引王、金氏，附以己見，要皆精義微旨，前所未發。又以《小序》及鄭氏、歐陽氏《譜》世次多舛，一從朱子補定。正音釋，考名物度數，粲然畢具。其有功前儒，嘉惠後學，羽翼朱《傳》於無窮，豈小補而已哉！」（《吴禮部集》卷十五）《名物鈔》羽翼《詩集傳》，猶金履祥作《論孟集注考證》爲《集注》之疏。王柏重訂《詩經》篇目，《名物鈔》取用之，然未盡鑒採《詩疑》。蓋《名物鈔》於朱子《詩集傳》、王柏《詩疑》各有訂正。要之，折衷群説，能指明師説之不然。《四庫全書總目提要・詩集傳名物鈔》云：「研究諸經，亦多明古義。故是書所考名物音訓，頗有根據，足以補《集傳》之闕遺。惟王柏作《二南相配圖》」，「而謙篤守師説，列之卷中，猶未免門户之見」，「然書中實多採用陸德明《釋文》及孔穎達《正義》，亦未嘗株守一家」。許謙繼履祥作《讀書叢説》，大指類於《名物鈔》，以《書集傳》出於朱子門人蔡沈之手，尤當疏注辨明。《叢説》多有與《書集傳》意見不合者。張樞《讀書叢説序》云：「先生嘗誦金先生之言曰：『在我言之，則爲忠臣，在人言之，則爲殘賊。』要歸於是而已，豈不信哉！」《四庫全書總目提要・讀書叢説》云：「謙獨博核事實，不株守一家，故稱《叢説》」，「然宋末元初説經者多尚虚談，而謙於《詩》考名物，於《書》考典制，猶有先儒篤實之遺，是足貴也。」

（三）史學

歷來論四先生之學，大都明其傳朱子之統，講説性理。至於自王柏以下兼采東萊史學、文獻之學，研經兼通史，宗程朱兼取法於漢儒，則鮮有討論。

浙學興起之初，吕祖謙、陳亮諸子好讀史，朱熹指爲「博雜」，告誡門人讀書以《四書》爲本。何基謹守師説，問學欲求朱子之醇。王柏、金履祥、許謙欲爲一世通儒，出入經史百家，研史與治經相發明，雖與東萊經史不分、漢宋互參、重於文獻有所不同，但也多有相通之處。此一變化，一定程度上體現了王柏等人向浙學的回歸。

王柏標注《通鑑綱目》，著《續國語》四十卷、《擬道學志》二十卷、《江右淵源》五卷、《雜志》二卷、《地理考》二卷等書。金履祥著《通鑑前編》十八卷、《舉要》二卷。《尚書表注》經史互證，探求義理，綜概事跡，考正文字，《通鑑前編》亦取此義。司馬光作《資治通鑑》，周威烈王二十三年之前事未載，劉恕《外紀》紀前事，不本於經，而信百家之説。履祥以爲出《尚書》諸經者爲可考信，出子史雜書者多流俗傳聞、鄙陋之説，因撰《通鑑前編》，一以《尚書》爲主，下及《詩》《禮》《春秋》，旁采舊史諸子，表年繫事，考訂辨誤，斷自唐堯，以下接《資治通鑑》。履祥《通鑑前編序》兼言朱、吕，云：「朱子曰：『古史之體可見也，《書》《春秋》而已。《春秋》編年通紀，以見事之先後；《書》則每事别紀，以具事之始末。』」「今本之以經，翼之以史子傳記，附之以諸家之論。且考其繫年之故，解其辭事，辨其疑誤。如東萊吕氏《大事記》，而不敢盡倣其例。」朱子編《通鑑綱目》，裁剪《通鑑》，考訂嫌於疏淺。東萊邃於史，《大事紀》頗有史裁。如《四庫全書總目提要·大事紀》所云：「當時講學之家，惟祖謙博通史傳，不專言性命。《宋史》以此黜之，降置《儒林傳》中，然所學終有根柢」，「凡《史》《漢》同異，及《通鑑》得失，皆縷析而詳辨之。又於名物象數旁見側出者，並推闡貫通，夾注句下」。履祥頗取法《大事紀》，第不盡倣其例。即經史不分而言，履祥較王柏更近於東萊。《通鑑前編》一書，履祥生前未遑刊定，臨殁屬之許謙。天曆元年《通鑑前編》刻行，鄭允中采録進呈。《元史·金履祥傳》評云：「凡所引書，輒加訓釋，以裁正其義，多儒先所未發。」許謙著《觀史治忽幾微》。黄溍《白雲許先生墓誌銘》云：「倣史家年經國緯之法，起太皞氏，訖宋元祐元年秋九月尚書左僕射司馬光卒，備其世數，總其年歲，原其興亡，著其善惡。蓋以爲光卒，則宋之治不可復興。誠一代理亂之幾，故附於續經而書孔子卒之義，以致其意也。」

王、金、許三家研討經義，兼及治史，以史翼經，與東萊史學有相通處，然相較東萊經史并重，經史不分，仍有所不同。

（四）文學

宋代理學大興，儒者「大要尚道義而下詞章」，昌學古者「崇理致，黜崛奇而主平易，忌艱深而貴敷暢」，又恐沿襲而少變，故「其詞紆餘而曲折」。後來學者「融之以訓詁，發之以論説，專務明乎理，是以其詞詳盡而周密。其於詩也亦然」①。朱、陸、吕爲講學大家，不廢詩文。四先生尊德性、道問學，詩文亦自可觀，各自有集。

總體來説，四先生文章扶翼經義、世教，文以載道，闡明義理，裨益教化，通於世用。詩發攄性靈，陶冶性情，既爲悟道之具，又得天機自然之趣，超然物表，不事雕琢藻繢，非激壯之音，亦無寒蹙之態。

王柏《何北山先生行狀》稱何基：「以其餘事言之，先生之文，温潤融暢；先生之詩，從容閒雅，皆自胸中流出，殊無雕琢辛苦之態。雖工於詞章者，反不足以闖其藩籬。」王柏早歲爲文章，縱心古文、詩律，有《長嘯醉語》。及師北山，乃棄所學，餘力所及，文集尚有七十五卷之多，又編《文章指南》十卷、《朝華集》十卷、《紫陽詩類》五卷等集。何基文章「温潤融暢」，詩歌「從容閒雅」，而王柏文章於温雅外，尚多雄偉之辭，詩於沖澹外，復好剛健之調。楊溥《魯齋集序》云：「金華王文憲公，天資高爽，學力精至，以其實見發爲文章，足以明道德。使其見用，足以建事功，而卒老於丘園，惜哉！若其詩歌，又其餘事也。」《四庫全書總目提要·魯齋集》云：「其詩文雖亦豪邁雄肆，然大旨乃一軌于理。」

① 張以寧《翫山存稿序》，《翠屏文集》卷三，明成化間刻本。

金履祥詩文自訂爲四集，又編集《濂洛風雅》七卷。唐良瑞《濂洛風雅序》云：「『詩者，志之所之也。』志有正有偏，有通有蔽，則詩有純有駁，有晦有明。故偏滯之詞，不若中正之發，而放曠悲愁之態，不若和平沖淡之音」，「然皆涵暢道德之中，歆動風雩之意，淡平者有淳厚之趣，而浩壯者有義理自然之勇」，「竊以爲今之詩，非風雅之體，而濂洛淵源諸公之詩，則固風雅之意也。」①履祥詩和平沖澹，不事字句工拙，不倚於奇崛跳踉、發揚蹈厲之辭。文則湛深經史，辭義高古，醇潔精深，非矜句飾字者可比。徐用檢《仁山金先生文集序》云：「愚惟先生之文，析微徹義，自成一家言；律詩取意而不泥律，古風宣而語勁，純如也。」

許謙與履祥相近，詩沖澹自然，文湛深經史，辭意深厚，然亦有變化，即詩歌理氣漸少，文頗有韓、柳、歐、蘇法度。黄溍《白雲許先生墓誌銘》云：「文主於理，詩尤得風人之旨。」《四庫全書總目提要·白雲集》云：「謙初從金履祥遊，講明朱子之學，不甚留意於詞藻，然其詩理趣之中頗含興象。五言古體，尤諧雅音，非《擊壤集》一派惟涉理路者比。文亦醇古，無宋人語録之氣，猶講學家之兼擅文章者也。」

四先生之學傳朱一脈，自王柏以下有變，詩文自王柏以下亦有一小變，至許謙及北山後學更有一大變，能文之士日衆，宋濂、王禕則其尤著者。文爲載道之器，道爲出治之本，文道

---

① 唐良瑞《濂洛風雅》集前序。

不相離，乃許謙及其門人所持重之義。許謙延祐二年《與趙伯器書》云：「道固無所不在，聖人修之以爲教，故後欲聞道者，必求諸經。然經非道也，而道以經存；傳注非經也，而經以傳顯。由傳注以求經，由經以知道，藴而爲德行，發之爲文章事業，皆不倍乎聖人，則所謂行道也。」①皇慶二年（一三一三），元仁宗詔復科舉，至是年始開科取士。許謙發爲此論，非爲科舉。王禕《宋景濂文集序》追溯金華文章源流，稱南渡後，吕祖謙、唐仲友、陳亮「其學術不同，其見於文章，亦各自成其家」，范浚、時少章「皆博極乎經史，爲文温潤縝練，復自成一家之言」，入元以後，柳貫、黄溍精文章，「羽翼乎聖學，而黼黻乎帝猷」，又有四先生傳朱學，理學遂以婺爲盛。因論云：「所貴文章之有補者，非以其明夫理乎？理之明，不由其學術之有素乎」，「然爲其學者，上而性命之微，下而訓詁之細，講説甚悉。其頗見於文章者，亦可以驗其學術之所在矣」②。《送胡先生序》又辯稱吕、唐、陳之學「雖不能苟同，然其爲道皆著於文也，其文皆所以載道也，文義、道學，曷有異乎哉」。金、許以道學名家，胡長孺、柳貫、黄溍、吴師道以文知名，「雖若門户異趨，而本其立言之要，道皆著於文，文皆載乎道，固未始有不同焉者」，「以故八十年間，踵武相望，悉爲世大儒，海内咸所宗師。夫何後生晚進，顧乃因其所不

① 許謙《許白雲先生文集》卷四。
② 王禕《王忠文公集》卷五，明嘉靖元年刻本。

同而疑其所爲同，言道學者以窮研訓詁爲極致，言文章者以修飭辭語爲能事，各立標榜，互相排抵，而不究夫統宗會元之歸，於是諸公之志日微，而學術之弊遂有不可勝言者矣」①。

黄百家纂《金華學案》，留意北山一脈前後變化，於宋濂傳後案云：「金華之學，自白雲一輩而下，多流而爲文人。夫文與道不相離，文顯而道薄耳。雖然，道之不亡也，猶幸有斯。」學案前又有案語：「而北山一派，魯齋、仁山、白雲既純然得朱子之學髓，而柳道傳、吴正傳以逮戴叔能、宋潛溪一輩，又得朱子之文瀾，蔚乎盛哉！」有一派學問，有一派文章。此説有其道理，但稱金華之學「多流而爲文人」，歸柳貫、宋濂等人文章爲「朱子之文瀾」，仍未盡然。自王柏以下，北山一脈文章已非僅朱子之文餘波。且北山一脈文道不相離，尚文别有意屬，許謙、王禕言之已明。全祖望承黄百家之説，《宋文憲公畫像記》更論云：「予嘗謂婺中之學，至白雲而所求於道者疑若稍淺，觀其所著，漸流於章句訓詁，未有深造自得之語，視仁山遠遜之，婺中學統之一變也。義烏諸公師之，遂成文章之士，則再變也。至公而漸流於佞佛者流，則三變也。猶幸方文正公爲公高弟，一振而有光於先河，幾幾乎可以復振徽公之緒。惜其以凶終，未見其止，而并不得其傳。」②其説亦未可盡信。金、許傳人多文章之士，亦躬行之士，文章

① 王禕《王忠文公集》卷七。
② 全祖望《鮚埼亭集外編》卷十九，清嘉慶十六年刻本。

明道經世，載出治之本。此乃一時風氣。迨孝孺以金華一脈好文而不免輕於明道，遂糾正其偏。此亦一時風氣。

三、四先生與「浙學之中興」

學術史發展變遷，是一種歷史存在，也是學術批評接受的結果。明人此一述朱，彼一述朱，審視宋元學術多於此下論其合與不合。清初學者著意區分漢、宋，兼采居主。乾嘉而後，宗漢流行，學者多不囿於述朱之説。近四百年來，有關四先生的認識，深受時代學術風尚影響。而清初以後，學者又頗沿《宋元學案》之論，以迄於今。以下略述四先生與浙學中興之關係及其學術史意義。

（一）從《金華學案》到《北山四先生學案》

清康熙間，黄宗羲以周汝登《聖學宗傳》、孫奇逢《理學宗傳》未粹，多所遺闕，撰《明儒學案》，繼而發凡《宋元學案》，子百家纂輯初稿。清道光間何紹基重刊本《宋元學案》卷八十二爲《北山四先生學案》，總目標云：「黄氏原本，全氏修定。」卷端録全祖望案語：「勉齋之傳，得金華而益昌。説者謂北山絶似和靖，魯齋絶似上蔡，而金文安公尤爲明體達用之儒，浙學之中興也。述《北山四先生學案》。」王梓材案：「是卷梨洲本稱《金華學案》，謝山《序録》始稱《北山四先生學案》。」自黄宗羲發凡起例，至何紹基刊百卷本，《宋元學案》成書歷時逾百五十年。書成於衆手，黄百家、楊開沅、顧諟、全祖望、黄璋、黄徵乂、王梓材、馮雲濠等各有補訂。《北山四先生學案》究何人所撰？檢黄璋、徵乂父子校補《宋元學案》稿本，知原出百家之手。稿本第十七册收《金華學案》不分卷，抄寫不避「胤」、「弘」；「玄」字凡三見，兩處不避，一處缺末筆。由是知寫於康熙間，即道光重刊本所標「黄氏原本」。然爲録副，非百家手稿。至於宗羲生前得見此否，則未可知。百家《金華學案》，祖望改題《北山四先生學案》。細作考證，《北山四先生學案》實馮雲濠、王梓材據《金華學案》另一録副本，參酌黄璋、徵乂校補本（黄直垕謄清稿），訂補成稿，而非據全氏修訂本增删而成。馮、王誤以爲所見《金華學案》録副即「梨洲原本」，亦即「謝山原稿」，《北山四先生學案》所標注全氏「修」、「補」大都未確。不過，二人發揮全氏校補《宋元學案》之義，博徵文獻，廣大其流，《北山四先生學案》遂成大觀。

從《金華學案》到《北山四先生學案》，不僅見後世如何認識評價四先生，亦可見學風轉移於學術史撰著之作用。

元末明初，黄溍、杜本、宋濂、王禕、蘇伯衡、鄭楷皆專視四先生爲朱學嫡傳。宋濂學於柳貫，爲金履祥再傳，念吕學之衰，思繼絶學。鄭楷《翰林學士承旨宋公行狀》載：「婺實吕氏倡道之邦，而其學不大傳」，「先生既間因許氏門人而究其説，獨念吕氏之傳且墜，奮然思繼其絶學。」①王褘《宋太史傳》傳述此語②。在諸子看來，「吕氏之傳且墜」終有未妥。

明人論四先生，大抵以述朱爲中心。章懋有志復興浙學，《楓山語録》稱「吾婺有三巨擔」，其一即「自何、王、金、許没，而道學不講」。戴殿泗《金華三擔録》載其語曰：「自朱子一傳爲黄勉齋，再傳爲何、王、金、許，而東萊吕公則親與朱子相麗澤者也。道學正宗，我金華實得之。」③周汝登《聖學宗傳》過於疏略，未登録黄榦、四先生。劉鱗長欲「以浙之先正，呼浙之後人」，編《浙學宗傳》，自楊時至陳龍正得四十一人。宋元十家，朱、陸、吕、何、許、金、王并在列。四先生與宋濂、劉基、方孝孺、吴沉等八人，皆見於《北山四先生學案》。自王守仁以下共十七人，皆陽明一脈。一部《浙學宗傳》，上半部爲東萊、北山之學，下半部爲陽明之學。鱗長《浙學宗傳序》云：「弔實婺舊墟，撫然嘆曰：『於越東萊先生，與吾里二亭夫子，問道質疑，卒揆於正，教澤所漸，金華四賢，稱朱學世嫡焉，往事非邈也。』擊楫姚江，溯源良知，覺我明道

① 程敏政《明文衡》卷六十二。
② 王褘《王忠文公集》卷二十一。
③ 戴殿泗《風希堂文集》卷四，清道光八年九靈山房刻本。

學，於斯爲盛。」①

黄宗羲、百家《宋元學案》以朱、陸爲綱，論列南宋至元代之學，未及爲東萊立學案。《金華學案》附宗羲、百家案語數則，可見其論四先生及北山之學大概。卷首列百家案語，述作《金華學案》大旨，即以北山一派爲朱學嫡傳，故獨立一案。全祖望於樸學大興之際，傳浙東史學、東萊文獻，創爲《東萊學案》《深寧學案》，重提朱、陸、吕三家並立之説，修訂其他諸案。《北山四先生學案》雖非出於祖望修訂，然全氏《序録》提出一個重要命題，即金履祥「尤爲明體達用之儒，浙學之中興也」。黄璋、徵乂父子未盡解其意，校補《金華學案》，以校讎爲多。馮雲濠、王梓材能味謝山之旨，校補《北山四先生學案》，沿於全氏所言兩點，即「勉齋之傳，得金華而益昌」、「浙學之中興」，廣而大之，遍及南北學者。所顯現四先生一脈，非復金華學者之學，而爲宋末至明初學術之主流。《金華學案》改題《北山四先生學案》，蓋亦寓此意。

以上略述《北山四先生學案》由來。述四先生之學，不當非僅摘某作某説、某作某評而已。惟有明其源流，始可知其大體，考其通變。

① 劉麟長《浙學宗傳》，明末刻本。

（二）四先生與浙學中興之關係

以今論之，浙學中興有廣義、狹義之别。從狹義言，金履祥學問出入經史，明體達用，沿何、王上承朱、黄，又接麗澤遺緒。此殆全氏發爲此論之意。從廣義言，四先生繼東萊之後，重振東浙之學，北山一脈延亘至明初，蔚爲壯觀，足以標誌浙學中興。東萊、永康、永嘉開啓浙學風氣，朱、陸之學亦傳入，相與滲透，互爲離立，共成浙學源頭。浙學凡歷數變，就大者言，一變而爲北山之學，再變而爲陽明之學，三變而爲梨洲之學，四變而爲樸學浙派。全氏雖不言之，未必不有此看法。此就廣義略説四先生及北山一脈與浙學中興之關係。

其一，自何基爲始，朱學「得金華益昌」。金華本東萊講學之地，麗澤學人遍東南，以金華爲最多。東萊之學衰没，而有何、王崛起，金華成爲朱學興盛之地，此亦朱熹身前所未料及。其時金華傳朱者，尚有朱子門人楊與立，字子權，浦城人，知遂昌，因家於蘭溪，學者稱船山先生。著有《朱子語略》二十卷。又有何基兄何南，號南坡，亦師黄榦。然引朱學昌於金華，何基最爲有力。王柏以下，傳朱爲主，兼法東萊。四先生重新構建浙學一脈理學宗傳。金履祥《北山之高壽北山何先生》：「維何夫子，文公是祖。是師黄父，以振我緒」，「昔在理宗，維道之崇。既表程朱，亦躋吕張。謂爾夫子，纘程朱緒。」①所編《濂洛風雅》亦可見大端。集中收周敦頤、程顥、程頤、張載、邵雍、朱熹、張栻、吕祖謙、何基、王柏、王佖等人詩文。王崇炳《濂洛風雅序》："《濂洛風雅》者，仁山先生以風雅譜婺學也。吾婺之學，宗文公，祖二程、濂溪。則其所自出也，以龜山爲程門嫡嗣，而吕、謝、游、尹則支；以勉齋爲朱門嫡嗣，而西山、北溪、撝堂則支。由黄而何而王，則世嫡相傳，直接濂洛。程門之詩以共祖收，朱門之詩以同宗收，非是族也，則皆不録，恐亂宗也。」②

其二，因四先生倡朱學，浙學播於江左，流及大江南北。查容《朱近修爲可堂文集序》："宋南渡後，吕東萊接中原文獻之傳，倡道於婺，何、王、金、許遂爲紫陽之世嫡，慈湖楊氏又爲象山之宗子，而浙之理學始盛矣。」③朱學之傳幾遍大江之南，而金華、台州特盛。趙汝騰、蔡抗、楊棟官金華，嘆麗澤講席久空，延王柏主之。台州上蔡書院落成，台守趙星緯聘王柏主教席。王柏至則首講謝良佐居敬窮理之訓，推轂朱學播傳於台州。高弟子張𩑺僑寓江左，至元中行臺中丞吴曼慶延致江寧學宫講學，中州士大夫欲子弟習朱子《四書》，多遣從遊。金履祥

① 金履祥《仁山集》卷一。
② 王崇炳《濂洛風雅》集前序。
③ 沈粹芬、黄人編《國朝文匯》卷十七，宣統元年上海國學扶輪社石印本。

與門人許謙、柳貫各廣開講席，許謙及門弟子至逾千人。黄溍《白雲許先生墓誌銘》：「屏迹八華山中，學者翕然贏糧笥書而從之。居再歲，以兄子喪而歸，户屨尤多，遠而幽冀齊魯，近而荆揚吴越，皆百舍重趼而至。」

其三，《四書》學之盛，爲浙學中興之基石。東萊談義理，研《論》《孟》，未如朱熹用力勤且專。朱門弟子多撰《四書》之説，以爲羽翼。自何基承黄榦之教，治學以《四書》爲本始，《四書》遂爲北山一脈所擅。四先生撰著前已述之，其學侣、門人、後學纂述亦富有，葉由庚《論語纂遺》、倪公晦《學庸約説》、潘墀《論語語類》、孟夢恂《四書辨疑》、牟楷《四書疑義》、陳紹大《四書辨疑》、范祖幹《大學大庸發微》、葉儀《四書直説》、吕洙《大學辨疑》、吕溥《大學疑問》、戚崇僧《四書儀對》、蔣玄《中庸注》《四書箋惑》等皆是。《四書》學之盛，不惟推動浙學復興，亦成浙學傳承重要内容。

其四，《五經》貫通，兼治諸史，爲浙學復興之助。自王柏以下，北山一脈勤研《五經》，兼治諸史。王柏、汪開之、戚崇僧等人追溯家學，皆源出東萊。黄百家《金華學案》僅戚崇僧小傳言及「貞孝先生紹之孫也，家學出于吕氏」，馮、王校補《北山四先生學案》沿之，復增數則文字，述及北山學者家學源於吕氏：《文憲王魯齋先生柏》小傳下馮雲濠案云：「父瀚，東萊弟子。」《汪先生開之》小傳爲參酌《金華府志》新增，有云：「東萊弟子獨善之孫也。」《修職王成齋先生珹》小傳爲參酌《王忠文公集》新增，有云：「其子瀚受業吕成公之門，其孫文憲公柏傳道于何文定，得于朱子門人黃文肅公。先生于文憲爲諸孫，又在弟子列，未嘗輒去左右。」既述朱子師傳，又述家學出於吕氏，蓋發揮全氏所言「浙學之中興」之意。《五經》及史學撰著，北山一脈著述頗豐。王柏、金履祥、許謙撰述前已述之，其學侶、門人、後學撰著如倪公晦《周易管窺》，倪公武《風雅質疑》，周敬孫《易象占》《尚書補遺》《春秋類例》，黄超然《周易通義》二十卷、《或問》五卷、《發例》三卷、《釋象》五卷，張䇓《釋奠儀注》《喪服總數》《四經歸極》《闕里通載》及《孝經口義》一卷，張樞《三傳歸一》三十卷、《刊定三國志》六十五卷、《續後漢書》七十三卷、《林下竊議》一卷、《宋季逸事》，吴師道《春秋胡傳補説》、《易書詩雜説》八卷、《戰國策校注》十卷，孟夢恂《七政疑解》《漢唐會要》，楊剛中《易通微説》，牟楷《九書辯疑》《河洛圖書説》《春秋建正辯》《深衣刊誤》，范祖幹《讀書記》《讀詩記》《羣經指要》，唐懷德《六經問答》，胡翰《春秋集義》，戚崇僧《春秋纂例原旨》三卷、《昭穆圖》一卷、《歷代指掌圖》二卷，馬道貫《尚書疏義》六卷，戴良《春秋經義考》三十二卷、《七十子説》、《鄭氏家範》三卷，楊璲《注詩傳名物類考》，徐原《五經講義》，宋濂、王禕等纂《元史》，宋濂《浦陽人物記》《平漢録》《皇明聖政紀》，王禕《續大事記》七十七卷等皆是。北山一脈經學所擅，乃在《易》《詩》《春秋》，亦與東萊相近。其《五經》學成就與《四書》學相埒，史學次之。

（三）中興浙學之功及學術史貢獻

自四先生崛起，朱學與浙學交融於東浙，陸學復播於四明，朱、陸、吕三家並傳，其間會融、分立不一，肇開浙學新格局。以四先生爲代表的浙學中興，意味著朱學的繁榮及東萊之學的賡續。從浙學流變來看，吕祖謙、陳亮、葉適爲初興，四先生及北山後學爲中興，陽明一脈爲三興，其後更有蕺山、梨洲之四興，樸學浙派之五興。從婺學流變來看，吕祖謙、陳亮、唐仲友稱初興，四先生爲再興，柳貫、黄溍、吴師道、宋濂、王禕、方孝孺諸子爲三興，其後金華之學漸衰。自陽明而後，浙學中心移至紹興，金華學壇不復舊觀。

論四先生與浙學及理學之關係，以下諸説皆可鑒採：黄溍《吴正傳文集序》：「近世言理學者，婺爲最盛。」①方孝孺《文會疏》：「浙水之東七郡，金華乃文獻之淵林」，「自宋南渡，有吕東萊，繼以何、王、金、許，真知實踐，而承正學之傳。復生胡、柳、黄、吴，偉論雄辭，以鳴當代之盛，遂使山海之域，居然鄒魯之風。」②魏驥《重修麗澤書院記》：「四賢之學，其道蓋亦出於東萊派者也」，「竊念書院，昔人雖爲東萊之設，朱、張二先生亦嘗講道其地，人亦蒙其化者，曷

---

① 黄溍《金華黄先生文集》卷十八。

② 方孝孺《遜志齋集》卷八，明嘉靖四十年張可大刻本。

若於今書院論其道派，以朱、吕、張三先生之位設之居堂之中，而併何、王、金、許四先生之位設居其傍，爲配以享之。」①章鋆《重修崇文書院記》：「吾浙自唐陸宣公蔚爲大儒，至宋吕成公得中原文獻之傳，昌明正學，厥後何、王、金、許，逮明方正學、王陽明、劉蕺山，以及國朝陸清獻，其學者粹然一出於正，千百年來，流風尚在。」②張祖年《婺學志》亦具識見，其説可與《宋元學案》相參看。祖年作《婺學圖》，以范浚、吕祖謙、朱熹、張栻爲四宗，以「麗澤講學」爲婺學開宗。黄榦傳朱、吕、張之學，四先生即朱、吕、張之嫡脈。祖年之譜四先生，視闔較黄百家《金華學案》稍闊大。

四先生學術史貢獻，王禕《元儒林傳》言之詳且確矣，其論曰：「程氏之道，至朱氏而始明；朱氏之道，至金氏、許氏而益尊。用使百年以來，學者有所宗嚮，不爲異説所遷，而道術必出于一，可謂有功於斯道者矣。大抵儒者之功，莫大于爲經。經者，斯道之所載焉者也。有功于經，即其所以有功于斯道也。金氏、許氏之爲經，其爲力至矣，其於斯道謂之有功，非耶？」③商輅《重建正學祠記》亦有見解：「三代以下，正學在《六經》，治道在人心，非有諸儒闡

① 魏驥《南齋先生魏文靖公摘稿》卷六，明弘治間刻本。
② 章鋆《望雲館文稿》，清光緒十四年刻本。
③ 王禕《王忠文公集》卷十四。

明之，則天下貿貿焉，又惡知孔孟之書爲正學之根柢，治道之軌範」，「四先生生東萊之鄉，出紫陽之後，觀感興起，探討服行，師友相成，所得多矣」，「夫正學具於《六經》，原於人心者，其體也；見於治道者，其用也。《六經》既明，則人心以正，治道以順，而正學之功，於斯至矣。然則四先生有功於《六經》，即有功於正學；有功於人心，即有功於治道。」①

世人於四先生之貢獻，仍不無異辭，如吕留良《程墨觀略論文》三則其二云：「程子曰：今之學有三，而異端不與焉，一訓詁，一文章，一儒者。余按：今不特儒者絶於天下，即文章、訓詁皆不可名學，獨存者異端耳。昔所謂文章，蘇、王之類也；訓詁，則鄭、孔之類也。今有其人乎？故曰不可名學也。而有自附於訓詁者，則講章是也。儒者正學，自朱子没，勉齋、漢卿僅足自守，不能發皇恢張。再傳盡失其旨，如何、王、金、許之徒，皆潛畔師説，不止吴澄一人也。自是講章之派，日繁月盛，而儒者之學遂亡，惟異端與講章觭互勝負而已。」②陸隴其《松陽鈔存》卷上引吕氏此説，論云：「愚謂吕氏惡禪學，而追咎於何、王、金、許以及明初諸儒，乃《春秋》責備賢者之義，亦拔本塞源之論也。然諸儒之拘牽附會，破碎支離，潛背師説者

① 商輅《商文毅公集》卷十，明萬曆三十年劉體元刻本。
② 吕留良《吕晚村先生文集》卷五，清雍正三年吕氏天蓋樓刻本。

誠有之，而其發明程朱之理以開示來學者，亦不少矣。」①姚椿《何王金許合論》辯説：「至謂四氏之説，或有潛畔其師者，雖陸氏亦有是言。夫毫釐秒忽之間，誠不可以不辨」，「自漢學盛行，競言訓詁，學使者試士，至以四先生之學爲背謬。夫四先生之學，愚誠不敢謂其與孔、孟、程、朱無絲毫之異，然言漢學者，不敢詆孔、孟，而無不詆程、朱。詆程、朱者，詆孔、孟之漸也。夫既以程、朱爲非，則其于四先生也何有？是視向者骫排之微辭，其相去益以遠矣。夫四家言行，各有所至，要皆力務私淑，以維朱子之緒，其居心不可謂不正，而立言不可謂不公。」②又引許謙《與趙伯器書》「由傳注以求經，由經以知道，藴而爲德行，發之爲文章事業」之説③，論云「四氏之學，大約盡於此言」④。所言庶幾允當矣。

① 陸隴其《松陽鈔存》卷上，清刻《陸子全書》本。
② 姚椿《晚學齋文集》卷一，清咸豐二年刻本。
③ 許謙《許白雲先生文集》卷三。
④ 姚椿《晚學齋文集》卷一。

四、四先生著述概況

宋元人著述體例，不當以今之標準來衡論。四先生解經，重於義理，自王柏以下，兼重訓詁考據，講求融會貫通。其解經之法，承朱、吕著述之統，諸如編次勘定、標抹點書、句讀段畫、表箋批注、節録音釋，皆以爲真學問，與經傳注疏之學相通。在王柏等人看來，經書篇目勘定次第、去取分合，意義甚而在撰文立説之上，「標抹點書」亦撰著之一體。故王柏《行狀》盛贊何基「無一書一集，不加標注」①，「無一書一集，不施朱抹，端直切要」②。葉由庚《壙誌》稱説王柏「無一書一集，不加標注」，「一言之題，一點之訂，辭不加費而義以著明」。柳貫《金公行狀》載金履祥「無一書不加點勘，鉛黄朱墨，所以發其凡」。黄溍《墓誌銘》謂許謙句讀《九經》《儀禮》《三傳》，鉛黄朱墨，明其宏綱要旨、錯簡衍文。因此，四先生「標抹點書」，當亦列入著述。四先生著述數量，以王柏最富，何基最少，金履祥、許謙數量大體相當。以下分作考述：

① 王柏《何北山先生遺集》卷四附録，《金華叢書》本。
② 王柏《何北山先生遺集》卷四附録。

（一）何基著述

葉由庚《壙誌》稱何基「志在尚行，訒於立言」。《金華叢書》本《何北山先生遺集》卷四録王柏《行狀》稱：「先生平時不著述，惟研究考亭之遺書」，編類《大學發揮》十四卷、《中庸發揮》八卷、《易大傳發揮》二卷、《易啓蒙發揮》二卷、《太極通書西銘發揮》三卷，「有力者皆已板」，又有《近思録發揮》未刊定，《語孟發揮》未脱稿，「《文集》一十卷，裒集未備也」。何基次子何鉉《北山先生文定公家傳》稱：「先生不甚爲文，亦不留稿，今所裒類《文集》，得三十卷。從先生遊者，惟魯齋王聘君剛明造詣，問答之書前後凡百數。」①《文定公壙記》又云：「《文集》三十卷，編未就。」②《宋史》本傳稱《文集》三十卷，吴師道《節録何、王二先生行實寄文史局諸公》則曰：「先生集三十卷，而與王公問辨者十八卷。」③王柏撰《行狀》，不見於明刻本《魯齋集》，亦罕見他集載及。《金華叢書》本作「《文集》一十卷」，其「一」字疑爲「三」字之誤。檢萬曆《金華府志》卷十六《人物》之《何基傳》，摘録王柏《行狀》，作「《文集》三十卷」。康熙《金華

① 《東陽何氏宗譜》卷二，清咸豐己未重修本。
② 《東陽何氏宗譜》卷二，清咸豐己未重修本。
③ 吴師道《吴禮部文集》卷二十。

縣志》卷七《雜志類》著録《北山集》三十卷，亦可證之。

何鉉《北山四先生文定公家傳》云：「其他諸經有標題者，皆未就緒，今不復見成書矣。」吴師道《節録何、王二先生行實寄文史局諸公》稱何基：「所標點諸書，存者皆可傳世垂則也。」①以上諸書外，何基尚有「標抹點書」數種：

《儀禮點本》，佚。吴師道《題儀禮點本後》：「北山何先生標點《儀禮》，其本用永嘉張淳所校定者。某從其曾孫景瞻借得之……夫以難讀之書，使按考注疏，切訂文義，以分句讀，非數月之功不可。今蒙先正之成而趣辦于半月之間，可謂易矣。……張淳校本，朱子猶有未滿。今先生間標一二，于字音圈法甚畧，或發一二字而餘不及，蓋使人必其自求之耳。今悉仍其舊，而不敢有所增也。」②

《四書點本》，存佚未詳。吴師道《請傳習許益之先生點書公文》：「何氏所點《四書》，今温州有板本。」又，《題程敬叔讀書工程後》：「北山師勉齋，魯齋師北山，其學則勉齋學也。二公所標點，不止於《四書》，而《四書》爲顯。」程端禮《程氏家塾讀書分年日程》卷一「自八歲入學之後」條言讀《四書》應至爛熟爲止，仍參看「何北山、王魯齋、張達善句讀、批抹、畫截、表

① 吴師道《吴禮部文集》卷二十。
② 吴師道《吴禮部文集》卷十八。

注、音考」①。

何基標抹其他經傳之書，俟再考證。其著述雖少，不計標抹之書，亦逾六十卷。

（二）王柏著述

王柏考訂羣書，經史子集，靡不涉獵，著述逾八百卷。王三錫《題文憲公集後》：「生平博覽群書，參微抉奥，往往發前人所未發，當時著述八百餘卷。」②馮如京《重刻魯齋遺集序》：「闡《六經》，羽翼聖傳，即天文地理，旁及稗史，靡不精究，著述不下八百餘卷。」③吴師道《節録何、王二先生行實寄文史局諸公》詳記王柏著述：「有《讀易記》《讀書記》《讀詩記》各十卷、《讀春秋記》八卷、《論語衍義》七卷、《太極圖衍義》一卷、《伊洛精義》一卷、《研機圖》一卷、《魯經章句》三十卷、《論語通旨》二十卷、《孟子通旨》七卷、《書附傳》四十卷、《左氏正傳》十卷、《續國語》四十卷、《闡學之書》四卷、《文章續古》三十五卷、《文章復古》七十卷、《濂洛文統》二百卷、《擬道學志》二十卷、《朱子指要》十卷、《詩可言》二十卷、《天文考》一卷、《地理

---

① 黄宗羲等《宋元學案》卷八十七。
② 王柏《魯齋王文憲公文集》。
③ 王柏《魯齋集》，清順治十一年馮如京刻本。

考》二卷、《墨林考》十六卷、《大爾雅》五卷、《六義字原》二卷、《正始之音》七卷、《帝王曆數》二卷、《江右淵源》五卷、《伊洛指南》八卷、《涵古圖書》一卷、《詩辨説》一卷、《書疑》九卷、《涵古易説》一卷、《大象衍義》一卷、《雜志》二卷、《周子》二卷、《發遣三昧》二十五卷、《文章指南》十卷、《朝華集》十卷、《紫陽詩類》五卷、《文集》七十五卷、《家乘》五十卷。又有親校刊刻諸書，無不精善。比年婺屢毁，散落已多。」所載諸書通計七百九十四卷，標抹諸經尚未記。

吴師道《敬鄉録》卷十四又云：「北山所著少，而有諸書發揮，傳布已久。魯齋所著甚多，比年燼於火，傳抄者僅存。」德祐二年以後，王柏著述大都散失。至元二十六年至二十七年間，金履祥募得諸稿，攜同門士各以類集，雜著卷帙少者用《朱子大全集》之例各附入，編爲《王文憲公文集》。履祥《魯齋先生文集目後題》：「今存於《長嘯醉語》者，蓋存而未盡去也」，「間因述所考編，以求訂證，謂之《就正編》。迨至端平甲午，學成德進，粹然一出於正。自是以來，一年一集，以自考其所進之淺深，所論之精粗。自甲午至癸卯，凡五卷，謂之《甲午稿》。其後類述倣此，《甲辰稿》二十五卷、《甲寅稿》二十五卷、《甲子稿》二十五卷。其雜著成編者，《論語衍義》七卷、《涵古圖書》一卷、《研幾圖》一卷、《詩辯説》二卷、《書疑》九卷、《涵古易説》一卷、《大象衍義》一卷、《太極衍義》一卷。其餘編集不在此數也。其程課、交際、出處、事爲、著述前後，則見於《日記》。履祥又嘗集公與北山先生來往問答之詞，爲《私淑編》」，「《就正編》

《大象衍義》，北山先生亦俱有答語，與履祥所集《私淑編》，當依《延平師友問答》之例，别爲一書。但《大象》乃公所拈出，謂爲夫子一經，故其《衍義》亦自入集。講義雖嘗刊於天台而未盡，間亦有再講者，今皆入集。」所述《長嘯醉語》《就正編》《日記》《上蔡書院講義》、履祥所輯王柏與何基往來問答之《私淑編》，皆不見於吴師道《節録何、王二先生行實寄文史局諸公》載記。《詩辯説》二卷，即《詩疑》二卷。《讀易記》十卷、《讀書記》十卷、《讀詩記》十卷不傳，今未詳《詩辯説》《書疑》諸書與之内容重複之況。

今人程元敏撰《王柏之生平與學術》《自序》云：「王氏遺書，爲世人所習知者，不過《書疑》《詩疑》及《魯齋文集》而已。及檢書目，又得《研幾圖》與後人纂輯之《魯齋正學編》。復於《程氏讀書工程》中，見《正始之音》全文。而《詩準》《詩翼》，諸家目録誤題爲何、倪二氏所作者，亦因考之縣志而正其誤，於是總得七書。然去魯齋本傳所言八百卷之數尚遠。因更考其師友與元明人著作，復得魯齋佚詩文數百條。」①第二編《著述考》，按經、史、子、集詳考王柏著述，今録吴師道《節録行實》列目未書、金履祥《魯齋先生文集目後題》所未載及，鑒采程元敏考據，列之如下，并略作補證：

《易疑》，佚。王崇炳雍正七年序金履祥《大學疏義》：「魯齋博學弘文，著書滿車，今所存

① 程元敏《王柏之生平與學術》，華東師範大學出版社，二〇一一年，第五頁。

亦少，而《大學定本》《詩疑》《禮疑》《易疑》等編，曾於四明鄭南溪家見之。」①

《繫辭注》二卷，佚。《授經圖》卷四《諸儒著述》附歷代《三易》傳注，云：「《繫辭注》二卷，王柏。」然程元敏謂「殊可疑」。

《禹貢圖説》一卷，佚。見《聚樂堂藝文目録》《萬卷堂書目》《金華經籍志》《經義考》。

《詩考》，佚。康熙《金華縣志》著録。

《禮疑》，佚。王崇炳嘗於鄭性家見之。

《紫陽春秋發揮》四十卷，殘。見葉由庚《壙誌》引王柏題《春秋發揮》。

《春秋左傳注》二十卷，佚。《授經圖》卷十六《諸儒著述》附歷代《春秋》傳注著録。然程元敏謂「洵可疑」。

《大學疑》，殘。《晁氏寶文堂分類書目》著録。

《大學定本》，佚。王崇炳嘗於鄭性家見之。

《訂古中庸》二卷，佚。《經義考》著録。

《標抹點校四書集注》，佚。宋定國等《國史經籍志》載王柏「手校《四書集注》二十四册，抄本」。吴師道《題程敬叔讀書工程後》：「某頃年在宣城見人談《四書集注》批點本，亟

---

① 金履祥《大學疏義》，《金華叢書》本。

稱黄勉齋，因語之曰：『此書出吾金華，子知之乎？』其人怫然怒而不復問也。……四明程君敬叔著《讀書工程》以教學者，舉批點《四書》例，正魯齋所定，引列於編首者，而亦誤以爲勉齋，毋乃惑於傳聞而未之察歟？」程端禮《程氏家塾讀書分年日程》卷一言熟讀《四書》，仍參看「何北山、王魯齋、張達善句讀、批抹、畫截、表注、音考」，卷二《批點經書凡例》列《勉齋批點四書例》，即吴師道所言「正魯齋所定」。又，吴師道《請傳習許益之先生點書公文》：「王氏所點《四書》及《通鑑綱目》，傳布四方。」程元敏《著述考》既列此條，又列《批點標注四書》一條：「《批點標注四書》二卷，殘。」《批點標注四書》又見《經義考》《金華經籍志》著録。細察吴師道《題程敬叔讀書工程後》《請傳習許益之先生點書公文》，所標注《四書》，即《四書集注》。

《標抹點校資治通鑑綱目》五十九卷，佚。見葉由庚《壙誌》、吴師道《請傳習許益之先生點書公文》。

《朱子繫年録》，佚。見王柏《朱子繫年録跋》。

《重改庚午循環曆》，殘。見王柏《重改庚午循環曆序》。

《重改石笥清風録》十卷，殘。見王柏《重改石笥清風録序》。

《（魯齋）故友録》一卷，殘。王柏編，見萬曆《金華縣志》存《自序》。

《魯齋清風録》十五卷，殘。見王柏《魯齋清風録序》。

《考蘭》四卷，殘。見王柏《考蘭序》。

《陽秋小編》一卷，佚。見王柏《跋徐彦成考史》。

《天地萬物造化論》一卷，存。王柏撰，明周顒注。

《批注敬齋箴》十章，佚。朱熹箴，王柏批注。金履祥《濂洛風雅》卷一録《敬齋箴》，注云：「王魯齋嘗批注，又講于天台。」

《上蔡書院講義》一卷，殘。金履祥《魯齋先生文集目後題》：「《講義》雖嘗刊於天台而未盡。」吴師道《題程敬叔讀書工程後》篇末注：「魯齋亦有《類聚朱子讀書法》一段，在《上蔡書院講義》中。」

《天官考》十卷，佚。《世善堂書目》著録。

《雅藏録》，佚。見王柏《跋寬居帖》。

《朱子詩選》，佚。見王柏《朱子詩選跋》。

《朱子文選》，佚。見宋濂《題北山先生尺牘後》。

《雅歌集》，殘。見王柏《雅歌序》。

《五先生文粹》一卷，佚。《聚樂堂藝文目録》《萬卷堂書目》《千頃堂書目》著録。

《勉齋北溪文粹》，殘。王柏編，何基增定。見王柏《跋勉齋北溪文粹》。

《詩準》四卷、《詩翼》四卷，存。《四庫全書總目提要》：「舊本題宋何無適、倪希程同撰」，

「疑爲明人所僞托。觀其《岣嶁山碑》全用楊慎釋文，而《大戴禮·几銘》並用鍾惺《詩歸》之誤本，其作僞之迹顯然也。」程元敏考辨以爲臺圖藏明郝梁刻《詩準》四卷、《詩翼》四卷，爲王柏所編集，四庫館臣所見之本乃僞作①。又考何欽字無適，咸淳五年夏卒。倪普字君澤，改字希程，婺州人，淳祐十年進士，歷官刑部尚書、簽書樞密院事。今按：《詩準》《詩翼》，宋本尚存國圖。哈佛燕京圖書館藏明朱紱等編《名家詩法彙編》十卷，萬曆五年刻本（四册），卷九爲《詩準》，卷十爲《詩翼》，卷端皆題：「宋金華王柏選輯，明潛川徐珪校正，潛川談籙編次。」末附王柏淳祐三年《序》、楊成成化十六年《序》、嘉靖二年邵鋭《序》。王柏《序》：「友人何無適、倪希程前後相與編類，取之廣，擇之精，而又放黜唐律，法度益嚴。予因合之，前曰《詩準》，後曰《詩翼》。」是書殆王柏次定之力爲多，《詩準》《詩翼》當題何欽、倪普編類，王柏次定。

程元敏輯考《上蔡師説》《魯齋詩話》等，嫌於牽强，其他大都詳覈，多所發明。

（三）金履祥著述

金履祥著述，按徐袍《宋仁山金先生年譜》：寶祐二年，作《讀論語管見》；咸淳六年，自弱冠以後至是歲雜詩文三册，彙爲《昨非存稿》；德祐元年，自咸淳七年至是歲雜詩文二册，

① 程元敏《王柏之生平與學術》上册，第四二八頁。

自題《仁山新稿》；至元十七年，撰成《資治通鑑前編》，凡十八卷，《舉要》二卷；至元二十八年，自德祐二年至是年雜詩文二册，自題《仁山亂稿》；至元二十九年，是歲以後雜詩文題《仁山噫稿》；元貞二年，編次《濂洛風雅》成；大德六年，《大學指義》成。又有《大學疏義》，早年所作；《尚書表注》《尚書注》《論語集注考證》《孟子集注考證》，不知成於何年；編王柏與何基往來問答之詞爲《私淑編》。

以上通計之，凡十四種。標抹批注又有數種：

《樂記標注》，佚。柳貫《金公行狀》：履祥疑前儒《樂記》十一篇之説，反復玩繹，「則見所謂十一篇者，節目明整，了然可考，而《正義》所分，猶爲未盡，於是一加段畫，而旨義顯白，無復可疑」①。

《中庸標注》，佚。吴師道《讀四書叢説序》：「仁山於《大學》《論》《孟》有《考證》，《中庸》有《標抹》。」②章贇《仁山金文安公傳畧》：「若《大學疏義》《中庸標注》《論孟考證》，我成祖皆載入《大全》，固已萬世不磨矣。」③吴師道《題程敬叔讀書工程後》「金氏《尚書表注》《四書疏義考

① 柳貫《柳待制文集》卷二十。
② 吴師道《吴禮部文集》卷十一。
③ 金履祥《仁山先生金文安公文集》卷五，清雍正九年東藕堂刻本。

證》」注云：「金止有《大學疏義》《論孟考證》。」

《四書集注點本》，佚。吴師道《請傳習許益之先生點書公文》：「金氏、張氏所點，皆祖述何、王。」

《禮記批注》，存。江西省圖書館藏宋本《鄭注禮記》二十卷，顧廣圻《跋》：「此撫州公使庫刻本《禮記》，是南宋淳熙四年官書，於今日爲最古矣。」書中批注千餘條，黄靈庚先生考證謂履祥批注。今按：《禮記》卷四《王制第五》「凡四海之内，九州」以下數章，眉批：「履祥按：方百里，惟以田計。青、兖、徐、豫，山少田多，故疆界若狹。冀與雍，田少山多，故疆界其闊。」可與履祥《答趙知縣百里千乘説》相參證。履祥有《中庸標注》《大學指義》《大學疏義》《樂記標注》，其中《中庸》《大學》無批注，《樂記》僅間有夾批注明數字之音，則不可解。

《夏小正注》，存。國圖藏明刻本楊慎集解《夏小正解》一卷，卷端題：「戴氏德傳，王氏應麟集校，金氏履祥輯。」國圖藏清乾隆十年黄叔琳刻本《夏小正》一卷，卷端題：「戴德傳，金履祥注，濟陽張爾岐稷若輯定，北平黄叔琳崑圃增訂，海虞顧鎮備九參校。」二本所載履祥注，皆録自《通鑑前編》。

《仁山文集》，存。履祥詩文先後自訂爲四稿，集久散落。明正德間，董遵收拾散佚，刻爲《仁山先生文集》五卷，卷一至卷四爲履祥自作詩文，卷五爲附録。正德刻本不存，今傳明萬曆二十七年金應騶等校刻本、明抄本、舊抄本等，雖有三卷、四卷、五卷之異，然皆祖于正德本，僅有篇目多寡、附録增删之異。

（四）許謙著述

許謙著述，按黄溍《白雲先生墓誌銘》：《讀四書叢説》二十卷；《詩集傳名物鈔》八卷；《讀書叢説》六卷；《温故管窺》若干卷；《治忽幾微》若干卷。又有《三傳義例》《讀書記》「皆稿立而未完」；門人編《日聞雜記》「未及詮次」；有《自省編》，「晝之所爲，夜必書之，迨疾革，始絶筆」。載及書名者，以上凡九種。朱彝尊《經義考》卷一百九十四著録《春秋温故管闚》，云：「未見。陸元輔曰：先生於《春秋》有《温故管闚》，又著《三傳義例》。《義例》未成。」[①]錢大昕《元史藝文志》卷一著録《春秋温故管闚》《春秋三傳義疏》。《義疏》，當即《義例》。以上九種外，黄溍《墓誌銘》載及而未言書名，及所未載及者，又有十餘種：

《假借論》一卷，佚。焦竑《國史經籍志》卷二著録「許謙《假借論》一卷」[②]。《焦氏筆乘》卷六載及「許謙《假借論》」[③]。并見《千頃堂書目》《元史藝文志》著録。

---

① 朱彝尊《經義考》卷一百九十四，清乾隆二十年盧見曾續刻本。

② 焦竑《國史經籍志》卷二，明刻本。

③ 焦竑《焦氏筆乘》卷六，明萬曆三十四年謝與棟刻本。

《詩集傳音釋》二十卷，存。《經義考》卷一百十一著録《羅氏復詩集傳音釋》二十卷，存。云：「按：曹氏静惕堂有藏本，乃合白雲許氏《名物鈔》而音釋之。」①《鐵琴銅劍樓目録》卷三著録元刊本《詩集傳音釋》二十卷：「題東陽許謙名物鈔音釋，後學羅復纂輯。黄氏《千頃堂書目》始著於録，流傳頗少。《凡例》後有墨圖記云：『至正辛卯孟夏，雙桂書堂重刊。』猶元時舊帙也。其書全載集傳，俱雙行夾注，音釋即次集傳末，墨圍『音釋』二字以别之」，「蓋以《名物鈔》爲主，更采他説以附益之，與《凡例》所云正合。然此但摘録許書音釋，而其考訂名物則不具載，且音釋亦間有不録者。」②

《絳守居園池記注》一卷，存。《四庫全書總目提要》：「唐樊宗師撰，元趙仁舉、吴師道、許謙注」，「皇慶癸丑，吴師道病其疏漏，爲補二十二處，正六十處。延祐庚申，許謙仍以爲未盡，又補正四十一條。至順三年，師道因謙之本，又重加刊定，復爲之跋。二十年屢經竄易，尚未得爲定稿，蓋其字句皆不師古，不可訓詁考證，不過據其文義推測，鉤貫以求通。」

《四書集注點本》，佚。吴師道《請傳習許益之先生點書公文》：「乃金氏高弟，重點《四書章句集注》。」

---

① 朱彝尊《經義考》卷一百十一。
② 瞿鏞《鐵琴銅劍樓目録》卷三，清光緒間常熟瞿氏家塾刻本。

《儀禮經注點校》，佚。吴師道《儀禮經注點校記異後題》：「許君益之點抹是書，按據注疏，參以朱子所定，將使讀者不患其難。」①黄溍《白雲許先生墓誌銘》：「於《三禮》，則參伍考訂，求聖人制作之意，以翼成朱子之説」，「又嘗句讀《九經》《儀禮》《三傳》，而於其宏綱要旨，錯簡衍文，悉别以鉛黄朱墨，意有所明，則表見之。其後友人吴君師道得吕成公點校《儀禮》，視先生所定，不同者十有三條而已，其與先儒意見吻合如此。」

《九經點校》，佚。見上引黄溍《白雲許先生墓誌銘》。吴師道《請傳習許益之先生點書公文》稱許謙「重點《四書章句集注》，及以廖氏《九經》校本再加校點。他如《儀禮》、《春秋》《公》《穀》二『傳』並注，《易程氏傳》、朱氏《本義》，《詩朱氏傳》，《書蔡氏傳》，朱子《家禮》，皆有點本，分别句讀，訂定字音，考正謬訛，標釋段畫，辭不費而義明。用功積年，後出愈精，學士大夫咸所推服」。宋末廖瑩中刊《九經》，即《周易》《尚書》《毛詩》《禮記》《周禮》《左傳》《論語》《孝經》《孟子》，有《孝經》，無《儀禮》，有《論語》《孟子》，無《公羊傳》《穀梁傳》。故黄溍《墓誌銘》並舉《九經》《儀禮》《三傳》。許謙校點，除句讀外，尚訂定字音，考正訛謬，標釋段畫。

《三傳點校》，佚。見上引黄溍《白雲許先生墓誌銘》、吴師道《請傳習許益之先生點書公

① 吴師道《吴禮部文集》卷十五。

文》。許謙《春秋温故管闚》《春秋三傳義疏》并佚，與《三傳點校》殆各沿其例爲書。

《書蔡氏傳點校》，佚。許謙《回南臺都事鄭鵬南浼點書傳書》：「近辱蕭侯傳示教命，俾點《書傳》。舊不曾傳點善本前輩，方欲辭謝，又恐有辜盛意，遂以己意謾分句讀」，「圈之假借字樣，舊頗曾考求，往往與衆不合，今以異於衆者，具別紙上呈。標上舊題爲《蔡氏書傳》。謹按：古來傳注，必先題經名，然後曰某人注」，「乞命善書者易題曰《書蔡氏傳》，庶幾於義而安。」①又一書云：「某比辱指使點正《書傳》，不揣蕪陋，弗克辭謝，輒分句讀，汙染文籍。」②鄭雲翼字鵬南，延祐二年官南臺都事，延祐六年遷廣東道肅政廉訪使，泰定元年陞兵部尚書。許謙應雲翼之請點校蔡沈《書集傳》，吴師道《請傳習許益之先生點書公文》亦言及是書，今未見傳。

《易程氏傳點校》，佚。見上引吴師道《請傳習許益之先生點書公文》。其不名《程氏易傳》，《回南臺都事鄭鵬南浼點書傳書》已言之。

《易朱氏本義點校》，佚。見上引吴師道《請傳習許益之先生點書公文》。《易朱氏本義》，即《周易本義》。其不名《朱氏易本義》，《回南臺都事鄭鵬南浼點書傳書》已明之。

---

① 許謙《許白雲先生文集》卷三。

② 許謙《許白雲先生文集》卷四。

《詩朱氏傳點校》，佚。見上引吴師道《請傳習許益之先生點書公文》。《詩朱氏傳》，即《詩集傳》。其不名《朱氏詩傳》，《回南臺都事鄭鵬南浼點書傳書》已明之。

《家禮點校》，佚。見上引吴師道《請傳習許益之先生點書公文》。

《典禮》，佚。許鴻烈《八華山志》卷中《金仁山、許白雲立謚咨文》：「若《三傳義疏》《典禮》《讀書記》，皆未脱稿者也。」末署「元至正七年八月初九日」①。此又見於清宣統三年重修本《桐陽金華宗譜》卷一，題作《爲金、許二先生請謚咨文始末》。黄溍《墓誌銘》僅言「有《三傳義例》《讀書記》，皆稿立而未完」。《典禮》，疑爲《三傳典禮》。許謙熟於古今典禮政事，黄溍《墓誌銘》：「搢紳先生至於是邦，必即其家存問焉。或訪以典禮政事，先生觀其會通而爲之折衷，聞者無不厭服。」今難得其詳，俟再考證。

《八華講義》，佚。許謙《八華講義》：「講問辨析，有分寸之知，敢不傾竭爲諸君言？苟所不知，不敢穿鑿爲諸君誑。」②許謙講學八華山中，四方來學。《八華山志》卷中《道統志》收許謙題《八華講義》及所撰《八華學規》《童稚學規》《答門人問》。《八華講義》蓋爲講義之題，非止一篇題作，未刻行，久佚。明正德間陳綱重刻《許白雲先生文集》，改《八華講義》作《金華講義》。

---

① 許鴻烈《八華山志》卷中，民國戊寅重修本。

② 許謙《許白雲先生文集》卷四。

《歷代統系圖》，佚。戚崇僧《白雲歷代指掌圖説》：「白雲先生《歷代統系圖》，自帝堯元載甲辰，迄至元十三年丙子，總三千六百三十三年，取義已精，愚約爲《指掌》，以便觀玩。」末署「至正乙酉，金華戚崇僧述」①。崇僧爲許謙高弟子，字仲咸，金華人。著有《春秋纂例原指》三卷、《四書儀對》二卷、《歷代指掌圖》二卷等書。雍正《浙江通志》著録《歷代指掌圖》二卷，注云：「金華戚崇僧著，見黄溍《戚君墓誌》。」②《歷代指掌圖》二卷，今佚。按崇僧《序》，其書乃據許謙《歷代統系圖》「約爲《指掌》」。季振宜《季滄葦書目》著録「抄本《歷代統系圖》，一本」③，未詳即許謙之書否。

《許氏詩譜鈔》，存。吴騫《元東陽許氏詩譜鈔跋》：「元東陽許文懿公嘗以鄭、歐之譜世次容有未當，别纂《詩譜》，繫於《詩集傳名物鈔》」，「特所序諸國傳世曆年甚悉，有足資討覈者。爰爲輯訂，附於《詩譜補亡》之後。」④許謙不滿於鄭玄《詩譜》、歐陽修《詩譜》，以爲世次有所未當，别纂《詩譜》，附《詩集傳名物鈔》各卷之末，未單行。吴騫輯訂《詩譜補亡》，從《名物

---

① 《蓉麓戚氏宗譜》卷二，民國十九年庚午重修本。
② 雍正《浙江通志》卷二百四十三，清文淵閣《四庫全書》本。
③ 季振宜《季滄葦書目》，清嘉慶十年黄氏士禮居刻本。
④ 吴騫《愚谷文存》卷四，清嘉慶十二年刻本。

鈔》採録《許氏詩譜》一書，有拜經樓刻本。

《白雲集》，存。黄溍《白雲許先生墓誌銘》：「其藏於家者，有詩文若干卷。」不言集名。按《八華山志》，東陽許三畏字光大，自幼師事許謙，許謙歿，「乃萃其遺稿，手鈔家藏，待後以傳，賴以不墜」。明人李伸幼時得許謙殘編於祖妣王氏家，皆許氏手稿，明正統間編次《白雲集》四卷。成化二年，張瑄得金華陳相之助，刻行於世。正德間，金華陳綱重刻之，改題《白雲存稿》。

五、關於《全書》整理的幾點説明

四先生自王柏以下貫通經史，考訂羣書，著述弘富。據各類文獻著録可知，王柏著作逾八百卷，金履祥、許謙著作亦多。何基篤守師説，其書題作「發揮」者即有七種，《文集》三十卷裒集未備。惜四先生著述大都散佚，今存不足三十種，多爲精華。如何基著作，胡鳳丹編《何北山先生遺集》四卷，凡詩一卷、文一卷、《解釋朱子齋居感興詩》一卷、附録一卷，篇章寥寥。然四先生解經沿朱、吕之統，若考訂篇目、編類勘定、標抹點校、句讀段畫、批注音釋等，皆爲所重，以爲真學問，可羽翼經傳，有補聖賢之學。此次編纂四先生傳世著述，囊括四部，廣作蒐討，復作甄選，批注、次定之書，亦在收録範圍，冀得四先生著作大全。

前此已述「北山四先生」之目其來有自，故兹編四先生著述名曰《北山四先生全書》（以下簡稱《全書》）。《全書》分爲「何基卷」「王柏卷」「金履祥卷」「許謙卷」凡四編，別附《北山四先生全書外編》（以下簡稱《外編》）一册。收録内容如下：

何基卷：《何北山先生遺集》四卷。

王柏卷：《書疑》九卷；《詩疑》二卷；《研幾圖》一卷；《天地萬物造化論》一卷；《魯齋王文憲公文集》二十卷。

金履祥卷：《尚書注》十二卷；《尚書表注》二卷；《禮記批注》二十卷；《宋金仁山先生大學疏義》一卷；《論語集注考證》十卷；《孟子集注考證》七卷；《通鑑前編》十八卷、《舉要》二卷；《仁山先生文集》三卷；《濂洛風雅》七卷。

許謙卷：《讀書叢説》六卷；《讀四書叢説》八卷；《詩集傳名物鈔》八卷；附《詩集傳名物鈔音釋纂輯》二十卷；《許白雲先生文集》四卷；《絳守居園池記注》一卷。

《全書》并收四先生批注、編類之書，惜所得已尠，僅金履祥編《濂洛風雅》、許謙等人《絳守居園池記注》一卷而已。何基《解釋朱子齋居感興詩二十首》，胡鳳丹已編入《何北山先生遺集》。王柏《正始之音》不分卷，收入《魯齋王文憲公文集》附録。楊慎輯解《夏小正解》一卷、吴騫編訂《許氏詩譜鈔》一卷，分從《資治通鑑前編》《詩集傳名物鈔》中輯録，且有文字改易，雖單行於世，《全書》不重複收録。羅復纂輯《詩集傳音釋》二十卷，亦與《名物鈔》重複，且有改易，然今存《名物鈔》最早傳本爲明抄二種，《詩集傳音釋》存元正至雙桂書堂刊本，可相參證，故附收之。

又有四先生詩文佚篇、講學語録、零句斷章，散見他書。《全書》則廣考方志史料、經史典籍、宗譜家乘、别集總集，勾稽佚篇，以詩文爲主，録爲補遺，附於各集之後。《全書》補遺增至二百餘篇。大略《何北山先生遺集》增《補遺》二卷，凡詩文、語録各一卷，更補附録三卷。《魯齋王文憲公文集》增《補遺》、附録各一卷。《仁山先生文集》增《補遺》二卷、附録四卷。《許白雲先生文集》增《補遺》二卷、附《八華山志》一種、附録五卷。至於王柏、金履祥、許謙語録、雜著，可輯爲條目者尚有不少，因考校非短時可畢功，姑俟將來。

另外，整理者各竭其力，輯録年譜、碑傳志銘、序跋題贈等爲附録，凡一家之資料，分附各卷後，而四先生合評之資料則另編爲《外編》一册，綴於《全書》之末。

本次整理之特點，大體有以下四點：

一是内容全備，首次結集。本書所收四先生著述，盡量蒐羅完備，拾遺補缺，并附研究資料之集成。四先生著作已出整理本數種，《全宋詩》《全宋文》《全元詩》《全元文》各沿體例，收録四先生詩文。《全書》之整理或酌情鑒採前賢時哲已有成果，廣泛蒐討有價值校本，以成新編；或别覓良善底本、校本，新作董理；或未有整理本，首次進行校勘標點。至於蒐輯補遺、編類附録，用力頗勤。故《全書》編校之事可謂首創，求全、求備、求精，雖未臻其目標，然自有新意，覽者可察之。

二是底本、校本良善。在當前條件下，搜集購訪底本、參校本已較過去爲易，然亦非没有難度。先是用時幾近半年進行調查研究，甄選整理底本、參校本。如許謙《讀四書叢説》，今傳八卷本，有元刻本、清刻本及抄本多種。國圖藏元刻本八卷，《讀論語叢説》三卷原缺，常熟瞿氏以所得德清徐氏藏元刻本配之，遂爲合璧本。國圖藏清嘉慶間何元錫影抄元本與《宛委別藏》本《讀論語叢説》三卷，并據德清徐氏舊藏本影寫。臺北故宫博物院藏元刻本八卷殘帙，又藏舊抄本八卷，據元刻本寫録，顯非據於德清徐氏舊藏元本。浙圖藏明藍格抄本八卷，有清佚名校注。國圖藏瞿氏鐵琴銅劍樓影元抄本，據合璧本影抄。此外，又有國圖藏嘉慶間何元錫刻本、《經苑》本、《金華叢書》本。今訪得諸本，詳作考訂，乃以元刻八卷合璧本爲底本，參校殘元本五卷、舊抄本八卷、明藍格抄本八卷等本。

三是勾稽拾遺。以四先生著述多散佚，遍檢方志、宗譜、總集等，勾稽佚作，用力仍多在詩文，所得逾二百篇。如《魯齋集》輯佚詩六十六首、詞一闋、文十七篇。《仁山集》輯佚作四十三篇、附存疑六篇，約當本集三之一。《白雲集》輯佚文三十四篇（含殘篇二篇）、佚詩十四首及許謙之子許亨文二篇，約當本集四之一。

四是立足考據。在研究的基礎上進行校點整理，有關考證涉及版本源流、篇目真僞、文獻輯佚等方面。如《仁山文集》，傳世明抄本、舊抄本庶幾見正德本原貌，而抄寫多誤字，萬曆刻本經履祥裔孫校勘，訛誤爲少，勝於後來春暉堂、東藕堂及退補齋諸刻。東藕堂刻本有補苴之功，惜文字臆改居多，徒增歧説，非别有善本據依。《金華叢書》本、《四庫全書》本少有校讎之功，復多擅改之弊，實無足觀。故此次整理，以萬曆刻本爲底本，僅參校明抄本、舊抄本、春暉堂刻本、東藕堂刻本。又如輯佚，翻覽宗譜數千種，所得篇目亦豐。然據宗譜勾稽，可信度下方志一等。宗譜良莠不齊，時見攀附僞托之作，且編集校印多不精，故異姓之譜常見一人同篇，同宗之譜時見一篇分署多人。或一望而知假托，或詳考而始明真僞，採輯遂不得不慎。附録資料亦然，篇目真僞亦需考辨。如《芋園叢書》本《金氏尚書注》集前《金氏尚書注自序》末署「寶祐乙卯重陽日，蘭溪吉父金仁山書」，實宋人方岳之筆，見於《秋崖集》卷四十《滕和叔尚書大意序》，朱彝尊《經義考》作「方岳序」，不誤。《碧琳琅館叢書》本《金氏尚書注》集前亦録此僞作。《芋園叢書》本《金氏尚書注》又有《金氏尚書注序》，并是僞托。《碧琳琅館叢書》本《金氏尚書注》又有王柏《金氏尚書注跋》一篇，末署「歲在丁巳仲春望日，桐陽叔子金履祥書於桐山書軒」，實方時發之筆。署柳貫《書經周書注敘》及佚名《金氏尚書注跋》，皆係僞托。今人蔡根祥、許育龍等已證《芋園叢書》本、《碧琳琅館叢書》本《金氏尚書注》繫僞作。今鑒取相關成果，詳作考辨，盡量避免僞作羼入。

《全書》整理之議，始於二〇一四年。先是浙江師範大學與金華市政協合作編纂《吕祖謙全集》，歷時八年，成十六册，二〇〇八年由浙江古籍出版社印行。繼與金華市委宣傳部合作編纂《重修金華叢書》，歷時七年，彙輯二百册，二〇一三至二〇一四年由上海古籍出版社印行。其時我們以復興浙學爲己任，提倡從基礎文獻梳理與學術史建構兩方面對浙學展開研究，以爲四先生有功浙學匪小，整理四先生之書亟爲當前所需，遂於《重修金華叢書》首發式上，倡議整理《北山四先生全書》。經多方呼籲，金華市委宣傳部於二〇一七年聯合浙師大啓動《全書》編纂，委托我們負責組織團隊，開展整理工作。陳開勇、王錕、慈波、崔小敬、宋清秀教授，孫曉磊、鮑有爲、方媛、李鳳立、金曉剛博士先後參與進來。二〇二〇年，《全書》入選「浙江文化研究工程」重大項目。前後歷時四年，今夏終於完稿。各書整理者名氏已標册端，此不一一介紹。黄靈庚、李聖華擬定體例，通讀全稿，并各自承擔校勘任務。

《全書》整理出版，無疑是浙學研究史上一件盛事。我們參與其中，投入心力，可謂人生之幸事。在此衷心感謝金華市委宣傳部副部長曹一勤女士，浙師大副校長鍾依均教授，上海古籍出版社高克勤社長、奚彤雲編審、劉賽副編審給予大力支持，一編室黄亞卓、楊晶蕾編輯等人悉心校讀全稿，多所訂正，使得《全書》得以減少訛誤，在此一併表示謝意。

由於整理者學識水平所限，《全書》整理定會存在不妥及錯誤之處，祈盼讀者不吝指正。

黄靈庚　李聖華

二〇二一年九月二十日

凡例

一、《全書》所收四先生著述，在廣徵版本基礎上，考訂其源流、異同、得失、優劣，從而裁定底本與校本。金律刻《率祖堂叢書》本、胡鳳丹編《金華叢書》本及文淵閣《四庫全書》本（簡稱「庫本」），皆因擅自改易而慎爲取用。大體庫本在棄用之列；若其他版本難稱良善，始取《率祖堂叢書》本、《金華叢書》本用作底本，或作校補之用。

二、《全書》校勘、輯佚以及各書附録編集，皆留意考證，力求黜僞存真。因補遺之文托名僞作不乏見，且多得自宗譜家乘，慮其編纂校印良莠不齊，故採輯謹慎，以免濫入。

三、《全書》整理成於衆手，分册出版，整理者名氏標於册端。各册均由整理者撰寫前言或點校説明，以述明本册整理情況。底本卷端或標編次、校刊名氏，今均省去，於書前點校説明略載述之。

四、《全書》校勘大體遵循以下規則：一般底本不誤，他本誤者，不出校記。底本文字顯有譌誤，如訛、脱、衍、倒等，宜作改易，撰寫校記。偶有文字漫漶殘損者，用他本校補；無可補者，用缺字符□標識，并出校記。諱字回改，古人刻抄習見己、已、巳不分之類，徑用其正字。異體字、通假字、古今字，均不出校。虚字非關涉文意者，亦不出校。校記不徒列異文，間列考據，庶明其是非、高下。

金仁山先生文集

〔宋〕金履祥　撰

李聖華　整理

整理説明

金履祥字吉父，號仁山，又號次農，蘭谿純孝鄉人。本姓劉氏，避吴越國錢鏐嫌名，更爲金氏。初名祥，長更名開祥，師友謂開祥非學者名，遂改履祥。幼而敏睿，年十六補郡庠生。十八，試中待補太學生，有能文聲。自悔之，益折節讀書，屏舉子業不事，研讀《尚書》諸經，向慕濂洛之學。年二十三，受業于王柏，因及從學於何基。中歲築居仁山下，何基爲書其扁曰仁山書堂，學者稱仁山先生。負經濟大略，雖不事進取，亦不忍忘世。以襄樊圍急，上牽制擣虚之策，請以重兵由海道直趨燕薊，則襄樊之師將不攻而自解。爲在位者所沮，莫能用。德祐元年，召爲史館編校，不果用，乃設教釣臺書院。明年元兵入臨安，遂避居金華山中。久之，歸里第。以宋遺民自勵，恥屈身異代，祥興二年後所著文章，止書甲子，自署則曰「前聘士」。林下講學不輟，嘗館于唐氏齊芳書院。大德七年病殁，年七十二。事蹟詳見門人柳貫《故宋迪功郎史館編校仁山先生金公行狀》、許謙《仁山先生墓誌銘》及明人徐袍《宋仁山金先生年譜》一卷。

一、仁山之學及其詩文撰著

履祥師從同郡王柏，王柏從學於何基，何基則學於黄榦，黄榦親承朱子之授。履祥兼師王柏、何基，得朱子嫡傳，又傳於許謙、柳貫諸子，金華之學大興，一時盛況可比東萊講學麗澤之時。履祥問學，王柏告以必先立志，且舉先儒胡宏之言：「居敬以持其志，立志以定其本。志立乎事物之表，敬行乎事物之内。」何基告以「便自今截斷爲人」，又曰：「理欲之分，便當自今始。」履祥得兩家之長，融貫自出，爲世崇儒。議者以爲：「何之清介純實似尹和靖，王之高明剛正似謝上蔡，先生則親得之二氏而並充于己者也。」（章贄《仁山金文安公傳略》，《仁山先生文集》卷五，清雍正九年東藕堂刻本）履祥研討墳典，深探理窟，講求禔躬搆物，如何、王所訓「存敬畏心，尋恰好處」，「真實心地，刻苦工夫」，合於朱子「居敬窮理，精察力行」之旨。然問學不拘一端，兼承吕祖謙東萊之學，「凡天文地形、禮樂刑法、田乘兵謀、陰陽律曆，靡不研究其微，以充極於用」（柳貫《行狀》，《柳待制文集》卷二十，《四部叢刊》景元至正本）。全祖望《序録》云：「説者謂北山絶似和靖，魯齋絶似上蔡，而金文安公尤爲明體達用之儒，浙學之中興也。」（《宋元學案》卷八十二《北山四先生學案》，清道光刻本）

履祥直接紫陽與東萊之緒，問學以由博返約，不爲性理空談，經史皆有撰述，所長乃在

《四書》學、《尚書》學及《通鑑》學。早年撰《讀論語管見》《尚書注》，後成《大學疏義》《大學指義》《論語集注考證》《孟子集注考證》《尚書表注》《通鑑前編》《夏小正注》及手批《禮記》。又編《濂洛風雅》，以風雅譜濂洛，譜婺學。柳貫《行狀》論云：「先生之學，以其純禀，濟之精識，得於義理之涵濡，而成於踐脩之充闡。研窮經義，以究窺聖賢心術之微；歷考傳注，以服襲儒先識鑒之確。無一理不致體驗，參伍錯綜，所以約其變；無一書不加點勘，鉛黄朱墨，所以發其凡。平其心，易其氣，而不爲浚恒之求深；鉤其玄，探其賾，而不爲臆決之無證。」

履祥所著雜詩文若干卷，藏於家，有《昨非存稿》《仁山新稿》《仁山亂稿》《仁山噫稿》數種，皆所自題。《存稿》乃弱冠以後至四十以前之作，《新稿》爲咸淳七年至德祐元年之作，《亂稿》爲景炎元年以後之作，《噫稿》則元至元二十九年以後之作。自題云：「自丙子之難，而生前之望觖；自壬辰哭子之慼，而身後之望孤。曰亂曰噫，所以志也。」（柳貫《行狀》）文字散落已久。明正德間，董遵于吴師道裔孫家借觀遺書，偶見履祥手筆册一編，亟録之，惜其非前稿全書，乃披覽鄉賢之集，蒐得詩文若干首，又輯行狀、挽章、序題等，編爲《仁山先生文集》，刻爲五卷，其一至四卷爲履祥之作，卷五附録他人爲履祥所作（董遵《題仁山先生文集後》，《仁山先生文集》卷五，東藕堂刻本）。至萬曆間，正德刻本罕傳，履祥裔孫廷對、廷寀、應騶等重爲校刻。此即金弘勳《仁山金先生文集序》所云「幸里後學董君遵搜而編次之，亟爲表彰，一刻於正德朝，再刻於萬曆中，其不至泯没者賴是」（《仁山金先生文集》，清雍正三年春暉堂刻本）。雍正三年，金弘勳重刻《仁山金先生文集》。雍正九年，金律再刻《仁山先生文集》。《四庫全書》收録《仁山集》。清同治間，胡鳳丹復刻《仁山文集》，編入《金華叢書》。

履祥詩文成就，顯不足比其經史之學。然詩若文，又非所不能擅，蓋有所持擇也。其詩出入風雅，大有理氣，或根於仁義，發於道德，以爲扶道之功；或洗心滌慮，天籟自鳴，以爲證道之具；或留連景物，超然物表，以爲陶冶性情。詩風大抵歸於和平沖淡，不事字句工拙，不倚於奇崛跳踉、發揚蹈厲之辭。其文則湛深經史，醇潔深厚，見其造詣精深，見識超卓，儼然學者之文，非矜句飾字、藻繢雕鏤、批風抹月者可比。故潘府《仁山金先生文集序》論云：「此集特雜録爾，然其形諸詩辭，發諸講義，亦未嘗或離乎道而苟作焉者。」（《仁山金先生文集》，春暉堂刻本）章品《題仁山先生文集後》云：「品捧誦再四，欽仰文辭高古，議論正大，無非寓道之言。」（《仁山先生文集》卷五，東藕堂刻本）徐用檢《仁山金先生文集序》云：「愚惟先生之文，析微徹義，自成一家言；律詩取意而不泥律，古風宣而語勁，純如也。其間復見天心之篇，次農之説，廣箕之操，過釣臺之題，歌古魏晋之章，辟之鴻隼乏采，而羽翰戾天。」（《仁山先生文集》，明萬曆二十七年刻本）金弘勳《仁山金先生文集序》云：「今觀集中著述，講《易》則直窮羲畫，談理則嫡派新安，裁酌制度則有《深衣外傳》《吊服加麻》諸議，而證據古今，指畫形勢，則與趙明府言井田可行，及《中國山水總説》，俱非小儒淺學所能道隻字者。其他根柢之詞，經濟之術，體用具備，雖更僕數，而要本於純粹以精之學，發爲篇章，學者尤不可不知也。」

要之，履祥詩文稱一代名家，惜多散佚，不見其全貌。《四庫提要》云：「其詩乃彷彿《擊壤集》，不及朱子遠甚。王士禛《居易録》極稱其《箕子操》一篇，然亦不工。夫邵子以詩爲寄，非以詩立制。履祥乃執爲定法，選《濂洛風雅》一編，欲挽千古詩人，歸此一轍。所謂華之學王，皆在形骸之外，去之愈遠。所作均不入格，固其所矣。至其雜文，如《百里千乘説》《深衣小傳》《中國山水總説》《次農説》諸篇，則具有根柢。其餘亦醇潔有法，不失爲儒者之言。蓋履祥於經史之學研究頗深，故其言有物，終與空談性命者異也。」（《四庫全書總目》卷一百六十五，清乾隆五十四年武英殿刻本）論文庶幾得之，論詩不免於偏頗矣。

二、《仁山文集》版本源流

《昨非存稿》《仁山新稿》《仁山亂稿》《仁山噫稿》爲金履祥自題，生前未刻。門人許謙、柳貫輯其文稿，付之其家，吳師道購而藏之。董遵從吳師道裔孫家借抄殘帙，萃散補遺，刻爲《仁山文集》五卷。董遵《奉章廷式先生書》云：「嘗抄得《仁山文集》一册，實出吳禮部家藏。後生又拾遺得若干篇，又得仁山行狀、挽章等篇，附録於後，粗已成編。」（《仁山先生文集》卷五，東藕堂刻本）《題仁山先生文集後》又云：「右《仁山先生金文安公文集》五卷，實遵所編校者」，「第爲五卷，其一、其二、其三、其四皆先生所自作，其五則附録諸公爲先生而作者。」（《仁山先生文集》卷五，東藕堂刻本）章藜照又於董本外搜補遺脱，彙爲一編。履祥詩文全稿散佚，傳者僅董遵重編之本，後世傳本皆祖之。王崇炳《重刻金仁山先生文集序》云：「先生文稿凡四種，聚而散，散而復聚者，凡數次。其初輯而付之其家者，門人許白雲先生、柳文肅公也。其次購而藏之者，吴禮部也。又其次之萃散補遺而傳之者，東湖董道卿先生也。今於東湖原本之外，搜補遺脱而彙集之者，蘭谿章藜照也。」（《仁山先生文集》，《金華叢書》本）董遵所刻正德本，潘南撰序，章品撰後序，今未見其存。

《仁山文集》傳本今存十餘種：天津圖書館（以下簡稱「天圖」）藏明萬曆二十七年刻本《仁山金先生文集》三卷；臺北「國家」圖書館（以下簡稱「臺圖」）藏舊抄本《仁山金先生文集》三卷；中國國家圖書館（以下簡稱「國圖」）藏明抄本《仁山金先生文集》四卷；上海圖書館（以下簡稱「上圖」）藏清抄本《仁山金先生文集》四卷；臺圖藏清末抄本《仁山先生金文安公文集》五卷；國圖藏清雍正三年春暉堂刻本《仁山金先生文集》四卷、附録一卷；義烏圖書館藏清雍正九年郡東藕塘賢祠義學刻本《仁山先生金文安公文集》四卷、附録一卷；《四庫全書》寫本《仁山文集》四卷；《金華叢書》本《仁山先生金文安公文集》五卷；蘇州圖書館藏清抄本《仁山金先生文集》三卷；山東大學圖書館藏吴興沈氏抱經樓舊藏清抄本《仁山先生金文安公文集》五卷；黑龍江省圖書館藏清末抄本《仁山金先生文集》四卷。《叢書集成初編》收録《仁山先生金文安公文集》，據《金華叢書》本排印。兹撮述諸本大略如下：

（一）《仁山金先生文集》三卷，明萬曆二十七年刻本，三册（天圖）

此爲《仁山集》再刻，今存最早傳世刻本。每半葉八行，行十八字。無魚尾，版心上鐫「仁山文集」，中標卷數，下標葉數。卷一卷端題曰：「蘭谿仁山金履祥著，里後學東湖董遵編校，裔孫庠生金廷對、金和、金廷寀、金廷鎰、金廷試、金復初、金日望、金日色、金應旂、金應騶、金應朱、金應召、金應庸、金應晋□。」卷二、卷三卷端題曰：「蘭谿仁山金履祥著，里後學東湖董遵編校。」集前有徐用檢萬曆二十六年冬《仁山金先生文集序》、趙崇善萬曆二十七年夏《金仁山先生集序》及《仁山金先生文集標目》。

此本爲後印本，間有缺頁抄補。集前目録與集篇目偶有不合，《中國山川總記》《通鑑前編序》《通鑑前編後序》三篇，集中有，而目録無。是集卷一爲詩，得四言古詩三首，五言古風九首，五言律六首，五言絶一首，七言并長短句、古風三首，七言律三十首，七言絶三十二首；卷二爲辭賦并文，得操一首，辭一首，箴一首，銘五首，贊二首，傳二首，説三首，議二首，講義二則；卷三爲文，得序五首，祭文十六首，行狀一首，題跋五首。計詩八十四首，辭賦及文章四十六首，通爲一百三十首。未見附録他人爲履祥所作。潘府《仁山金先生文集序》、章品《題仁山先生文集後》、董遵《題仁山先生文集後》亦未見。

（二）《仁山金先生文集》四卷，明抄本，佚名批校，四册（國圖）

有版匡、界格。每半葉八行，行十九字。紙心上書「仁山集」及卷數。封題「金仁山先生全集」。前二卷卷端題曰：「蘭溪金履祥仁山著，後學喻良能香山校，門人熊鉌、熊瑞、林景熙、方逢辰、汪夢斗、陳淳、鄧虎、張偘、許棐、羅願刊。」後二卷卷端之題「金履祥仁山」作「金仁山履祥」，「喻良能香山」作「喻香山良能」。集前有《仁山金先生文集目》，無序跋。各卷端有卷目，後三卷卷目首葉皆鈐「求仲氏」「韓氏藏書」圖記。《文集目》鈐「鐵琴銅劍樓」圖記。《鐵琴銅劍樓藏書目録》卷二十一著録「舊鈔校本」《仁山金先生集》四卷，云：「題『宋蘭溪金履祥撰，後學喻良能校』，明韓求仲藏本。以朱筆校過，與文瑞樓刊本微有不同（卷首有「韓氏藏書」「求仲氏」二朱記）。」韓敬字求仲，號止修，歸安人。萬曆三十八年狀元，授翰林院修撰，爲忌者所中，遷行人，尋閑住。

今按：喻良能字叔奇，號香山，義烏人。生於北宋宣和初，紹興二十七年進士，官至太常丞。良能爲金華前輩人物，歿時，履祥恐未生。方逢辰字君錫，淳安人。淳祐十年進士。咸淳五年，除權兵部侍郎。七年除吏部侍郎，丁母憂歸。宋亡不仕。生於嘉定十四年，卒於至元二十八年（參見陸心源《宋史翼》卷十七《方逢辰傳》，清光緒三十二年刻本）。年長於履祥十二歲，《宋元學案》列入「魯齋學侶」，乃履祥同輩。其他諸子或年輩長於履祥，顯非仁山門人。「後學」及「門人」云云，不知何人杜撰，譌謬已甚。此本輾轉傳抄，爲後人鑒藏，詳辨而指正者罕見。金弘勳校刻《仁山文集》，始正之。

此本卷一爲詩，得四言古詩三首，五言古風九首，五言律詩六首，五言絶句一首，七言并長短句、古風三首，七言律詩三十首；卷二爲詩、辭賦并文，得七言絶句二十八首，操一首，辭一首，箴一首，銘五首，贊二首，傳二首，説三首；卷三爲文，得議二首，講義二則，序五首，祭文四首；卷四爲文，得祭文十二首，行狀一首，題跋五首。計詩八十首，辭賦、文四十六首，通爲一百二十六首。卷二末校增「講義」《帝命禹叙〈洪範九疇〉》《伊尹既復政，將告歸，乃陳戒于王》二則，批校云：「《文廟祭儀》後加此二篇，爲二卷終。」卷二抄寫有脱誤，《作〈深衣小傳〉》，王希夷有絶句索和語》一首有題無句，接下《題青岡時兄友山樓》一首有句無題。《仁山文集》刊本祖於正德刻本，雍正九年刻本收録履祥詩文一百四十九首（含誤收《殷人立弟辯》一首），其他皆未及此數，此本亦然。

集中抄寫魯魚亥豕，譌謬多有，朱墨批校頗精。《文集目》首葉眉批：「目録須依刻本。」眉端朱批多校誤字。檢其校字，所謂「須依刻本」，即萬曆刻本。復持以對勘雍正三年春暉堂刻本，知此爲春暉堂刻本底本，批校者疑爲金弘勳。按弘勳《仁山金先生文集序》：「初得正德間寫本，旋又得萬曆時刻本，合校之，爲謀開雕。」此本即所言「正德間寫本」，然果抄於正德間否，未可遽斷。此本亦未見董遵所編附録一卷。

（三）《仁山金先生文集》三卷，舊抄本，一册（臺圖）

無版匡、界格。每半葉八行，行十八字。封題「仁山集」，又題「咸豐八年六月一日得之」云云。集前有潘府《仁山金先生文集序》及《文集目》，各卷前無卷目。各卷端題曰：「蘭溪金履祥仁山著，後學喻良能香山校，門人熊鉌、熊瑞、林景熙、方逢辰、汪夢斗、陳淳、鄧虎、張侃、許棐、羅願刊。」鈐「曹溶私印」「潔躬」「鉏菜翁」「黄錫蕃印」「嘉興李聘」「曾爲雲間韓熙鑑藏」諸圖記。《中國古籍總目》未著録。

按《文集目》，卷一爲詩，得四言古詩三首，五言古風十首，五言律六首，五言絶一首，七言并長短句、古風三首，七言律三十首，七言絶二十三首；卷二爲辭賦、文，得操一首，辭一首，箴一首，銘五首，贊二首，傳二首，説二首，議二首，講義二則，序三首；卷三爲文，得祭文十六首，行狀一首，題跋五首。計詩七十六首，辭賦、文得四十三首，通爲一百十九首。然檢集中七言絶，實二十九首，《東津旅中同徐改之館清溪源，招之同游》第三句「願言攜手」以下缺「高峰去，俯瞰蒼茫盡睦州」十字。萬曆刻本此首下更有《游下靈洞，水深叵入，書二十八言》《上靈洞棲真寺聽琴，贈立公》《二月丁亥，與諸友奠何先生畢，退游北山智者寺，書二十八言》等三首。此本《洞山十咏》詩序「山，有桃源之心焉」以前文字缺，與所缺詩合計一葉。而五言古風實止九首，非目録所標十首。目録標「序三首」，集中實有《送三蘇君序》《紫岩于先生詩集序》《通鑑前編序》《通鑑前編後序》《尚書表注序》五篇；目録標「説二首」，集中實有《答趙知縣百里千乘説》《中國山水總説》《次農説》三篇，皆與萬曆刻本、明抄本合。且詩集所缺篇目，亦與明抄本合。對勘舊抄本、明抄本，篇題大都同，誤字大多相合，而異於萬曆刻本。由是知舊抄三卷本與明抄四卷本同出一源，非據萬曆刻本寫録。其《文集目》則迻自別本。金弘勳稱明抄本爲「正德間寫本」。其是否寫於正德間，未易定。此本與明抄本寫時孰先孰後，亦不能遽斷。今疑舊抄本寫於萬曆重刻前，姑存此説，俟再詳考。

（四）《仁山金先生文集》四卷，清抄本，佚名批校，四册（上圖）

無版匡、界格。每半葉八行，行十九字。卷端題曰：「蘭谿金履祥仁山著，後學喻良能香山校，門人熊鉌、熊瑞、林景熙、方逢辰、汪夢斗、陳淳、鄧虎、張偘、許棐、羅願刊。」集前有潘府《仁山金先生文集序》。各卷篇目次第與明抄本同，明抄本批校增《帝命禹叙〈洪範九疇〉》《伊尹既復政，將告歸，乃陳戒于王》二篇，此本無之。卷端所題後學喻良能校、門人方逢辰等刊，乃前人杜撰，前已辯之。其朱筆批校，未詳出何人之手。

（五）《仁山金先生文集》四卷、附録一卷，清雍正三年春暉堂刻本，二册（國圖）

每半葉九行，行十九字。白口，單魚尾，左右雙闌。各卷端題曰：「後學金弘勳元功校輯。」集前有金弘勳雍正三年四月《仁山金先生文集序》、潘府原《序》、徐用檢舊《序》、趙崇善舊《序》、《仁山先生像》一幀（刻宋濂題贊）、《仁山自贊》一首、《元史》本傳及《目録》。上圖藏本牌記曰：「桐溪金元功編輯，金仁山先生文集，春暉堂藏板。」金弘勳《序》言董遵所編《仁山文集》，一刻於正德朝，再刻於萬曆中，「而魯魚帝虎之誤，互見錯出，毋亦先生之所未慰歟？勳於庭訓之下，得聞緒論，素有志於先生之學，因求先生之集輯之。初得正德間寫本，旋又得萬曆時刻本，合校之，爲謀開雕。惜不能并購《表注》《疏義》暨合刻史編諸書，以廣其傳，而敬識其繙閲之大略如此。至於先生先後世系，則有枝山祝先生《金氏譜引》暨其裔孫所述《文安公纂略》，頗爲詳密，故并附録於後云」。

此本卷一爲詩，得四言詩三首，五言古詩九首，七言古詩三首，五言律詩六首，七言律詩三十首；卷二爲詩、辭賦并文，得五言絶句一首，七言絶句三十二首，操一首，辭一首，箴一首，銘五首，贊二首，傳二首；卷三爲文，得説三首，議二首，講義二則，序五首；卷四爲文，得祭文十六首，行狀一首，題跋五首。計詩八十四首，辭賦、文四十六首，通爲一百三十首。集末附録一卷，爲祝允明《金氏譜引》、金文裕《文安公纂略》。

弘勳校輯《仁山文集》，依於明抄本、萬曆刻本。明抄本批校所據刻本，即萬曆間刻本。其校改文字，此本大都沿之。由是知明抄本即底本，弘勳略變易次第。明抄本題後學喻良能校、門人方逢辰等刊，係妄者杜撰，弘勳參酌萬曆刻本，信其本爲董遵所編。

（六）《仁山先生金文安公文集》四卷、附録一卷，清雍正九年郡東藕塘賢祠義學刻本，二册（義烏圖書館）

每半葉十行，行二十字。白口，雙魚尾，左右雙闌。牌記曰：「雍正辛亥年刻，宋金仁山先生傳集，郡東藕塘賢祠義學藏版。」各卷端題曰：「後學東湖董遵編輯，十八世孫律重梓。」集前有金華知府馬日炳雍正十年五月《序》及《目次》。此爲後印本，編入《率祖堂叢書》，用雍正九年金律重刻板，增入馬日炳《序》。雍正九年單行本，集前有王崇炳雍正九年孟春《重刻金仁山先生文集序》及《目録》。崇炳《序》云：「金華藕塘金太學孔時，仁山先生十八世孫也。平日收録先生遺書，若《大學疏義》《論孟考證》，既梓而布之矣，又有文集四卷，屬予較訂。予爲之次其編帖，政其訛誤，與其錯簡重出，而更定之，蓋將以次授梓。」日炳《序》則云：「雍正己酉，文安公之後裔孔時出其家藏手録之書，得《大學疏義》《論孟考證》及文集五卷，鋟板行世。」

金弘勳校刻《仁山文集》，僅數載，即有金律重刻之事。兩本之間頗有差異。此本卷一爲文，收序六篇，較春暉堂本多《玉華葉氏譜序》一篇；祭文十二篇，較春暉堂本少四篇，即《代王姊夫祭亡考散翁文》《代仲一諸侄祭其祖父》《爲兄祭妹文》《祭縣學土地文》；論七篇，春暉堂本無，七篇之題爲《論虞氏譜系及宗堯論》《三監論》《郊鯀論》《殷人立弟辯》《西伯戡黎辯》《微子不奔周辯》《伯益辯》。卷二爲文，收講義十八則，春暉堂本僅收《復其見天地之心》《〈孟子〉「性命章」解義》二則，此本新增十六則；議二篇，同。卷三爲文，收傳三篇，較春暉堂本多《從曾祖曰九府君小傳》一篇；書一篇，題作《答葉敬之書》，春暉堂本無；説二篇，較春暉堂本少《中國山水總説》一篇；行狀一篇，同；跋四篇，較春暉堂本少《書包氏家訓後》一篇；辭一篇，同；箴一首，同；銘五首，同；贊二首，同；《廣箕子操》一首，同。卷四爲詩，得八十三首，僅較春暉堂本少《題富陽嚴先生祠耕春堂》一首。卷五附録諸門人行狀、輓詩等，卷後另附柳貫撰《行狀》。履祥自作，計得文六十六首，詩八十三首，通爲一百四十九首。所增序、論、講義、傳、書，大都出於金華宗譜、唐順之《荆川稗編》及《通鑑前編》按語。而《殷人立弟辯》一篇，乃宋人胡宏所作，非履祥之筆，金律誤收。明萬曆九年刻本《荆川稗編》卷七録之，此殆金律刻本致誤之由，後胡鳳丹刻《仁山文集》，仍沿此誤。然則此本收履祥詩文實一百四十八首。合計東藕堂、春暉堂二本，共存履祥詩文一百五十五首。金律刻本增輯雖嫌粗雜，多採《通鑑前編》案語爲篇，但終不乏補芻之功。

（七）《仁山先生金文安公文集》五卷，清末抄本，五册（臺圖）

無版匡、界格。每半葉九行，行二十字。各卷端題曰：「明董遵編次。」無序跋。集前有《仁山先生金文安公文集目録》，詳列各卷目録。鈐「别下齋藏書」「紅蕤吟館吴氏藏書」圖記。集中避「玄」「丘」「醇」等字，知爲晚清抄本。《中國古籍總目》未著録，臺圖館目作「抄本」。

此本卷一爲文，得序六首，祭文十二首，論七首；卷二爲文，得講義十八則，議二首；卷三爲文，得傳三首，書一首，説二首，行狀一首，跋四首，辭一首，箴一首，銘五首，贊二首，操一首；卷四爲詩，得諸體詩八十三首；卷五爲附録諸門人所撰行狀、輓詩。其篇目、次第同於清雍正九年東藕堂刻本，論七首爲金律新增，其中《殷人立弟辯》一篇乃宋人胡宏所作，係誤收，此本亦未剔除。對勘東藕堂本，知此本據以寫録。

（八）《仁山先生金文安公文集》五卷，《金華叢書》本，三册

每半葉九行，行二十字。白口，單魚尾，四周雙闌。内封鐫「仁山集五卷，《金華叢書》」，牌記曰「退補齋開雕」。各卷端題曰：「郡後學胡鳳丹月樵校梓。」集前有胡鳳丹同治十三年三月《仁山集序》、王崇炳《重刻金仁山先生文集序》及《目次》。鳳丹《序》云：「按我朝《四庫書目》，先生集六卷。是編雍正朝先生十八世孫律重刻於家，首序者東陽王崇炳。依明弘治間董道卿大令所編文三卷、詩一卷、附録一卷，末附柳文肅所撰《行狀》。文肅，先生高弟子，祇云雜詩文若干卷，而卷數莫考，均非曩日全書。余復重鋟之，俾讀是集者知先生經史之學具有根柢，非空談性命者可等論而齊觀也。」

此本用東藕堂刻本爲底本，未見新增篇目。祭文仍十二篇，無《代王姊夫祭亡考散翁文》《代仲一諸侄祭其祖父》《爲兄祭妹文》《祭縣學土地文》四篇；論爲七篇，沿東藕堂本，《殷人立弟辯》一篇猶誤收；説存二篇，無《中國山水總説》一篇；跋止四篇，無《書包氏家訓後》一篇。詩八十三首，無《題富陽嚴先生耕春堂》一首。卷端雖題胡鳳丹校梓，然校勘之功甚疏。後其子胡宗楙於廠肆得鈔本《仁山金先生文集》三册，前有吕喬年《序》、郝經《序》，卷端題「蘭溪仁山金履祥著，後學香山喻良能校」，並附刊者門人姓氏。宗楙《金華經籍志》載稱「與雍正刻本互校，編次各異。此本詩多《景定甲子九月登高》一首，《題富陽嚴先生祠耕春堂》一首，説多《中國山水總説》一篇，序少《玉華葉氏譜序》一篇，祭文多四篇，題跋多《書包氏家訓後》一篇，講義少十六篇。」

此外，《庫》本《仁山文集》四卷，卷一爲詩，收四言詩、五言古詩、七言古詩、五言律詩、七言律詩；卷二爲詩、辭賦并文，收五言絶句、七言絶句、操、箴、銘、贊、傳；卷三爲文，收説、議、講義、序；卷四爲文，收祭文、行狀、題跋。據春暉堂刻本寫録。《提要》稱「《仁山集》六卷」，實止四卷，蓋附録未收也。沈氏抱經樓舊藏清抄本《仁山先生金文安公文集》五卷，三册。無版框、界格。每半葉九行，行二十字。集前爲馬日炳、王崇炳二序，馬氏序散佚。卷一至卷三爲諸體文，卷四爲詩，卷五爲附録，據東藕堂刻本寫録，第未見柳貫撰《行狀》附焉。

三、整理底本、參校本及補遺諸問題

《仁山文集》正德刻本不存。明抄本、舊抄本雖有四卷、三卷之異，然可斷其同出一源，非據萬曆刻本寫録，蓋出自正德本，惜皆未見董遵編附録一卷。萬曆刻本亦未見附録。春暉堂刻本以明抄本爲底本，合校萬曆刻本。以未見董遵所編附録，春暉堂本附録一卷僅收祝允明《金氏譜引》、金文裕《文安公纂略》。東藕堂刻本收録較諸本爲富有，所增大都新輯，附録一卷亦非據於董遵舊編。上圖藏清抄本寫録依於明抄本，《庫》本寫録依於春暉堂刻本，《金華叢書》本據東藕堂本重刻，沈氏抱經樓舊藏清抄本、臺圖藏清末抄本寫録依於東藕堂刻本，無新增篇目。對勘諸本，衡其優劣，可得出以下結論：

其一，明抄本、舊抄本庶幾可見正德本原貌，然抄寫多有訛誤，魯魚帝虎，互見錯出。雖然，金弘勳仍以明抄本爲底本，蓋視其爲「正德間寫本」也。

其二，萬曆刻本亦無附録，與明抄本、舊抄本同。經履祥裔孫校勘，訛誤爲少，庶幾稱精良，勝於後來春暉堂、東藕堂及退補齋諸刻。

其三，春暉堂刻本，合校明抄本、萬曆刻本。胡宗楙《金華經籍志》云「雍正乙巳金洪勳刊本甚精」，所言亦是，然宗楙未見萬曆刻本，無從審視二本得失。金弘勳校刻，多以萬曆刻本改明抄本之誤，校改之未盡及臆改者則時有之。是以春暉堂刻本仍下萬曆刻本一籌。

其四，東藕堂刻本有增輯補舒之功，刻履祥詩文至一百四十八首，且補附録一卷，惜多擅改文字，校以萬曆刻本、明抄本即可見之。金律改易，或可正舊本之誤，或可爲校讀之助，然臆改居多，徒增異文歧説，而非别有善本據依，可謂功過參半。

其五，《金華叢書》本少有校讎之功，而多擅改之弊，無足觀。《庫》本、上圖藏清抄本、沈氏抱經樓舊藏清抄本、臺圖藏清末抄本亦無多可觀。

緣此，本次整理以天圖藏萬曆刻本爲底本，參校國圖藏明抄本、臺圖藏舊抄本、國圖藏清雍正三年春暉堂刻本（簡稱「暉本」）、義烏圖書館藏清雍正九年東藕堂刻本（簡稱「藕本」）。其他刻本、抄本，雖有參酌，一般不作校讎依據。

履祥全稿久散佚，董遵所刻五卷原本亦不傳。諸本所存履祥詩文未爲多，如五言絶句、箴、操、辭，皆僅得一首，恐僅履祥生平所作什之一二。萬曆刻本所收通計一百三十首，明抄本通計一百二十六首，春暉堂本通計一百三十首，東藕塘本通計一百四十八首。數量互異，諸本篇目亦參差不齊。合計萬曆本、東藕堂、春暉堂所見履祥詩文，共得一百五十五首，其他諸本所收未有出此外者。

兹既以萬曆刻本爲底本，其萬曆刻本未有而見於東藕堂本諸篇，别録爲補遺卷之一。金律增輯多採録金華地方宗譜及《通鑑前編》案語。今翻閲兩浙宗譜逾千種，檢得署名金履祥者若干首，贊、序居多。其間有可信者，有可存疑者，有易識其爲僞托者。録其可信，而附存疑，計四十九篇，釐爲一卷，爲補遺卷之二。《通鑑前編》案語卓有見解，唐順之《荆川稗編》等書頗採録之。金律因以發揮，更録履祥案語入講義。兹不倣其例以爲廣輯，又見於《稗編》者二篇《論舜漁陶》《論處殷民》，亦不録入。復從《論孟集注考證》輯履祥跋一篇，附於補遺卷一之末。

補遺二卷，各擬題記一則。補遺出於宗譜者，以校印不精，魯魚亥豕，譌誤頗多。其他諸篇，或以出處不同，文字歧互，故不懼畫蛇添足之譏，力爲讎校。宗譜中署履祥之篇，僞托不乏，考證不易。他書所見序跋，僞托時有之。如《芋園叢書》本《金氏尚書注》集前《金氏尚書注自序》末署「寶祐乙卯重陽日，蘭溪吉父金仁山書」，實宋人方岳之筆，見於《秋崖集》卷四十《滕和叔尚書大意序》，朱彝尊《經義考》作「方岳序」，不誤。《碧琳琅館叢書》本《金氏尚書注》集前亦録此僞作。《碧琳琅館叢書》本《金氏尚書注》又有《金氏尚書注跋》一篇，末署「歲在丁巳仲春望日，桐陽叔子金履祥書於桐山書軒」，亦僞托之作，實方時發之筆，今人蔡根祥、許育龍諸先生已證其僞。

補遺之外，輯録履祥研究資料以爲附録。附録一爲徐袍編《宋仁山金先生年譜》，以乾隆九年郡東藕堂賢祠義學刻本爲底本，新作標點。民國三十五年活字本《金華藕湖金氏宗譜》卷一收佚名《文安公年譜》，節略徐氏《宋仁山金先生年譜》而成，無發明，故不重複收録。附録二爲碑傳志銘，并附輓章、像贊、逸事等。附録三爲序跋提要，并附題贈、記咏、書啓等。署王柏《金氏尚書注序》、署柳貫《書經周書注叙》及佚名《金氏尚書注跋》，并係僞托，兹不録。附録四爲宗譜所見傳記等資料。至於并述「北山四先生」之資料，合入《北山四先生全書外編》，此不更贅附。

校書非易事，輯佚爲實學。整理者以水平所限，疏漏譌誤自不能免，冀時賢明哲正之，以助《仁山文集》之播傳。今所閲宗譜、方志仍未爲多，續輯當仍有之。以付印在即，更爲廣蒐詳考，則俟於來日。

辛丑仲春，李聖華記於里仁書屋

壬寅季秋，校於越文化研究院

仁山金先生文集序

昔朱元晦先生始謁李愿中先生，語之曰：「天下理一而分殊，今君于何處騰空理會得一個大道理，更不去分殊上體認？」朱先生唯焉，憬然悔悟，遂去分殊上尋理之一，由斯而觀理曷以一，分曷以殊耶。

愚生也晚，幼侍仲父章先生側，每聞仲父稱先生賢。間窺仲父所編先生年譜中載先生語許益之高弟：「明理一分殊之旨，而喫緊以分殊。」又曰：「聖人之道，中而已矣。」愚竊記憶之。比年十五，而仲父逝矣，惶惶戇質，四顧寡儔。既弱冠，而闖然以庭闈之誨習，隨厭末俗而向往焉，游泮忝仕，或進或退，四十餘年間，雖甚慙魯鈍，而未敢廢學也。然而竊自聖經得之，《記》之言曰：先王之祭川也，先河而後海，源、委也，「此之謂務本」。夫天一生水，汩而爲源泉，盈而爲科，滙而爲川，放而爲四海，何莫非水也。然而源泉可盡水之量乎？匪原泉則無水，匪四海則靡盡水之量。虞廷精一執中，而親睦風動，協和萬邦，此君子之所前睹也。孔聖之門，難爲言矣。非難爲言也，難於體與用之協一也，是不得已而然也。孔而後爲孟之世，即入群緒怪迂不經，或推而遠之，至天地未生、窈冥不可考之境，而不由君臣父子、綱常大道之施，比老佛，倪兩漢，而佛濫觴于晉梁。噫！敝也久矣。唐之韓愈，隋之王通，亦猶爝火之光也。不有宋之周子、二程、張、朱子，曷續如綫之緒乎？

仁山先生蓋得之何子恭、王會之二先生之傳，而爲朱學之嫡派也。今讀先生《静佳樓》之詩曰：「儼若思時居此敬，寂然静處感而通。」此雖一斑，而儼思寂然，感而通天下之故，千溪萬派，一敬流行，無所往而不逢其源，蓋於李、朱二先生之授受，不爽衡度也。故平居儼然終日，出處分義，各當其殊。及徵之經世大略間，於天象、地形、兵刑、禮樂靡不研窮，奇策不用，歸隱華山，甲子紀年，署前聘士。《年譜序》云先生敦行明誼，不徒以著述顯，近是也。

迨其著述散佚已多，則以嫡嗣無存之故。而所藏有《昨非存稿》《仁山新稿》《亂稿》《噫稿》，皆出自正傳吴子家，而遵道董子增入多篇，彙以成集者，愚向亦録而珍藏之。兹歸自留常，適裔孫文學金應騶輩復持是集以愚序。愚惟先生之文，析微徹義，自成一家言；律詩取意而不泥律，古風宣而語勁，純如也。其間復見天心之篇，次農之説，廣箕之操，過釣臺之題，歌古魏晉之章，辟之鴻隼乏采，而羽翰戾天。夫言者心之聲，古今人莫之能違也。而先生所注精表《春秋》之志者，則在《通鑑前編》一書。繹其義，不繆於聖人，而折衷於《詩》《書》；執禮之訓，不遺于舊史、諸子之旁求。乃其《自序》則云：「王仲淹續經有作，聞變而泫然出涕曰：『生民厭亂久矣，天其或者將興堯舜之治，而吾不與焉，則命也。』」此先生所爲志也。

夫世之學，稔有乖於分殊者矣。傳朱者，其究支離影響，競注釋之長，而昧於協一；挽朱者，矯往過直，而卒之炫奇獵禪，蕩佚天命人心之正，而彌亂其一真。然則先生之學，徵之文，備悉其行事之實。使其得孔聖爲之依歸，則豈唯度粤諸賢，將謂之曰曾、孟之具體而微可也。

萬曆戊戌歲冬日，同邑後學徐用檢書於片雲居。

金仁山先生集序

余讀先生集，論先生世，掩卷嘆曰：「嗟乎，儒者若先生，迺稱儒哉！」蓋先生師事何、王，王游勉齋門，而勉齋爲朱子嫡嗣，是先生之學原本朱子者也。

朱子以命世鉅儒，集濂洛大成，有宋以來，靡不宗嚮其學。輓近儒者，迺掇王、陸唾餘，僉詘朱子，謂其學不本之靈根而索之物變，不率之性天而飭之事爲，未免馳外而遺内，舍精而求粗，其説已浸淫於天下。不知靈根非内也，物變非外也，性天非精也，事爲非粗也。墮黜筌蹄，獨采玄珠，詎不超軼，而其失也爲狂慧；厭薄倫常，希心象帝，詎不神奇，而其失也爲詭行。夫慧而狂，行而詭，其何以昭物軌而經人代？朱子所揭「居敬窮理，精察力行」，由其道雖未卓也，亦近實焉。蓋朱子不以玅悟爲急，而以務學爲急；不以徑捷爲尚，而以積累爲尚；不以不可思議者眩天下，而以可共知共由者導天下。此物軌之所由以昭也，人代之所由以經也。

若先生之學，其所得於朱子者深乎！先生於墳典無所不討，於理窟無所不探，於禔躬搆物無所不慊於隱衷。觀其服膺何、王二先生之訓，有曰：「存敬畏心，尋恰好處。」又曰：「真實心地，刻苦工夫。」與朱子「居敬窮理，精察力行」之旨，先後一轍。以是繕脩，以是充闡，而卒底於成，其所詣者純，其所履者實矣。

且先生之志，尤可悲者。當宋季世，國勢阽危，在事者束手罔措，先生獨進奇策，請以舟師由海道直趨燕薊，俾擣虛牽制，以解襄樊之圍，其叙洋島險易，歷歷有據，而宋竟莫之用。及宋改物，儒者率俛焉北面胡元，先生獨以宋室遺民，高蹈不屈，著作止書甲子而不及年號，自署止稱前聘士，而《前編》之題，《箕操》之廣，《亂稿》之志，辭意慷慨悽傷，令人讀之泣數行下。

説者謂先生進不得爲諸葛孔明之起赴事會，猶得爲陶元亮之任運歸盡，可謂知言矣。雖然，先生負經濟之略而不以經濟名，篤君臣大義而不以節誼名，含厥章美，粹然一歸於道德而以道德名，斯又非陶元亮輩可及者。嗟乎，儒者若先生，迺稱儒哉！其集若干卷，乙未年重梓，文與詩皆布帛菽粟云。萬曆己亥歲夏日，同邑後學趙崇善書於萬緑軒。

仁山文集卷之一

詩　四言古詩

北山之高，壽北山先生〔一〕

北山之高，美咸淳天子也。天子能繼志師賢，而聘何夫子焉。

北山之高，表我東庋。惟山降神，生何夫子。維何夫子，文公是祖。是師黄父，以振我緒。翼翼夫子，令德在躬。道廣心平，不外以衷。北山之陽，盤溪之將。以處以安，不驕不亢。昔在理宗，維道之崇。既表程朱，亦躋吕張。謂爾夫子，纘程朱緒。卿士率連，百辟咸譽。咨爾夫子，設教於鄉。即命於家，長此泮宫。夫子曰辭，辭是好爵。玉几導揚，燕翼是托。明明天子，丕承皇考。曰求多聞，曰咨有道。天子曰都，咨爾夫子，爲世宗儒。來游來歌，東觀石渠。夫子曰止，臣非索隱。士各有志，亦既耄只。天子曰猷，咨爾夫子，汝予交修。講殿維帷，爾優爾游。夫子曰道，惟帝之蹈。臣何容力〔二〕，亦聿既耄。天子曰吁，鴻飛冥冥，罔終棄予。凛於宫祠〔三〕，寓我渠渠。夫子由由〔四〕，匪詭匪隨〔五〕。匪傲匪求，云受奚爲。孑孑干旄，侯伯是將。鳳凰于飛，亦集爰止。北山之陽，優優夷夷。盤溪之流，可以樂饑。明明天子，肇彼四海。樂學師賢〔六〕，有永無怠。岩岩北山，其高極天。障此東南，利欲之瀾。敢拜稽首，天子萬年。充保四海，好德之端。敢拜夫子，眉壽無愆。金玉爾音，以永斯文。

右北山之高十二章，二章八句，四章四句，三章九句，三章八句。〔七〕

【校記】

〔一〕「北山先生」，底本目録、藕本作「北山何先生」。

〔二〕「容力」，藕本作「庸力」。

〔三〕「凛」，藕本作「廩」。

〔四〕「由由」，藕本作「曰由」。

〔五〕「詭」，明抄本、舊抄本作「説」。

〔六〕「學」，舊抄本作「道」。

〔七〕詩末注，舊抄本同，藕本無。明抄本作：「右北山之高十二章，一章八句，四章四句，三章九句，二章八句，一章十二句。」佚名眉批作：「刻本作三章八句，誤。」暉本作：「右北山之高十二章，二章八句，四章四句，三章九句，二章八句，一章十二句。」

華之高，壽魯齋先生七十〔一〕

華之高，美王子也。於是子王子七十，而獻是詩也。

金華之高，其色蒼蒼。維華降神，生何及王。維王及何，文公孫子。天子是師，斯文之紀。翼翼王子，教行於東。思樂東州，舞雩之風。東人之子，其來秩秩。是追是琢，是進是服。有車班班，有來自東。子曰予耄，落此新宫〔二〕。新宫巖巖，佩玉翩翩。毋曰予耄，而將閉關。自古在昔，聖賢有作。七十之齡，德烈方恪。于時阿衡，一德之書。于時尚父，猶蟠之居〔三〕。于時宣尼，從心不踰。六籍是正，三千其徒。百里何爲，亦顯其君。武公九十，懿戒維新。屹屹王子，三壽作朋。視彼霸侯〔四〕，曾是足論。嵬嵬王子，我人所宗。維北有斗，維岱在東。亹亹王子，毋遏來學。是潔是進，亦審亦度。毋信其言，省其退私。毋晦其明，而左右咨。明明天子，宅此四國。寤寐幽人，旌旄幣帛。北山之陽，其及王子。毋然遁思，孤我帝祉。帝心孔翼，帝民孔棘。盍濬其源，而沛其澤。穆穆王子，毋靳爾猷。以永斯文，邦家之休。吉甫作頌，其詩孔陋。相彼兕觥，以介眉壽。

右華之高十九章，章四句。

【校記】

〔一〕「先生」，藕本作「王先生」。
〔二〕「落」，舊抄本、藕本作「樂」。
〔三〕「蟠」，藕本作「礌」。
〔四〕「侯」，藕本作「佐」。

鄭北山之元孫扁其樓，王適莊爲書北山之英四字，求跋，爲作詩

北山之英，吉甫美鄭公也，因以勉其子孫焉。

北山之高，屹屹南州。北山之英，爾公爾侯。誕此鄭公，維國之器。有偉其才，有奇其氣。不屑以潔，不震以强。權不離義，鍛不柔剛。戎始歸疆，人喜公慮。謂戎未覺，亟固我圉〔一〕。既藩既宣，左秦右川。北仇方睦，西戎獨嚴。壯兹遠猷，卓兹偉志。一時之英，而不大試。高牙大纛，虎節銅符。東將寬民，乃公所餘。相維權奸，公以才忌。瀕死荒垂，非公所悸。孰是叔季，而有斯人。孰是北山，而落其英。嗟我思公，去之百歲。思莫見之，見其後裔。維公之英，育多聞孫〔二〕。尚繼其志，而世其聲。亦有適莊，景爾家世。北山之英，表此大字。北山之英，鄭公之人。仰止攸同，矧其後昆。吉甫作頌，勉爾聞孫。鄭公是似，北山之英。

右北山之高十四章，章四句。

【校記】

〔一〕「亟」，藕本作「永」。

〔二〕「育」，明抄本、舊抄本作「有」。

詩　五言古風

送金簿解官歸天台五首

崑崙派南條，東走欲無極。海氣薄回巒，清淑轉欝積。嵬嵬天台山，東表千萬尺。其上有僊靈〔二〕，其下有英特。伊人天一方，從往恨未即。渺渺隔蒼山，跂予三嘆息。

昔歲在東壁，紫氣踰蒼山。金君初筮晋，趙侯亦開藩。下有蓮幕友，上有師帥賢。渾然和氣中，砥柱屹流湍。使我千里民，賦政兩清安。益知天台高，楚波浩無邊。一朝別流泳，先後俱東轅。邦民一何孤，天意一何慳。舟流安底止，郡政將改弦。嗟我千里民，生意復茫然。

自從夫君來，劒氣躔須女。游刃肯綮間，淬鋒滄浪浦。直氣浩難容，才名世所妬。枳棘豈棲鸞，百里非賢路。善刀謹自藏，大烹鼎可負。

自從夫君來，二惠亦驂乘〔二〕。天台本多賢，君門獨何盛。大兒十四齡，神氣極凝瑩。温然荆山璆，可續虞磬韻。小兒年十一，磊朗益自俊。壯氣已食牛，風蹄期奮迅。兩載辱交從，一朝隨歸鐙。相見復何時，相別涕其殞。美質不可恃，學問無窮盡。少小日易逾〔三〕，德業須自竟。執手獨徊徨〔四〕，愧無珠玉贈。歸哉各努力，教忠家有訓。

白雲蒼山東，歸驂邁長道。采采斑斕衣，怡怡華萼耀。俯仰浩無怍，歸來豈不好。正疑税駕初，已有徵車召。努力崇明德，勳庸良自保。我亦志四方，匪伊瞻旗纛。

【校記】

〔一〕「僊靈」，舊抄本作「靈仙」。

〔二〕「二」，底本作「三」，明抄本、舊抄本、藕本同，據暉本改。

〔三〕「逾」，明抄本作「適」，舊抄本作「過」。

〔四〕「徊」，藕本作「徬」。按：《琴操》載王昭君《怨曠思惟歌》有「心有徊徨」句。

游三峰山紀事〔一〕

景定甲子九月九日，舍弟麟至，何公權皋弟繼來，定登高之約，東行再約南仲、元質二賢族子，同登三峰。初至山下，策杖以登，木石藤蔓之間，尋徑甚微，出其上，始夷坦，可得循隴而登，則巉岩壁立，氣象雄偉。因捫蘿而上，摩挲舊題，又上重岩，石臼在焉。再上懸崖之間，忽東峰有山行者三人，遥相呼應，指示洞處。舊聞山下人言：天將雨，則是洞必先有雲氣。越危石，又數重，始至巔。聞其上有古瓦〔二〕，不知其初何以有此。何公謹由中峰陰崖而下，呼之久而後應。諸兄有息於山腰者，上下相望，恍如登僊，四顧浩然，若有得也。歸來因記其事。桐陽叔子金履祥吉父。

九月天氣清，高飇掃虚碧。山色日嶙峋，山意亦寥閴。有來二三友，勸我振雙屐。問道始委蛇，陟巘轉深密。犖确礙微徑，藤蔓絆行色。岡阜出坡陁，重險更峀嵂。絶壁詫天造，石笋疑人立。上上復扳援〔三〕，嵬嵬亦恂慄。摩蘚追舊題，捫蘿着新礁〔四〕。佝僂度崎巖，盤薄踞危石。誰鑿丹臼深，碧瓦孰摶埴。云胡半空中〔五〕，有此千載迹。中峰函劒氣，幽洞飛靈液。

霏霏人間雨，往往此中出。陰崖採芝人，東岡並游客。虛谷遠應聲，重巘近成隔。而我獨油然，振衣來千尺〔六〕。川流一以眺〔七〕，蒼莽浩無息。長風拂巾袂，太清可噓吸。乃知艱險余〔八〕，始有高明極。益知身轉高，冥然氣超逸。登天信有基，昇僊豈無術。何當躡飛烟，高舉振長翮。倒景凌三光，達觀天地窄〔九〕。

【校記】

〔一〕詩題據藕本改簡，底本、明抄本、舊抄本、暉本詩題即序。

〔二〕「聞其上有古瓦」，「聞」字，明抄本、暉本、舊抄本作「間」。

〔三〕「援」，明抄本、舊抄本作「拔」。

〔四〕「⿰石庶」，明抄本、舊抄本作「⿰衤庶」。「⿰衤庶」，音隻，謂袖也；「蹠」，謂足掌，足下，皆通。

〔五〕「胡」，暉本作「何」。

〔六〕「來」，藕本作「表」。

〔七〕「流」，藕本作「原」。

〔八〕「余」，明抄本、舊抄本同，暉本、藕本作「餘」。明抄本眉校：「余，刻作餘。」按：「余」亦通。《楚辭·九思》：「雊鳴兮聒余。」

〔九〕「達」，明抄本、舊抄本、暉本作「遠」。

遠游篇，壽立齋時立齋在廬陵

我歌遠游篇，西望心悠然。孰能爲此游，渺渺重山川。和鸞車班班，珩佩聲珊珊。塊視幾丘陵，帶視幾流泉。正氣凝陽剛，端操凌雲烟。猶將徑天地，奚獨此江山。黄鵠以爲御，鸞鳳以爲參。雲旗何揚揚〔一〕，八龍亦蜿蜿〔二〕。一舉衆山小，再馳天地寬。三駕跨八極，高馳閶闔間。正陽以爲糧，六氣以爲湌。金丹毓天和，玉色頩晚顔〔三〕。俯視世蚉寅，起滅甕盎邊。高超凌太初，達觀真後天。願言膏吾車，執鞭隨兩驂。

【校記】

〔一〕「旗」，明抄本作「驥」，舊抄本誤作「禩」。

〔二〕「蜿蜿」，明抄本、舊抄本作「蛇蛇」。

〔三〕「頩」，明抄本、舊抄本作「照」。

題釣臺

咸淳乙丑之春，買舟東下，過富陽之東，嚴先生之祠在焉。因書其壁曰：「西望先生舊釣臺，無窮山色鎖崔嵬。閒歸故國耕春雨，遂起頹風生暮雷。萬事盡隨江水去，千年寧幾客星來。北山今有何夫子，不入經筵亦草萊。」是歲之夏，復如京師，艤舟江干，祇謁祠下，登兩臺之巔，因念往來北山、魯齋二先生之門，講明嚴夫子之心事蓋審。魯齋先生嘗曰：「子陵懷仁輔義之言，深得聖賢之旨，而世之知先生者殊淺也。」因系以詩曰：

誰云孟氏死，吾道久無傳。我讀子陵書，仁義獨兩言。仁爲本心德，義乃制事權。懷輔存體用，治亂生死關。迺知嚴先生，優到聖賢邊。歸來釣清江，夫豈長往人。漢道終雜霸，文叔徒幾沉。何如對青山，俯仰日油然。我來一瓣香，敬爲先生拈。陟彼崔嵬岡，想此仁義心。儼若羊裘翁，縹緲暮深雲〔一〕（一作「如見羊裘翁，此道無古今」）。

【校記】

〔一〕「深雲」，暉本、藕本作「雲深」。

龍井

嚴陵北高峰之上，臨崖有井。其實因崖有泉，疊石而止之，甃以爲井耳。今山僧謂其開山祖師善導和尚講經，致龍抉石爲井，蓋附會以神其法也。

高峰餘洞氣，石竇通靈液。發源已太孤，臨崖千萬尺。井甃回飛湍，修綆收澄碧。一飲清風生，膚寸寒雲出。山僧語似奇，老龍事無迹。我來翠微巔，得此寒泉食。東望子陵臺，連峰對崗律。下有十九泉，趾此相仲伯。因哦招隱詩，凭高三嘆息。

詩　五言律

題城南塔院

佳境城南勝，浮屠占十分。魚鈎船依竹〔一〕，僧齋鉢薦芹〔二〕。夜窗雙港月，日曉九峰雲。不隨人世改，千古瀫波紋。

【校記】

〔一〕「魚鈎」，藕本作「漁鈎」。

〔二〕「薦芹」，藕本作「雁行」。

登嚴州北高峰用韻

雄蟠古睦東，俯視翠重重。白塔清涼界，烏龍伯仲峰。雲連天勢近，石釀井泉濃。更上最高處，扳躋意勿慵。

輓北山子何子三首〔一〕

道自朱黄逝，人多名利趨。獨傳真統緒，惟下實工夫。粹德兩朝慕，清風四海孤。斯文端未喪，千古起廉隅。

昔年夫子在，已慮曉星稀。氣運嗟辰歲，天文動少微。素幃兄並殯，丹旐子同歸〔二〕。總是堪傷處，瑶琴聲更稀。

每侍圖書右，令人俗慮空。隱憂惟世變，卧病亦春融。聖處一言敬，天然萬理中。音容今永已，哀痛隔幽宫。

【校記】

〔一〕「子何子」，藕本作「何子」。

〔二〕「子」，藕本作「弟」，皆通。按：「子」謂何基。何基與兄何南相繼逝，故云。

九月初吉，永嘉蘇太古同游金華洞，夜宿鹿田寺，用杜陵山館詩韻以贈

攜手登山處，山高風露寒。共來岩壑裏，別去海雲端〔一〕。意重言難足，更深語未闌。相期最高處，志見兩俱安。

【校記】

〔一〕「去」，藕本作「處」。

詩　五言絶

苦熱和徐山甫韻

地卷槁苗盡，人居沸鼎中。何時霖雨相，夢到武丁宫。

詩　七言并長短句古風

和王希夷廬陵觀梅

希夷西游廬陵，觀梅郡圃，興山中友朋之感。如履祥者，固山中之一人也，讀之慨然，因次韻。

歲寒堂前桂樹秋，秋風浩蕩君西游。羨君充此四方志，望塵何異登瀛州。人生難得心相識，况君與我心相得。君心誰似惟梅花，雪霜不改馨香德。顧我思君日幾尋〔一〕，歲寒又見梅花春。見梅不見故人面，空咏梅花如故人。月明千里雖同致，疇昔追隨今少異。始信燈窗朝暮同，此會人生良匪易。噫吁嘻，安得彼此長似歲寒枝，清芬處處同襟期。

【校記】

〔一〕「我」，明抄本作「君」。

唐丈命玉澗僧畫金華三洞爲圖障壽母，玉澗有詩，約和其韻

金華高哉幾千丈，翠壁重巒不可上。上下飛潛靈液通，朝暮烟雲姿萬狀〔一〕。我聞元女蟠金鼎，至今遺粒猶可餉。又聞僊姑駕銀鹿，至今瑶田印層嶂。金華本是東南奇，未數劍門天下壯。有時笙簫響青雲，猶疑幢節迎僊仗。自古長生端有術，飄飄群仙尚無恙。祇今洞天雙龍飛，何處華表聲清喨。誰將此山真面目，盡收奇偉歸圖障。居然岡阜北堂前，未須屣履勤敖放〔二〕。

【校記】

〔一〕「姿」，藕本作「恣」。

〔二〕「勤」，明抄本、舊抄本作「動」。

代張起岩和清塘詩

清塘佳哉，上有横霄映漢之卿雲〔一〕，下有通川入海之流泉。不舍晝夜揚清清，清流迴環山奔迎。暮雨層波緑，朝暉山氣新。呼吸溪光飲山渌〔二〕，人人冰玉若爲貧。我欲買山居其間，囊中不靳金滿籯。明月清風對高士，絲桐一張酒五經。俯看塵世幾蚊蚋，須臾起滅敗與成。炎涼僅昕夕，晦朔分枯榮。眼前突兀徒駭俗，死後滅没杳無聞。孰若此地多君子，純孝千古留風聲。天光浮動映松柏，地望流傳光丘林。太鈞播群品，生靈本一心。何況古人傑，由來毓地靈。欲爲混沌鑿七竅，須憑天工揮五丁。窮爲樂善之君子，達爲廟社之元勳。於此地靈有愧無，鄙人敢此問諸君。

【校記】

〔一〕「漢」，明抄本、舊抄本作「藻」。

〔二〕「呼」，明抄本作「吁」。

詩　七言律

奉和魯齋先生涵古齋詩二首

圓融無際大旡餘，萬象森然本不癯。百聖淵源端有在，《六經》芳潤幾曾枯。人于心上知涵處，古在書中非遠圖。會到一源惟太極〔一〕，包犧原不與今殊。

陋巷深居世已疏，書齋幽雅更清癯。神徂聖伏人何在，古往今來迹易枯。太極運行常自若，羲皇向上可潛圖。渾涵妙處皆全體，大用周流自不殊。

【校記】

〔一〕「源」，明抄本作「元」。

和王妙虛道士詩

我愛高人巧卜居，林烟深處着精廬。煎茶石鼎客當酒，斸笋竹籬自荷鋤。隱几要同吾喪我，鑿池戲問子非魚。高山流水知音少，欲去頻聽輒駕車。

裝解卷 魯齋先生置酒出詩，就坐占和

功名人事巧推遷，誰信此心即此天。三軸文章祇借徑，萬人優劣謾争先。豈惟科目一時重，要使勳庸後世傳。此意自期尤自信，端如穮蔉有豐年。

代柬汪明卿 横山人

聞道君居向紫岩，爲渠征役未遑安。從來古語貧爲累，豈謂今時富亦難。六十里間無一字，幾多心事付三嘆。秋來好着新鞭策，要把規模遠大看。

和陳復之韻

元化機緘未易知，此心之外更關誰。題名本自非千佛，造物休言是小兒。得失天心如契鑰，古今人事等花枝。看來勳業皆吾分，何用諄諄詫一時。

奉復魯齋先生上蔡書院圖詩二首

生平杖履未東湖，喜自師門見畫圖。堤貫橫橋分半水，規方盈尺已全模。衣冠上蔡存遺緒〔一〕，弦誦濂溪可合符。此地先生開道脉，尚遲從往我非夫〔二〕。

臨海關東水滿湖，書堂新上赤城圖。地居郊左宜芹藻，天錫奎章示楷模。王謝後前傳正印，東南鄒魯定同符。誰終濺起平湖水，雨我公田幾萬夫。

【校記】

〔一〕「遺」，明抄本、舊抄本作「道」。

〔二〕「往」，明抄本、舊抄本作「徑」。

景定甲子夏五三日，王希夷兄有弄璋之慶，是時希夷尚在歲寒堂，報至，以曆推之，日在參，月在東井，火在天西北。魯齋先生曰：此卿相之命也。越七日，希夷煮餅歲寒，諸朋友與焉，桐陽金履祥吉甫爲詩以賀

七日已叨湯餅客，幾時親賞寧馨兒。有崇佛子于今見，王氏多佳自古奇。培養慶源惟一善，流傳家學有餘師。異時才氣須名世，莫負先生卿相期。

題富陽嚴先生祠耕春堂

西望先生舊釣臺，無窮山色鎖崔嵬。閒歸故國耕春雨，遂起頹風生暮雷。萬事盡隨江水去，千年寧幾客星來。北山今有何夫子，不入經筵亦草萊。

都下會安吉姚學林，作詩奉勉

客裏相逢豈偶然，羨君爽氣浩無邊。世間固是少英物，吾輩當期不負天。撑起元龍湖海氣，撩來坡老短長篇。化工不盡斯文在，莫學餘人學聖賢。

後數日姚學林用前韻言別，因別奉〔一〕

聚散雲萍有是言，與君相遇帝城邊。共吟黄卷東風裏，相對青燈夜雨天。養此俊明真大器，發予沉痼有佳篇。贈言歸别勤渠意，别後重哦即見賢。

【校記】

〔一〕「因別」，藕本無。

三月十六日爲某初度，十九日又趙寅仲誕辰，俱在歲寒堂〔一〕，王先生皆爲之設湯餅，寅仲欲往三衢，雷雨大作，諸兄留行，置酒爲壽，作詩以賀

帝遣銀潢一派來，日長春老起風雷。誰知年少貴公子，儼若儒先老秀才。共作師門湯餅客，早期庭下彩衣萊。明朝又上柯山去，更問長生要術回。

【校記】

〔一〕「俱在歲寒堂」，藕本作「時俱在歲寒」。

王子可欲壽趙寅仲，思成出蕡嚚閩䩭瞷五字令賦詩

操似青松潔似蕡，頌言忠信匪爲嚚。水分銀漢浸江浙，地擁天台控粵閩〔一〕。人向少時宜娓娓，德于進處更䩭䩭。聊翁聞有侯鯖味，昨夜宵人已目瞷。

【校記】

〔一〕「地」，暉本作「城」。

進退格，送蘇金華解官東歸〔一〕

勇學淵明賦歸去，豈隨巧宦効脂韋。居官但飲雙溪水，問圃寧無三徑資。碧落競騰鵰鶚興，秋風獨憶鱠魚肥〔二〕。吾皇側席思賢德，會有徵書下赤墀。

【校記】

〔一〕「解官東歸」，藕本作「辭官歸來」。

〔二〕「魚」，藕本作「鱸」。

九日書懷

欲買山園種菊花，此心荏苒負年華。幾時三徑成歸計，今日重陽轉憶家。落帽已驚微雪早，登樓爲望白雲斜。詩成卷起悲秋意，天闊風高未易涯。

立齋静佳樓和王吉州韻

層樓新扁表新功，箇裏工夫自不同。儼若思時居此敬，寂然静處感而通。山窺南北浮嵐小，月轉西東灝氣充。更植樓前佳玉樹，君家槐蔭比車攻。立齋故相家，時門前又新種槐。

和徐山甫初秋韻

衆口嗷然望有秋〔一〕，炎威何事爍林丘。原田處處成焦土，江水源源亦斷流。連月更無甘雨應，長空惟有火雲浮。如今幸喜金風到，會瀉銀河洗衆憂。

【校記】

〔一〕「望」，藕本作「重」。

七月二日和徐山甫喜雨

時陳守罷去，趙推解旆田局而雨。

饑穰誰道盡由天，治國須知類小鮮。貪吏班車方立立，雷神振鼓已闐闐。弘羊既往民無事，旱魃不來書有年。自此皇家歌樂歲，《魚麗》《天保》永無愆。

題王立齋矩軒記後〔一〕

以矩名軒義已諧，方方尋丈自恢恢。勿侵四壁藩籬限，不費一天風日來。學者毋欺惟暗室，聖門所樂只靈臺。盍朋但讀立齋記，誰謂顔居曰陋哉。

【校記】

〔一〕藕本題下有「狹且暗」三字，疑脱「軒」字。徐袍《宋仁山金先生年譜》「咸淳三年」條：「題下自注云：『軒狹且暗。』」

釋弟

我生半世尚茫茫，西既隔谷東如湯。衆責今方四面至，百爲盡要一身當。仲兄摘實瓜幾少，伯氏刈葵根已傷〔一〕。康叔周公本相睦，休兹俗見積參商。

【校記】

〔一〕「刈」，藕本作「劉」。

棲真紀勝贈立公二首

高真棲處在山阿〔一〕，古寺山靈久護訶。三洞奇峰踞龍虎，千秋喬木長藤蘿。泉流清澈天池近，石竇龍蓯雲氣多。一片飛來山更好，飛來端的自岷峨〔二〕。上中下靈洞，亦名三洞。又一洞名千秋，一石屏名飛來峰。

閑闖秋高强入山，棲真勝地極高寒。契泉水下人間去〔三〕，靈洞雲從天半看。麗澤先生留姓字，潁濱元子蜕衣冠。典刑尚在山深處，爲宿心香不敢灌〔四〕。板壁上有吕成公諸老留題歲月〔五〕，寺側有蘇侍郎墓。

【校記】

〔一〕「山」，舊抄本作「西」。

〔二〕「岷峨」，明抄本、舊抄本作「嵯峨」。

〔三〕「水」，舊抄本作「林」。

〔四〕「宿」，藕本作「肅」。

〔五〕「板」，藕本作「殿」。

壽徐山甫三月十三，時在書館

三春芳意徧群葩，今日崧高肇錫嘉。西館暫爲湯餅會，北堂長奉彩衣華。衹今喜有菟裘約，此去仍摽桂籍花。吉甫重歌山甫誦，由來補衮是君家。

壽張南坡〔一〕庚寅生，登仕郎

恭遇瑞節初臨，玉書裁度。明年解又明年省，即躋强仕之期；千歲春而千歲秋〔二〕，長奉慈親之壽。某外叨末屬，中切贊欣，漫課唐詩〔三〕，少申華祝。仰祈尊愛〔四〕，俯賜粲存。

緑袖斑斕上慶庭，鶯鶯燕燕競新聲。庚寅初度踰三紀，丁卯秋來快一鳴。十九春光清晝永〔五〕，百千歲頌壽星明。願君高舉紉蘭佩〔六〕，自古悠長是令名。

【校記】

〔一〕「張南坡」，底本目録、藕本作「張蘭坡」，未詳孰是，俟考。

〔二〕兩「歲」字，藕本俱作「載」。

〔三〕「課」，明抄本作「詠」。

〔四〕「祈」，藕本作「祇」。

〔五〕「十九」，藕本作「九十」。

〔六〕「紉」，底本作「紐」，明抄本、舊抄本作「組」，據暉本、藕本改。

輓王易岩

石筭孫枝萃衆芳，少推夙慧映諸郎。故家文獻典刑在，前輩風流氣脉長。誤把一編黃紙册〔一〕，未沾數寸綠袍香。同雲慘淡西原路，賴有遺編死不亡。

【校記】

〔一〕「把」，舊抄本作「抱」。

輓劉南坡名漢英，以理宗升遐發臨〔一〕，感疾而歿

憶昔端平轉化弦〔二〕，公時輸委爲安邊。鼎成龍御方賓帝，弓墮烏號亦蜕僊。漫仕此情初已薄〔三〕，愛君一念世逾堅。典刑今與丹旌去，空此哀詞咽澗泉。

【校記】

〔一〕「理宗」，底本作「埋考」，明抄本、舊抄本、藕本同，據暉本改。

〔二〕「化弦」，明抄本作「化强」，舊抄本寫作「花强」。按：端平更化，革新圖强。宋陳起《以仁者壽爲韻，壽侍讀節使鄭少師》三首其一：「端平改化弦，真儒手洪鈞。」宋劉黻《中興更化詩》：「燭照朋邪欺，化弦易新調。」二者皆通。

〔三〕「仕」，藕本作「祀」。

輓徐居士二首〔一〕

昔年澇旱苦頻仍，南北郊關自越秦。東浙于時猶道殣，嚴邦此地况山民〔二〕。能回涸轍西江水，頓起翳桑寒谷春。神理因推居上坐〔三〕，壓他持秉剖符人。秉，音柄。

積善由來屬慶門，如公積善衆推尊。至於垂死片言頃，猶是賙饑一念存。有子已登天子學，無人不感德人恩。霜風慘淡禾塘路，繼志揚名在後昆。

【校記】

〔一〕「居」，藕本作「君」。

〔二〕「山」，藕本作「饑」。

〔三〕「因」，明抄本作「應」。

輓蓮塘吴孺人

北風吹恨入佳城，忍聽依依薤露吟。家世百年忠厚意，夫人一點惠慈心。橋横蘭渚陰功遠，山遶蓮塘地脉深。記取衹今埋玉處，他時青紫映丘林。

詩　七言絶

題汪功父所藏畫卷

景定辛酉暮春旱雨，桐陽叔子觀於藏清旡咎之西窗而敬書之。

細雨西窗展畫筒〔一〕，江山杳靄幾重重。簷花飛動衣裳冷，疑在雲間第一封〔二〕。

【校記】

〔一〕「西」，藕本作「書」。

〔二〕「封」，暉本、藕本作「峰」。

術士求詩

自分迂疏已遁思，君言造化有他奇。吾生果赴功名會〔一〕，不使勳庸愧鼎彝。

【校記】

〔一〕「赴」，藕本作「賦」。

術士求書往橫山，復以詩贈

術士錢神鑑欲往橫山，求予書爲介。予不敢，而以詩贈之行矣。神鑑見汪君明卿、方君叔炎，皆予所兄事者也，朱亨父、汪平仲亦予舊友〔一〕，其舉予詩似之〔二〕。

錢君杖履到横山，爲我傳聲談話間。術動諸君應一笑，不教垂橐怨空還。

【校記】

〔一〕「友」，藕本作「交」。

〔二〕「似」，藕本作「示」。

游赤松口占

蒼虬夾岸幾重重，靈液飛流碧澗通。可是人僊易忘世〔一〕，人間争得此山中〔二〕。

【校記】

〔一〕「人」，舊抄本、藕本作「神」。按：道教五仙，謂天仙、神仙、地仙、人仙、鬼仙。人仙指修真之士。

〔二〕「争」，明抄本、舊抄本作「幸」。

作《深衣小傳》，王希夷有絶句，索和語〔一〕

深衣大帶非今士，考禮譚經盡古書。莫把律詩較聲病，聖賢工夫不此如。

【校記】

〔一〕「語」，藕本作「韻」。

題青岡時兄友山樓

萬頃平疇一色春，雙溪城闕北山青。登樓不爲閑瞻眺，此地前賢尚典刑。

泛免口占

皇家科目喜宏開，試比抽拈不擇才。多少官人無着處，不知能得幾人來？

後因侍北山先生，言朝廷泛免，鼓舞數州士子，雲集京師，費重物貴。横恩雖弘〔一〕，取人甚少。譬之狙公賦芧，只朝四暮三〔二〕，贏得群狙之喜耳。先生曰：「群狙又不自覺〔三〕，亦浪得一喜也。」

【校記】

〔一〕「横」，藕本作「皇」。

〔二〕「朝四暮三」，舊抄本作「朝三暮四」。

〔三〕「不自覺」，藕本作「自不覺」。

都下賦歸，奉别天台金彦如、惠子明、沈新之、馬景昭、趙寅仲，并呈于晦仲，時與寅仲以上諸兄初相識，諸兄又約便道至王先生歲寒堂相會也

多士趍京我亦東，不排閶闔不南宫。此行識得天台彦，誰道歸舟載月空？

客中相見别匆匆，論學無由意獨濃。賴是歲寒來有約，不妨歸去又相逢。

即事

佳人早幸已從良，好治絲麻理素粧。休向人前售歌舞，春風寧得幾時香。

咸淳夏五，求王先生墨戲梅竹二首

履祥僭躐無狀，輒以梅、竹有請于先生撰杖之餘，比於運澤〔一〕，游戲所到，無非儀刑，願先生之教之也。小詩二闋敢告謁者，伏希尊察。

梅

溽暑初蒸日正長，人間何處有清涼。先生筆下風威勁，便放寒梅次第香。

竹

圖書閱罷獨高齋，撰杖油然午蔭回。楮穎從容侍函丈，不妨閒引此君來。

【校記】

〔一〕「運」，明抄本原亦作「運」，佚名校改作「遺」，又校改作「惠」，暉本作「惠」。

梅雨書懷，并唁汪功父

雨意蕭蕭重客愁，如何五月便成秋。士無禄養農無地，早恐秋風慘黑頭〔一〕（一作「種素髩」）。

【校記】

〔一〕「慘」，藕本作「黲」。

徐山甫夜話，有詩言别次韻

一榻蕭然竹與蘭床屏所畫，擁衾話别轉留難。明朝又渡湘江去，細雨斜風分外寒。

用韻贈諸友〔一〕

臨别哦詩比贈蘭，聖賢學問貴先難。歸與休用嗟離索，來歲時時到歲寒。王先生書院〔二〕。

【校記】

〔一〕「贈」下，藕本有一「別」字。

〔二〕「書院」後，藕本有一「名」字。

用韻贈小張兄新娶

洞房佳氣比椒蘭，刑至工夫自古難。莫使家人誇羯末，楊花飛處北風寒〔一〕。

【校記】

〔一〕「處」，藕本作「去」。

客嚴陵贈星史

七里灘頭眼爲清〔一〕，秋風許我快南溟。東京太史知誰氏，不算莊光是客星。

【校記】

〔一〕「爲」，藕本作「獨」。

東津招二族兄同游高峰

客中連日雨和風，晴色今朝杳靄中。遥想雁行公事畢，肯來同上北高峰？

東津旅中同徐改之館清溪源，招之同游

見説君居幽更幽，客中相望兩悠悠。願言攜手高峰去，俯瞰蒼茫盡睦州。

游下靈洞，水深叵入，書二十八言

久知靈洞鎖嵬奇〔一〕，水石幽深路轉崎。佳境自多平爽處，笑渠索隱厲裳衣。

【校記】

〔一〕「嵬」，藕本作「瑰」。

上靈洞棲真寺聽琴，贈立公

爲訪高人入山去，迢迢山路不知勞。此身已到山高處，更聽琴聲山更高。

二月丁亥，與諸友奠何先生畢，退游北山智者寺，書二十八言

來往師門十五年，此山曾近未躋扳。于今始至滋懷恨〔一〕，不見先生却見山。

【校記】

〔一〕「恨」，藕本作「憾」。

洞山十咏有序

金華爲東南佳山，而洞山最其奇勝。清賞之士，固嘗憩椒庭，航雙龍，探冰壺，窺朝真，而此山之勝，所遺尚多也。思誠子張君少游金華，攬奇選勝，晚好逾極。丁丑、戊寅之間，避地是山，有桃源之心焉，朝夕游處其中，始盡其美。嘗謂洞山之勝，有十景焉，暇日邀予，相與觀之。大抵金華一山，其最高處，岡巒繚繞，四高而中下，有似仰盆，故舊名金盆。金盆諸峰，平挹競爽，而正南一岫〔一〕，差爲最高〔二〕，又衆岡皆土，此獨戴石〔三〕。其絶頂上平，又數大石浮着其北〔四〕，如自天而下也，思誠子名之曰高石岩。自高石岩而下，兩山夾澗以趨，其東支即爲洞山。南高處朝真洞，中冰壺洞，下雙龍洞。三洞嵬奇，不在論述。洞前椒庭，清勝之士多謂築堤止水，即與靈隱飛來峰、冷泉亭無異，思誠子以爲信。高石岩既爲中正之峰，則其下兩支之間澗水，當爲金華中澗。中澗發源岩下數百尺，初始沮洳，隱見竹石間〔五〕，涓涓漸成流，合諸源泉始大，忽石岩叠叠水中，下懸數丈，飛湍濺沫，滮滮震厲，名之曰小龍門。又下行石間，或平或瀉，約凡五節，殊可觀，名之曰五叠泉。自此澗旁無路，山路横出，通朝真之前。自横路中下又得中澗之濱，石岩崎嶔，可庇十人。石際有古梅，老幹嫩條，澗水濺濺遶其旁，名之曰老梅岩。自梅岩南出，其西支横出一峰，突臨中澗之上，山西小澗，合流其南，則此山爲中澗之中峰無疑也，故名曰中峰。思誠子將結精舍焉，而未逮也。思誠子於朱門爲嫡孫行，端平、淳祐，文獻靈光。值亂處約，布衣蔬食，薪水或不繼，人不堪其憂，處之裕如，至或靳之，不以爲浼。於時不屑，冰雪孤松，端操凛凛。其于此山，表微擇勝〔六〕，諸所品題，終爲山中故事。不鄙謂予，各課一絶。自惟鄙拙，未必能爲此山輕重，而思誠子之命，不容辭也。勉綴左方，思誠子其幸教之！

山到金盆共遶回，勢高群岫獨崔嵬。那更絶頂叉拳石〔七〕，真似飛從天上來。

右高石巖

洞府高深對月開，長疑底裏閟龍雷。天窗不照人間世，限盡游人自此回。

右朝真洞

洞外烟雲膚寸合，洞中冰雪百尋飛。壺中日月憑誰記，水自飛淙雲自歸〔八〕。

右冰壺洞

天鑱鬼鑿匪人間，湧雪轟雷震地寒。石上雙龍蓋形似，更深須有老龍蟠。

右雙龍洞

洞泉噴薄雨鳴雷〔九〕，竹石參差風遶楹。好障波流浸山影〔一〇〕，飛來靈隱一般清。

右椒庭

雪液風來自石峰，金華衆壑此爲中〔一一〕。須知流出此山外，更會群流共入東。

右中澗

兩崖叠叠水中分，瀑布飛流漱石根。伊闕西河天一角〔一二〕，山間號此小龍門。

右小龍門

時行時止石高下〔一三〕，或見或聞雲有無。五叠何妨轉奇偉，終然萬折必東趍。

右五叠泉

片石崎嶔斜插澗，横枝愁絶浄無塵。從誰石上裁冰玉〔一四〕，寒谷年年遞早春。

右老梅巖

高巖南下走群龍，兩小源頭合一峰。問道是中人不識，先生信善擇中庸。

右中峰

【校記】

〔一〕「正」，藕本作「直」。

〔二〕「差」，藕本作「尤」。

〔三〕「戴」，藕本作「帶」。

〔四〕「北」，藕本作「上」。

〔五〕「石」，明抄本作「岩」。

〔六〕「擇」，明抄本、舊抄本作「擁」。

〔七〕「更」，藕本作「堪」。「叉」，底本作「又」，舊抄本作「乂」，據明抄本、暉本改。

〔八〕「淙」，藕本作「濛」。

〔九〕「鳴雷」，明抄本原亦作此，佚名校改作「雷鳴」，眉批曰：「『雷鳴』方叶韻。」暉本改作「雷鳴」。

〔一〇〕「波」，藕本作「陂」。

〔一一〕「衆」，藕本作「泉」。

〔一二〕「角」，藕本作「線」。

〔一三〕「石」，藕本作「入」。

〔一四〕「誰」，暉本作「茲」。「裁」，明抄本、舊抄本、暉本作「栽」。

仁山文集卷之二

操

廣箕子操

炎方之將，大地之洋，波湯湯〔一〕，翠華重省方。獨立回天天無光，此志未就，死矣死南荒。不作田横，横來者王。不學幼安，歸死其鄉。欲作孔明，無地空翺翔；惟餘箕子，仁賢之意留滄茫。穹壤無窮此恨長，千世萬世聞者徒悲傷。

宋季爲相者曾聘先生館中，先生以奇策干之，不果用而去。先生感激舊知，後爲賦此。辭旨悲慨，音節高古，真奇作也。吴師道書。〔二〕

【校記】

〔一〕「波湯湯」後，藕本有一「兮」字。

〔二一〕「後爲賦此」以下，藕本作「後爲賦。吳正傳謂其辭旨悲慨，音節高古，真奇作也」。

辭

和蘇金華歸去來辭以送之

歸去來兮，先生庸何歸〔一〕？豈陋邦之難仕，緊當路之無知？抑直道之難行，伊民命之蕭斯？既歸興之方浩，寧挽留之非痴。薄宦情於清光〔二〕，審去就於先時。覽盈虛其如彼，嘆奔走以奚爲？

歸去來兮，車班班而將駕，旆悠悠以先驅〔三〕。轅欲東而或挽，輪將發而或支。謂單父之爲政，寧有民之忍欺？障貪賤之橫決〔四〕，非夫子其爲誰？彼稚饑之未息〔五〕，此鼓琴之已希。胡爲乎忘百里之命，翔千仞之輝？嗟夫！君之去此，是吾民之數奇。將焦熬之益熱，見百里之罄垂。吏婞婞以齎怨，民眄眄而觀頤。

歸去來兮，先生毋庸歸。聖賢無必不爲之意，而天下未嘗無不可爲之幾。觀廉直之得民如此，則公道之未泯奚疑。胡不舒南溟之雲翼，活東海之波魚。移松菊之清歡，爲黔黎之愉怡。其毋以蘭芝爲粮，毋以許瓢爲卮〔六〕。毋與猿鶴爲伍，而與斯人爲辭。不然，五柳先生幾於閉關，毋遺王河汾之笑嗤。

【校記】

〔一〕「庸何歸」，藕本作「何庸歸」。

〔二〕「宦」，原作「官」，明抄本同，佚名校改作「宦」，暉本從作「宦」，今亦從改。「清」，暉本同，明抄本、舊抄本作「情」，藕本作「秋」。

〔三〕「驅」，藕本作「馳」。

〔四〕「貪」，藕本作「貧」。

〔五〕「稚饑」，舊抄本作「椎飢」，藕本作「椎肌」。按：杜甫《赤谷》：「山深苦多風，落日童稚饑。」此用其意，當作「稚饑」。「未息」，明抄本、舊抄本、暉本作「未恩」。

〔六〕「許」，藕本作「槨」。

箴

越州箴，上浙帥王敬岩

維元祀，天子以王公守越，帥浙東庶士。金履祥效《揚州箴》，作《越州箴》以獻。其辭曰：

源源浙流，東南之紀。自浙而東，首衢甬尾。至於海邦，莫不來求。越惟都會〔一〕，方伯元侯。帝命侯伯，作鎮於越。帥東諸侯，銅符虎節。嵬嵬會稽，神禹所藏。世祚緜緜，以表東方。皇皇吴京，此維畿輔。右扶左翊〔二〕，以寬東顧。維越之民，今瘠不肥。維爾元侯，撫其瘡痍。維越之支，兵慮不備。維爾方伯，師干之試。翼翼元侯，其子我民。毋若秦人，匪戚匪欣。屹屹方伯，東方是保。治斯裘揭，亂亦瀾倒。勿敏爲明，勿異爲奇。庶士小子，敢告誦詩。

【校記】

〔一〕「都」，藕本作「郡」。

〔二〕「右扶左翊」，藕本作「右挾左翼」。

銘

篆銘經籍

聖有謨訓，允啓爾性。敢拜手服膺，對揚休命〔一〕。子子孫孫，勿替引之。

【校記】

〔一〕「對揚」下，藕本有「丕顯」二字。

篆老母扇

奕奕桐陽，穆穆北堂。清風其長，既壽且昌。

銘扇

維元祀夏四月〔一〕，帝命臣篚，賜爾清風。以播於爾躬，以毋慍於爾衷。敢拜手奉揚，其尚施於庶民，亦惟帝之功。

【校記】

〔一〕「元」，藕本作「九」。疑作「元」是。

周平之印銘

后稷受氏〔一〕，古公岐陽。至於文武，是興周邦〔二〕。八百歷年，源深流長。以爲國姓〔三〕，作賓後王。子孫千億，永世其昌。

【校記】

〔一〕「氏」，明抄本、舊抄本、藕本作「民」。明抄本佚名校改作「氏」，暉本作「氏」。

〔二〕「是」，明抄本、舊抄本作「寔」。

〔三〕「以爲國姓」，藕本作「以國爲姓」。

書行父弟所得銅爵臺硯〔一〕

於乎曹鬼〔二〕，漢之浞羿。曾是遺甓，猶爲世所貴。匪貴爾物，蓋有感於廢興存亡之意。

【校記】

〔一〕「硯」下，藕本有一「銘」字。

〔二〕「鬼」，藕本作「魏」。

贊

紀顔自贊

景定辛酉之春，桐陽叔子肖其容而爲之贊。贊之爲言佐也，佐爾弗及，非以自頌也。

詞曰：

幼爾冥行，長爾及更。騍爾壯齡，樂爾純清。爾矯而輕，以重而敦。爾謽而慵，以敏而勤。爾謹而獨，以養以存。爾戒爾弱，以毅以弘。肅爾威儀，惟敬之門。視爾踐脩，惟德之成。小子識之，毋忝爾所生。

默成文集序贊〔一〕

默成之文，斬釘截鐵。朱子序之，河傾川決。沙隨名筆〔二〕，詎論工拙？伏讀仰瞻，如火烈烈。字字言言，玉璜金玦。寶祐而降，公卿跋章。文歛鋒鍔〔三〕，附中掩剛。風俗議論，駸駸刓方。匪公之節，豈邦之昌〔四〕。嗟公聞孫〔五〕，毋寧珍藏。方來日長，必或發揚。

【校記】

〔一〕「默成」，藕本作「潘默成先生」。清康熙三十六年刻本《默成文集》卷七録此，題作「默成文集序贊」，篇末附言：「又贊以『清德流芳』四字（注：真蹟見存）。」

〔二〕「沙隨」，康熙刊本《默成文集》作「煌煌」。

〔三〕「鍔」，藕本作「鋩」。

〔四〕「豈邦之昌」，藕本作「實邦之光」。

〔五〕「聞」，藕本作「文」。

傳

深衣小傳

深衣三袪，縫齊倍要，「要縫半下」，「短毋見膚，長毋被土」。袵當旁，「續袵鉤邊」。「袼之高下〔一〕，可以運肘。袂之長短，反詘之及肘」。袪尺二寸，「制十有二幅」。「齊如權衡」，「負繩及踝」。「具父母、大父母，衣純以繢。具父母，衣純以青。如孤子，衣純以素。純袂緣〔二〕，純邊，廣各寸半」。袷二寸，「帶，下毋厭髀，上毋厭脅，當無骨者」。「天子素帶，朱裏終辟（音裨）」，「諸侯素帶終辟，大夫素帶辟垂〔三〕，士練帶，率下辟，居士錦帶，弟子縞帶，并紐約〔四〕，用組」，「三寸，長齊于帶。紳長制：士三尺，有司二尺有五寸」，「大夫大帶四寸。雜帶：君朱緑，大夫玄華，士緇辟，二寸，再繚四寸。凡帶有率，無箴功」。

《傳》曰：「古者深衣，蓋有制度，以應規矩，繩權衡。」「制十有二幅，以應十有二月。袂員以應規，曲袷如矩以應方，負繩及踝以應直，下齊如權衡以應平。故規者，行舉手以爲容；負繩、抱方者，以直其正也，方其義也。故《易》曰：『坤，六二之動，直以方也。』下齊如權衡者，以安志而平心也。五法以施，故聖人服之。故規矩取其無私，繩取其直，權衡取其平，故先王貴之。故可以爲文，可以爲武，可以擯相，可以治軍旅。完且弗費〔五〕，善衣之次也。」

【校記】

〔一〕「袼」，底本作「袷」，明抄本、舊抄本同，據暉本、藕本改。按：宋刻本《禮記》作「袼」。

〔二〕「純袂緣」，底本作「純袂純緣」，明抄本、舊抄本同，據暉本、藕本改。按：宋刻本《禮記》，無後一「純」字。

〔三〕「辟垂」，底本作「垂辟」，明抄本、舊抄本、暉本同，據藕本改。按：宋刻本《禮記》作「辟垂」。

〔四〕「紐」，底本作「細」，明抄本、舊抄本同，據暉本、藕本改。按：宋刻本《禮記》作「紐」。

〔五〕「弗費」，底本作「費弗」，據明抄本、舊抄本、暉本、藕本改。按：宋刻本《禮記》作「弗費」。

外傳

深衣者，先生燕閒深居之服也〔一〕。衣之朝者，謂之朝服；祭者，謂之祭衣；燕閒深居之服，則謂之深衣。古者上衣下裳以爲服，而連衣裳爲深衣，完且便焉。故有虞氏以爲燕衣，三代用之。周諸侯、大夫、士朝朝服而朝，而深衣以夕，庶人吉服之盛也。周衰禮廢，後世失之矣。

深衣之復製，自温文正公始也；其復明也，自子朱子始也。其制用布〔二〕。古者深衣之布，十有五升，則幅之縷，凡千有二百〔三〕。今無之，取其細者可也。度用指尺，稱人體也。體有短長〔四〕，而指尺如之，自然之數也。不以指尺，則度不應數，長短不稱於體。指尺之法，各以其人左手中指，直取之上下節文之間，以其中之長，爲寸之長；曲取之，屈其指兩節文之端，度其中爲寸，亦如之，積寸十以爲尺。衣全四幅。幅之廣，凡尺有八寸，以布二幅中屈之，不裁其腋，其前幅領裾之邊〔五〕，餘二寸，下屬於裳。裳十有二幅。以布六幅交裂之，一殺而上，一殺而下。其端一廣一狹爲要，上屬於衣，而下廣爲齊。衣全幅一，則裳狹幅之三屬焉。狹之度六寸，積十有二，則七尺有二寸。廣之度尺有二寸，積十有二，則丈四尺有四寸〔六〕。此其大約也。

然衣前有領，且前裾疊而後裾展，故裳之幅，前廣于後，則後狹於前〔七〕，則不餘幅。邊之直合以爲袌，則其直應繩。以袌之長，爲身之長。古者上衣，率二尺二寸，裳如其人，約餘四尺，故短不見膚，長不被土。袂屬于衣，袼可以運肘〔八〕。袂之本，其經二尺有二寸，今加之可也。微廣而員，殺以爲袂之徑尺有二寸，行舉手而應規。其長三尺有六寸〔九〕，則反詘之及肘。裳之兩旁，連屬縫之，前後之幅不殊，謂之續衽。右邊交而左，左邊交而右，左右交鈎，謂之鈎邊。或曰：幅之邊，交鈎縫之，則表裏如一也，謂之鈎邊。衣領之交，其袷如矩，以抱方也。帶，下當髀則窘〔一〇〕，上當脇則不袷〔一一〕。當要圍之結於前，重繚而下，垂之爲紳。紳者，言其屈而重之也。紳之長齊其裳，用組五彩，約帶之結，餘則垂之，長齊其紳。紳垂三尺，則組之長六尺有三寸，三寸以并組約，而垂各三尺，與紳齊焉。凡帶，古者大夫四寸，士二寸，今皆博四寸。古者士以下皆禪，而今夾縫之。古者天子以素而朱裏，諸侯、大夫以素，士以練，居士以錦，弟子以縞，而今以白繒。其飾之也，古者君朱緑，大夫玄華，士緇，而今之色視純，或飾以緇，古之士帶也。古者天子、諸侯終裨之，大夫裨垂，士下裨，今有爵者通飾之，古諸侯之帶也。無爵者飾其紳，古大夫之帶也。其長，古者士三尺，有司二尺有五寸。子游曰：「三分帶下，紳居二焉。」而今與裳齊，禮從宜，而有可以義起者也。其緣〔一二〕，具父母、大父母以繢〔一三〕，具父母以青。領表裏皆二寸，袪邊齊，表裏皆一寸有半。今緣以黑〔一四〕，色之便也。具慶，加古純可也〔一五〕。

君子曰：取義之多乎，其餘深衣乎〔一六〕？衣之全也，以象天也；裳之博也，以象地也；袷之矩也，以正義也；袂之規也，以容仁也；背之繩〔一七〕，以中直也；下齊之權衡，以行平也。故深衣者，規矩、準繩之服也。服其服，必思蹈其理焉。是以君子清純以律天，博厚以律地，仁義以法規矩，直其正以法繩，平其行以法權衡。故《詩》曰：「服之無斁。」又曰：「緇衣之宜兮。」《小雅》曰：「行歸於周，萬民所望。」此之謂也。

【校記】

〔一〕「間」，藕本作「暇」。

〔二〕「深衣之復製」以下五句，藕本作「深衣之服製用布」。明抄本、暉本、舊抄本與底本同，藕本蓋有脱文。

〔三〕「二」，底本作「三」，明抄本、舊抄本、暉本同，據藕本改。按：王與之《周禮訂義》引賈氏曰：「鄭注《喪服》，皆破升爲登，布八十縷爲登。登，成也。今云十五升，則一千二百縷。」

〔四〕「短長」，明抄本作「長短」。

〔五〕「裾」，暉本作「裙」。

〔六〕「則」，底本作「亦」，舊抄本、藕本同，據明抄本、暉本改。明抄本佚名眉校：「『則』，刻作『亦』，非。」

〔七〕「則後狹於前」，藕本作「則領，後狹於前」。

〔八〕「袼」，底本作「袷」，明抄本、舊抄本、暉本同，據藕本改。

〔九〕「三」，底本作「二」，據明抄本、舊抄本、暉本、藕本改。

〔一〇〕「窘」下，藕本有一「步」字。

〔一一〕「不」下，藕本有一「容」字。

〔一二〕「緣」，底本作「繩」，明抄本、舊抄本、暉本同，藕本作「純」。按：當作「緣」。朱熹《深衣制度》「衣裳皆緣」：「緣用黑繒，具父母以青，大父母以績。」見嘉靖刻本《朱文公文集》卷六十八。

〔一三〕「續」，底本作「續」，明抄本、舊抄本同，據暉本、藕本改。
〔一四〕「緣」，底本作「純」，明抄本、舊抄本、暉本、藕本同，據朱熹《深衣制度》改。
〔一五〕「加」，藕本作「如」。
〔一六〕「餘」，藕本作「惟」。
〔一七〕「繩」，暉本、藕本作「純」。

説

答趙知縣百里千乘説

《孟子》言公侯百里等制，與《周禮》諸公封疆方五百里等制不同。按：井田之制，方里爲井，方十里爲成，方百里爲同，方千里爲圻。天子一圻，諸侯一同，則所謂封方百里者，特以田計耳。若合山林、川澤附庸言之，則公侯之國不止於百里也。如周公之封於魯，爲方百里也，而泰山其在封内，顓臾亦在邦域之中。若曰總方百里，則泰山之外，土田無幾，顓臾成國，而魯地亦無幾也〔一〕。故《閟宫》之詩曰：「錫之山川，土田附庸。」然則《周禮》所謂方五百里者〔二〕，蓋合山川附庸，大約之限言之，而《禮記》所謂魯地方七百里者，則山川附庸之多，所以厚周公也。

夫以井田之制，方方整整，而天下地勢，高高下下，故山川、林麓，雖有餘地，而不可以畫井畝、分溝澮者，則以爲園地、菜地、牧地、散地耳，但取其地之平闊者井之。是以古者治田〔三〕，各以地名，如所謂濟西之田、汶陽之田、龜陰之田、戚田、許田。蓋可田之地，畫爲井洫，隨其廣狹，以爲多寡，故各以其地名其田。至於封國，則總其田計之。公、侯則足一同之數，而伯、子、男以次降殺焉〔四〕，此封國之大略也。

古者井田，方里而井，方十里者爲方一里者百，方百里者爲方十里者百。以方十里之百，乘方一里之百，是百里之田，計萬井也。八家同井，則方井者八萬家。包氏曰：「方里爲井，十井爲乘。」每乘甲士三人，步卒七十二人，是八十家而出七十五人，每家一人，其餘五家以防疾病、死喪之數。蓋司徒之法，民之可用者，家率二三人，而凡起徒役，則毋過家一人，其餘以爲羨卒。又每車有餘子二十五人，乃所帶羨卒、子弟、臣妾之類，以備薪芻負爨之役者。夫八十家而出一乘，八萬家而出千乘，此百里之田所以爲千乘之國也。

或曰：「古者壹甸，六十四井，凡五百一十二家，始出長轂一乘。魯作丘甲，使十六井、一百二十八家出之，《春秋》譏其重賦。而今曰十井、八十家出一乘，不亦厲乎？」曰：不然。古人用民，不盡民力。如大國三軍，每軍萬二千五百人，三軍總三萬七千五百人，僅用夫家之半爾。而古人用軍，亦不盡軍力。故每調兵賦〔五〕，則六十四井、五百十二家，而起七十五人，并餘子二十五人耳。大約三分其軍而調其一，七分其夫家而起其一，一，十二分其民數而役其一，所以惜民力，亦以備更役也。

然則封建之法，《孟子》以里言之〔六〕，《周禮》合土田、山川附庸言之也。千乘之制，所謂諸侯千乘者，以地力夫家言。所謂甸出車一乘，以用兵征調言之也。

秋夜因朋友異同之問，筆其大概如此。至於制數之詳，則未暇考云。

【校記】

〔一〕「亦」，藕本作「益」。

〔二〕「《周禮》」，藕本作「周之」。

〔三〕「治」，藕本作「池」。

〔四〕「次」，藕本作「此」。

〔五〕「兵」，明抄本作「軍」。

〔六〕「以」字下，藕本有一「田」字。

中國山川總記〔一〕

天地常形，固相爲勾連貫通，然其條理，亦各有脉絡。自崑崙而東北言之，則自積石而北，爲湟水、星海、青海，以至浩亹，皆河源也。入匈奴以東爲陰山。又東南，自代北〔二〕、雲朔，分而南趨，爲北嶽，以至太行，是爲河北之脊。壺口、雷首、太嶽、析城、王屋，皆其群峰。河之析而南，汾、晋諸水之所以西入河，涿、易、滱〔三〕、恒、衛之所以東入海也。分而東趨者，行幽燕之北，爲五關之險，以至營平而爲碣石。此北絡也。

自崑崙以東言之，則自西傾而洮水出其北入河，桓水出其南入江。又東爲朱圉、鳥鼠諸隴，則爲渭之源。自渭源以北，即夾河源，而北以東，若岍、岐，若荆山諸峰，涇水、漆、沮諸源也。自渭以南，即西傾而下，諸峰亘爲終南，屹爲太華，東北爲殽、陝，東南爲熊耳、外方、嵩高，伊、涪之源。又南爲桐柏淮源，以達于淮西諸山。此中絡也。

又自西傾朱圉而南分，是爲嶓冢、漢源。夾漢而趨者，北即終南、華、熊諸隴，南則蜀東諸峰。說者謂蜀東諸山皆嶓冢，正謂其岡岫綿亘耳。

又東南言之，是爲岷山、江源。夾江而東者，北支即西傾以南，嶓冢以西之脉，爲恒水、西漢水、加陵江諸源〔四〕；其南支即南趨，爲蒙、蔡諸山，青衣、大渡、馬湖江諸源。又東包涪、黔，一盤而北爲三峽。其出者，包絡九江之源，中盤中爲衡山，其再盤而北爲廬阜。其嶺之東出者，又爲袁、吉、章、貢、盱、信諸江之源。至分水魚梁嶺，三盤而北趨，過新安，峙天目，盡昇、潤。再盤之間，其水聚洞庭。三盤之間，其水聚爲彭蠡。三盤以東，則南爲閩浙，北爲震澤。此南絡也。

惟泰山則特起東方，横亘左右，以障中原。此所以爲異歟？

【校記】

〔一〕明抄本、舊抄本、暉本本篇題作《中國山水總説》。

〔二〕「代」，底本作「岱」，據暉本、舊抄本改。明抄本原亦作「岱」，朱筆校改作「代」。

〔三〕「漎」下，暉本、舊抄本有一「漳」字。明抄本原亦無，朱筆校補一「漳」字。

〔四〕「加」，底本作「如」，明抄本、舊抄本、暉本同，今據《書經注》改。

次農説〔一〕

宗周班禄之制，自天子而下，凡四等。國自諸侯而下，凡六等。其下惟農。農田百畝，上農夫食九人，上次食八人，中食七人，中次食六人，下食五人，亦凡五等。百畝均也，而若是差，地有肥磽，力有强弱也。然古者以周尺爲步〔二〕，步百爲畝，今以官尺五尺爲步，二百四十步爲畝。古者周尺當今浙尺七寸四分，今之浙尺當今官尺一尺一寸三分，絶長補短，則古者百畝當今東田三十三畝有奇也。以今三十三畝有奇之田，一夫耕之，其屋基與其租税之入〔三〕，古又出之公田，宜其力贍者食九人而無不足，弱者食五人而亦有餘也。

予生二千餘載之後，去周室遠矣，學先王之道，將以措諸國家。謂君心可正，公卿士大夫可齊，民風可一，夷狄可屏也，而非有庠以養之，非有卿士大夫以興之，群試有司，類非宗周之制。取聖人之經，副字儷語，謂之程文。少有振厲〔四〕，則有司駭之，以爲非度。予以是數黜，家貧親老，亦甚病焉。知予者以爲有志未遇，責予者以爲未能忘禄仕也。嗟乎！有志未遇者，時也；而未能忘禄仕，亦勢也。使予得百畝之田而耕之，予亦豈能區區然較得失一夫之目哉！

顔子一簞食，一瓢飲，不改其樂，孔子賢之。彼顔子猶有簞食瓢飲，足以事育，安知千載之下，其貧又有甚於顔子者？予也上無可宫之椽〔五〕，下無可植之畝，進無代耕之禄〔六〕，退無歸耕之計也。食人之食則多愧，自食其力則無地，不然，予何求哉？予嘗欲于桐山之下，晏原之間，爲舍八楹，擬古二畝半之宅；求田三十三畝有奇，擬古百畝之田；注下灌高，擬古遂畝。予負笠而荷蓧，深耕而力耘，畜雞種蔬，上養下教，閒歌《七月》之詩，《公劉》之雅。天子清源以厚下〔七〕，公卿大夫忘私以爲公，使時和年豐〔八〕，穡事不擾，則予也固三代之農也，他何求哉？

予力貧而體弱，不能爲上農之事〔九〕，庶幾其次；次不能爲，庶幾其中；中不能爲，中次亦可矣〔一〇〕，故命之曰次農。噫！三代之治不可見，百畝之田未易求，安得遂吾之所求耶，復安得見吾之所不可見者耶？

有宋景定甲子十月〔一一〕，次農金履祥吉父記。

【校記】

〔一〕藕本題作「自號次農説」。

〔二〕「周尺」下，藕本有「六尺」二字。

〔三〕「基」，藕本作「居」。

〔四〕「厲」，藕本作「奮」。

〔五〕「可宮之椽」，藕本作「可官之祿」。

〔六〕「祿」，藕本作「人」。

〔七〕「天子」前，藕本有一「願」字。

〔八〕「年」，藕本作「歲」。

〔九〕「農」下，藕本有一「夫」字。

〔一〇〕「中次」前，舊抄本、明抄本、暉本、藕本有一「爲」字。
〔一一〕「十月」，藕本無。

議

爲師吊服加麻議

謹按：爲師服者，「吊服加麻」，「心喪三年」，古也。古則不可以世俗之服爲服。布襴之服，俗服也，今之服緦功以上者皆用之。生絹鈎領之衫，俗服也，今之服緦麻者亦用之。用今緦麻之服，是不得全其喪父無服之重也。疑衰，古士之吊服也，其制今亡矣。白布深衣，古庶人之吊服也，其制今猶有存。古之士，今之官也；今之士其未仕者，古之庶人也。故宜用古庶人之服，而以深衣爲吊服。

昔者朱子之喪，門人用緦麻深衣而布緣矣。今之深衣，紵而非麻，如之何？曰：凡布，皆麻也。古以三十升麻爲麻冕之布，以十五升麻爲深衣之布，故孔子以麻冕可從純。而深衣之麻今無之，自司馬公、子朱子皆云「用極細布爲之」，則今深衣之布以苧代麻久矣。其緣，則

《禮》「孤子純以素」，是喪父既除服之服也。孔門喪夫子者，若喪父而無服，則以喪父除服之服，爲若喪父無服之服，是純以素可也。

其冠，則庶人之吊，「素委貌」，今失其制，以帛代之可也。帛則何以加絰？曰：士冠，其吉玄冠也，色玄，五梁，左掩右。其非吉則素冠也，色白，三梁，而右掩左。今用素冠加絰于内，而生絹單帛加於外可也。加絰於冠，古也，而外用帛，則又俗，如之何？曰：用古之禮而不駭今之俗，亦以代幅巾云爾。

加麻之絰，緦服之絰也。緦服之絰，絰之小者也，今用緦麻而小可也。加麻之帶，緦服之帶也。緦服之帶，亦布之細者也，今用細苧可也。然則用深衣則何屨？曰：古有吊服而無吊屨。深衣方屨，古也。然古之方屨，非獨爲深衣也，凡屨皆方也。今之屨，凡屨皆員也。今之君子，其服深衣屨〔一〕，屨從其俗者多矣。方屨可也，從俗屨亦可也。履祥謹議。

是時咸淳戊辰十有二月十有九日，子何子卒。魯齋先生曰：「北山先生，當世之巨人也，四方之觀瞻係焉。今制門人之服而非古，則無以示四方矣。布襴，今之緦服；涼衫，前輩之燕服，是皆不可。子其思之！且問伯誠。」時履祥匆匆奔赴，皆不暇帶書以往，於是就子何子之齋，假禮書焉。一時哀戚，不暇詳考，亦不敢久出何子之遺書，亟納之，而往伯誠子之家問焉。伯誠子相見慟哭，而其説則不以爲然，曰：「北山之生不爲絶俗之事〔二〕，而吾輩之服殊詭於俗〔三〕，非北山之意也。爲吾輩者，以學問躬行自勉，有以發明北山之學可矣，不必爲是服也。生絹白衫，加布帶而帛如常，庶可表此心，而亦不甚駭於俗〔四〕。且今爲古服，魯齋服之可也。今朋友之中，有義利不明、出處失節者，見吾輩之服亦服之，則反玷北山矣。」履祥念無以復明於魯齋先生〔五〕，故一時草此議以復命〔六〕，無可考訂，亦不暇考也。既而汪功父以書來，謂魯齋先生定議：玄冠端武加帛，深衣布帶加葛絰。履祥謂玄冠不以吊〔七〕，雖加絹武，而乃無首絰，不若素冠而加絰，布帶則不必絰可也。而魯齋先生約日成服，不受是説。既成服，履祥請問焉〔八〕，曰：「『素委貌』者，『委貌』之注以爲『委武』也，則是素武也。士吊服，疑衰，即深衣也。疑衰者，擬於衰也。緦麻之布十有四升，而深衣之布十五升，是十四升爲緦麻，而深衣之布擬之也。深衣素純則爲長衣，麻純則爲麻衣，《詩》所謂『麻衣如雪』者也，二者皆非深衣也，故今不從其純。柏蓋已有考〔九〕，伯誠不俱來成服，是耻與吾人黨乎？」履祥曰：「伯誠非耻與先生爲黨，耻與履祥輩朋友爲黨耳〔一〇〕。且伯誠文之説，存之以爲朋友之糾彈可也。」

【校記】

〔一〕「屨」，藕本無，暉本爲墨釘。

〔二〕「絶」，藕本作「詭」。

〔三〕「而」字前，藕本有一「死」字。

〔四〕「不」，底本無，舊抄本同，據明抄本、暉本、藕本增。
〔五〕「履祥」，藕本作「某」。「明」，藕本作「命」。
〔六〕「復」，藕本作「反」。
〔七〕「履祥」，藕本作「某」。
〔八〕「履祥」，藕本作「某」。
〔九〕「柏」，藕本作「某」。
〔一〇〕「輩」前，藕本有「一」字。

文廟祭議

景定之禮，以顔、曾、思、孟爲四侑，萬世公論，於斯爲允。然前次議者，猶以顔路、曾皙、伯魚並在下列爲未安〔一〕，則如之何？則亦復古之制而已。古者寢廟之制，前爲堂而後爲室。宗廟之祭，先室事而後堂事。而庠序之禮，先獻酬而後燕禮。今二丁之祭，宜先用享禮，牲帛旅陳〔二〕，享先聖而南面于堂，以顔、曾、思、孟侑。既用燕禮，籩、豆、簠、簋，奠先聖而東西於室，以顔路、曾皙而下七十子左右袷食，如昭穆之儀焉。斯爲得之，其餘從者〔三〕，雖東西夾室可也。

【校記】

〔一〕「安」，藕本作「妥」。

〔二〕「帛」，藕本作「幣」。

〔三〕「從」下，藕本有一「祀」字。

講義

復其見天地之心

程子曰：「先儒皆以静爲見天地之心，不知動之端乃天地之心也。非知道者，孰能識之？」

天地之化，包括無外，運行無窮，萬類散殊，品物形著。聖人作《易》，所以體天地之撰，而夫子贊《易》，而獨於《復》之一卦，係之曰：「復其見天地之心。」夫以卦而論，則卦之六十有四，爻之三百八十有奇，皆天地之心所寓也。以時而論，則春生夏長，萬寶秋成，形形色色，生生性性，皆天地之心所爲也。而聖人謂天地之心獨於《復》有見焉，蓋六十四卦固天地之用，不難見也，惟《復》乃見天地之心。春敷夏長，萬物生成，皆天地之迹，不難見也，惟《復》乃見天地之心。

夫所謂天地之心者，何也？仁也。生生之初也，語其象，則《復卦》下一爻是也〔一〕。夫當窮冬之時，五陰在上，天地閉塞，寒氣用事，風霜嚴凝，雨雪交作，萬物肅殺之極，天地之間若已殆無生息〔二〕，而一陽之仁，乃已潛回於地中。吁！此天地生生之所以爲化生萬物之初乎〔三〕？異時生氣磅礴，品物流形〔四〕，皆從此中出。故程子謂一陽復於下，乃天地生物之心也。蓋其仁意渾然，而萬化之全美已具；生氣闇然〔五〕，而一毫之形迹未呈〔六〕。此其所以爲天地之心，而造化之端，生物之始也歟！故邵子《冬至吟》有曰：「一陽初動處，萬物未生時。玄酒味方淡，大音聲正希。」夫淡者，味之本，爲醪爲醴，皆從此生。希者，聲之真，翕如純如，皆從此變。而又終之曰：「此言如不信，更請問庖犧。」

愚謂此一爻〔七〕，象天地之心，乃庖犧畫卦之始。今人但見六十四卦更互交錯，却不知孔子獨於《復》之一陽贊之曰「天地之心」何也？此一陽爻，正是伏羲畫卦之始也。周子見此意，本於《先天》一圖，所謂「天根」者也〔八〕。蓋有生生之心〔九〕，是以有天地生生之用。伏羲畫卦，先從天地之心畫起，故先畫一陽爻，以其相生，于是而有偶，又乘之而爲四象，又乘之而爲八卦，又乘之而爲六十四卦，皆一畫之生，而此心之用也。此一道理直看，則此一陽六十四卦之始，是爲天地生生之心，《太極圖説》見之；横看，則卦氣剥爲純坤，天地生物若已盡矣，而一陽又復，是爲天地不窮之心，《先天圖》見之〔一〇〕。

程子又曰：「先儒皆以静爲見天地之心，蓋不知動之端乃天地之心也。非知道者，孰能識之？」夫《復卦》一陽在下，便是動之端〔一一〕。先儒如王弼輩，乃解爲動在於地，是爲静見天地之心。蓋看卦象不明，所以看道理不出。大抵纔説静時，便是死煞，是固亦天地之迹，如何見天地之心？惟於極静之中而乃有動之端焉，是乃天地之心也。然以理而論，則静不足以見天地之心，而動之端乃見天地之心；以人心而論，則動不能見天地之心，而静可以見天地之心。何則？人之所以失其良心，迷此仁性，而終不能見天地之心者，蓋其欲動情勝，而常失之於動也。

夫物之感人無窮，人之好惡無節，此心所存，逐物而動〔一二〕，則飛揚升降，幻貿驅馳，安能體認義理，充養仁心？其於天地之心，罔然莫知也〔一三〕。故學者亦須收視反聽，澄心定慮，然後可以玩索天理，省察初心，而有以見天地之心。所以《復》之《象》曰：「先王以至日閉關〔一四〕，商旅不行，后不省方。」《記》仲冬之月亦曰：「君子齋戒，處必掩身〔一五〕」，「去聲色，禁嗜欲」，「安形性。」凡此無非説静之工夫。雖曰古人如此，凡以養此陽氣之微，然古人所以見得道理分明，保得仁心全固，亦是以此工夫得之。故静之工夫，古人以此養陽氣之微，學者當以此觀義理之妙，則天地之心，豈不躍然而可見哉！故嘗謂有天道之復，有吾心之復。天道之復，前所説是也；吾心之復，則凡善念之動是也。蓋四端之心，無時不發，而就中惻隱之心最先且多，此正天地之心在吾心者。大抵人雖日營營於人欲之中，孰無一線天理之萌〔一六〕？此即吾心之復也。人自不察，亦自不充耳。所以不察不充，正由汩于動而不能静之故。故學者須是於此下耐静工夫。察此一念，天理之復〔一七〕，充此所復，天理之正，而敬以持之，學以廣之〔一八〕，力行以踐之，古人求仁之功，蓋得諸此。然則茂對天時之復，以反求吾心之復，惟諸君勉之！

是知復者，特此心之初耳。既復之後，無以長養之，則復失矣，朱子所謂「復而不固，則屢失屢復」者也。自天地之有此《復》也，日長日盛，進而爲《臨》，又進而爲《泰》，又進而爲《大壯》，又進而爲《夬》，又進而爲純《乾》矣。人心之有是復也，亦必日增日長，進而爲《臨》之大，爲《泰》之通，又進而爲《大壯》之動，以及《夬》之剛決〔一九〕，《乾》之不息，而與天合德焉，此又復之之後工夫也。又況凡事莫不有復如此〔二〇〕，宫既廢而新則爲學校之復，綱常既晦而明則爲世道之復，國家既危而安則爲國勢之復。賢卿帥出鎮大邦，作興學校，崇建明倫之堂，此學校之復也。綱常既廢而復明，國勢阽危而復振，在諸君子，必有得於《復》之義，而充《復》之功用者，幸不廢焉〔二一〕。

【校記】

〔一〕「下」，底本無，明抄本、舊抄本、暉本同，據藕本增。

〔二〕「若已」，藕本無。「息」，藕本作「氣」。

〔三〕「生生之」下，藕本有一「仁」字。

〔四〕「形」，明抄本、暉本、藕本作「行」。舊抄本作「行形」，佚名校删前一「行」字。

〔五〕「闇」，暉本、藕本作「闖」。

〔六〕「呈」，藕本作「成」。

〔七〕「爻」，藕本作「陽」。

〔八〕「本於《先天》一圖，所謂『天根』者也」，藕本作「著爲《太極圖説》，所爲『太極動而生陽』者也。邵子見此意，本於《先天》一圖，所爲『天根』者也」。

〔九〕「生生」前，藕本有「天地」二字。

〔一〇〕「先天」下，藕本有一「圓」字。

〔一一〕「是」，藕本作「見」。

〔一二〕「逐」，底本作「遂」，據明抄本、舊抄本、暉本、藕本改。

〔一三〕「罔」，藕本作「固」，暉本寫作「惘」。按：當作「罔」。

〔一四〕「閉」，底本作「閑」，據明抄本、舊抄本、暉本、藕本改。按：宋刻《周易》作「閉」。

〔一五〕「必」，底本作「以」，明抄本、舊抄本同，據暉本、藕本改。按：宋刻《禮記》作「必」。

〔一六〕「線」，明抄本作「念」。

〔一七〕「復」，明抄本作「萌」。

〔一八〕「學以廣之」，明抄本作「廣以學之」。

〔一九〕「及」，底本作「天」，明抄本、舊抄本、暉本同，據藕本改。

〔二〇〕「凡事」，藕本作「事凡」。「此」，暉本改作「學」。按：「如學」二字歸下。

〔二一〕「幸不廢焉」，藕本無。

《孟子》「性命章」講義〔一〕

「性也」之性，是氣質之性；「有性焉」之性，是天地之性。此固不待言，惟二「命」字難分。「有命焉」之命一節，是氣之理；「命也」之命一節，是理之氣。何以謂氣之理？是就氣上説，而理亦在其中，爲之品節限制。何以謂理之氣？是就理上説，而氣却在於其中，有清濁厚薄之不同。

蓋理氣未始相離。天以陰陽五行化生萬物，氣以成形，而理亦賦焉，猶命令也。然理則一，而氣則有清濁厚薄之不同，所以在人便有智愚、賢否、貴賤、貧富之異，而理固無一而不在焉，此皆所謂命也。但「命也」之命，自其清濁厚薄者言之，則全屬氣；「有命焉」之命，自其貧賤富貴之分限言之，則便屬理。「命也」之命在前，「有命焉」之命在後。然方其清濁厚薄，便自有貧富貴賤〔二〕；纔有貧富貴賤〔三〕，便自有上下品節，所以總謂之命。但其上一截清濁厚薄全屬氣，到貧賤富貴各有品節〔四〕，則屬理。此兩「命」字所以同、所以異者如此。

仁義五者，非命也。到得所值不同，則命也。故程子、朱子當初於此五者之命，見其説不去，却把「命也」推上去，説清濁厚薄所值不同，以補其語意。此説盡之矣。五者之命，程子清濁厚薄之説盡之。夫清濁厚薄，氣也，而清濁發於所知，厚薄發於所值。

自其清者言之，則仁之於父子也自至，義之於君臣也自盡，禮之於賓主也自節，智自能辨賢否，聖人自能脗合乎天道。自其濁者言之，則於父子而仁有所窒，於君臣而義有未充，於賓主而禮有未合，於賢否而智有所昏，於天道固不能如聖人之自然脗合。此命之有清濁也。

自其厚者言之，則爲父而得其子之孝，爲子而得其父之慈，爲君而得其臣之忠，爲臣而遇其君之敬，賓主之相得，賢否之會避，聖人而得位、得名、得禄、得壽。自其薄者言之，則子孝而有瞽瞍之父，父慈而有朱均之子，君賢而有管、蔡之臣，臣忠而有龍逄、比干之戮，爲主而晋侯見弱于齊，爲賓而魯君不禮於楚。以言乎智，則晏嬰而不知仲尼。以言乎聖與天道，而孔子不得位。此命之厚薄也。

氣化流行，紛綸錯揉，化生人物，隨處不同。或清或濁，或厚或薄，四者相經相緯，相揉〔五〕。相雜，而發于心，驗于身，遇于事，各有不同者。清者生知安行，而濁者則反是；厚者氣數遇合，而薄者則不同。此所以謂之命也。

程子發此四字，《或問》兼存兩説。嘗以是質之何先生矣，先生曰：「然。」故筆之。「目之於色也」以下五句，是氣質自然之欲，故斷之曰「性也」，此是順結。「仁之於父子也」以下五句，此是人心自然之理，乃結之曰「命也」，此却反結，何耶？曰：「目之於色」五事，是就人身言；「仁之於父子」五事，是就人事言。就人身言，有此形氣，便有此五者，故曰性；就人事言，則所處所遇自是有不同，故曰命。然人以前五者在人身爲性，而求必得之，故孟子指出天分，謂各有限制之不同，故曰「有命焉，君子不謂性」。人以後五者在人事爲命，而不求盡，故孟子指出源頭，謂本有義理之不異，故曰「有性焉，君子不謂命」。謂之「君子不謂性」，則知一謂之性者，世人之言也；謂之「君子不謂命」，則知一謂之命者，亦世人之言也，故朱子有世人之説。履祥又聞之王先生曰：《孟子》後斷「命也」一句，是歇後語。

【校記】

〔一〕「講義」，藕本作「解義」。

〔二〕「貧富貴賤」，舊抄本、藕本作「貧賤富貴」。

〔三〕「貧富貴賤」，舊抄本作「貧賤富貴」，藕本作「貧富賤貴」。

〔四〕「貧賤富貴」，藕本作「貧富貴賤」。

〔五〕「揉」，明抄本、舊抄本作「操」。

序

送三蘇君序

愚翁先生温蘇公來官金華〔一〕，其三秀從焉。長曰太古，仲曰佩韋，季曰會心，皆所以號也。餘一再朞，愚翁先生賦歸來之歌，解印綬而去，三子者從之東歸。古語曰：「富貴者送人以財，君子送人以言。」愚非君子，而三君子雅相好也，不可無言以别，其爲詩歌乎？

子貢曰：「賜聞聲歌〔二〕，各有宜也。」然則愚於三君子，宜何歌也？而古之音希矣，傳於世者，惟康衢之詩，唐士大夫以爲古詩也，寥寥乎不可作已。商周之詩，毛氏識之，其亦古矣乎！故愚於太古歸也，爲之歌古。佩韋，西門子之事也。西門子，魏之賢人也，初由魏而晉，其詩列於《國風》。雅亡而《春秋》作，歷春秋之世，風未亡也。自晉而魏，至文侯之世，風幾於亡，而古樂猶存，則魏之風，其猶未洩歟〔三〕！故吾於佩韋之歸也，爲之歌魏。會心，晉語也。晉之詩，自建安以來，皆五言之體也，雅尚清虚，風流自賞，是其晉風也歟！而不可以爲勸，故吾於會心之歸也，爲之歌晉。

古詩曰：「古道之直，斯今斯曲。斯有君子兮，曰予復斯。古風之淳，斯今斯漓。斯有君子兮，曰予維斯。古書之簡，斯今斯煩。斯有君子兮，曰予還斯。曰夏曰虞，又曰古初。曰唐曰黃，又曰洪荒。是尚友之人兮〔四〕，是能古吾之今兮。適子之館，摻執子之軿兮，曰毋以吾古道東征兮。」五章，章四句，一章五句〔五〕

魏詩曰：「璆璆佩韋〔六〕，可以知仁。鏘鏘瓀玟〔七〕，可以知文。瑀也爲矩，衡也爲平。有玦斯牉，可以知分。有劒斯直，可以思貞。弦取其直，蘭取其馨。宛宛之韋，亦以繼佩。爲柔爲緩，匪急之悔。垂之結之，君子服之。君子提提，毋然脂韋〔八〕。敢以爲告，匪以爲譏。」四章，二章六句，一章四句，一章六句

晉詩曰：「日暮脂名車，明發邁長道。朝旦出東門，落景憩郊藪。行行歸東嘉〔九〕，采采斑衣好。東嘉勝游多〔一〇〕，晉代人物眇。中有會心人，爽氣今所少。人心自虛明，萬理減中湊〔一一〕。窮達有會通，一本萬殊囿〔一二〕。風流非所高〔一三〕，塵想衹自垢。長歌臨回飇，采菲忘予陋。」

咸淳改紀秋七月幾望，契家生桐陽金履祥謹序〔一四〕。

【校記】

〔一〕「温」，藕本無。按：蘇基先號愚翁，温州瑞安人。

〔二〕「聲」，底本作「詩」，明抄本、舊抄本、暉本同，據藕本改。按：檢《史記》《禮記疏》《樂書》等書，

皆作「聲」。

〔三〕「洩」，暉本改作「泯」。

〔四〕「尚友」下，藕本有一「古」字。

〔五〕詩後注，底本作「五章，章四句，一章十五句」，舊抄本同，明抄本、藕本無，暉本作「四章，三章四句，一章九句」。按：「十五句」，當作「五句」。

〔六〕「韋」，藕本作「瑜」。

〔七〕「玟」，底本作「玖」，明抄本、舊抄本同，據暉本、藕本改。按：《禮記集説》：「士佩瓀玟而縕組綬。」《爾雅疏》：「《玉藻》云『士佩瓀玟而縕組綬』是也。」

〔八〕「脂韋」，明抄本原同，佚名校改作「韋脂」，眉批：「『韋脂』方叶韻。」暉本改作「韋脂」。

〔九〕「東」，藕本作「永」。

〔一〇〕「東」，藕本作「永」。

〔一一〕「減」，藕本作「咸」。

〔一二〕「囿」，明抄本、舊抄本作「聞」，藕本作「有」。

〔一三〕「高」，藕本作「尚」。

〔一四〕「咸淳改紀」以下，藕本無。

紫岩于先生詩集序

金華東州佳山，蓋南條朝源山也，而靈洞又金華垂盡處。韓昌黎謂：凡清淑之氣，盛而不過者，則蜿蜒扶輿，磅礴鬱積，必有魁奇才德之民生其間。夫南條自岷山之陽，至於衡山，而衡之南，又自連延東趨者爲括蒼。由衢嶺，歷大庾，至昭武而北趨爲漁梁嶺，又自漁梁以北趍者爲括蒼〔一〕，由衢婺望之，南山也。自括嶺轉而北趍，卷東陽江諸源，又轉而西峙，是爲金華之山，陽陰者流〔二〕，所謂朝源顧祖者。清淑之氣，鍾爲三洞，古今多賢輩，出於其陽。

其山西界瀔江而止，將止未止之間，而爲洞者又三焉，所謂靈洞是也。靈洞之右，玲瓏清瑩，深不可測，山縈而林秀，石竇雲根之奇〔三〕，不可爲數〔四〕，清淑之氣可掬也。是爲神僊之宅，名勝高人多好游焉〔五〕。乃若瑰奇之民，數千百年以來未聞〔六〕，其間豈皆隱君子〔七〕，世不得而聞耶？或謂生才不於山之中，而於山之外，其信然耶？不然，何久秘而不發也。

近三十年來，始訪得之〔八〕，則于君介翁〔九〕，父子祖孫家焉，而介翁又以其魁岸奇偉之氣，發爲清麗温雅之詩，豈非昌黎公所謂魁奇者耶，而今吾見之也〔一〇〕。然欝之久，其發之必宏。介翁之詩，固非止此，抑其所以洩山川之藏者，又必有大於詩者矣。介翁其益勉之！仁山金履祥吉甫序〔一一〕。

【校記】

〔一〕「蒼」，藕本作「嶺」。

〔二〕「陽陰」，暉本、藕本作「陰陽」。

〔三〕「雲」，明抄本作「靈」。

〔四〕「爲」，明抄本、暉本作「勝」。

〔五〕「名勝」下，明抄本佚名校增「之區」二字，眉批：「『名勝』下加『之區』二字。」又塗删之。暉本增「之區」二字。按：「名勝高人」亦通。

〔六〕「千」，明抄本作「十」。

〔七〕「豈」下，藕本有一「能」字。

〔八〕「訪」，藕本無。

〔九〕「于」，底本作「於」，據明抄本、舊抄本、暉本、藕本改。

〔一〇〕「今吾」二字，藕本作「吾今」。

〔一一〕「仁山」句，暉本、藕本無。

通鑑前編序

朱子曰：「古史之體可見者，《書》《春秋》而已。《春秋》編年通紀，以見事之先後；《書》

則每事别紀，以具事之始末〔一〕。意者當時史官既以編年紀事，至於大事，則又採合而别記之。若二典所記，上下百有餘年，而《武成》《金縢》諸篇」，「或更數月，或歷數年，其間豈無異事，蓋必已具於編年之史，而今不復見矣。」

履祥按：《竹書紀年》載三代以來事迹，然詭誕不經，今亦不可盡見。《史記》年表起周共和庚申之歲，以上則無記焉。歷世浸遠，其事往往雜見於他書，靡適折衷。邵子《皇極經世》獨紀堯以來，起甲辰，爲編年曆。胡氏《皇王大紀》亦紀甲辰以下之年，廣漢張氏因《經世》之年，頗附以事，顧胡過於詳，而張失之簡。

今本之以子史傳記〔二〕，附之以經，翼之以諸家之論〔三〕，且考其繫年之故，解其辭事，辯其疑誤，如東萊吕氏《大事記》，而不敢盡倣其例。起帝堯元載，至周威烈王二十三年，接於《資治通鑑》，名曰《通鑑前編》。

昔司馬公編輯《通鑑》，先爲《長編》。蓋《長編》不嫌於詳，而《通鑑》則取其要也。後之君子，或有取於斯焉，要删之以爲《通鑑前紀》，是亦區區之所望也。景定甲子正月丁丑朔，蘭谿金履祥序〔四〕。

【校記】

〔一〕「具」，底本作「其」，舊抄本同，明抄本、暉本作「見」，據藕本改。按：元刻本《國朝文類》作

「具」。朱熹《跋通鑑紀事本末》：「以具事之首尾。」（《晦庵集》卷八十一，《四部叢刊》景明嘉靖本）。

〔二〕「子史傳記」，藕本作「史子傳紀」。

〔三〕以上三句，元刻本《國朝文類》作「今本之以經，翼之以史子傳記，附之以諸家之論」。

〔四〕「正月」，底本原無，據藕本補。「蘭谿金履祥」，藕本無。

通鑑前編後序

右《通鑑前編》，起帝堯元載甲辰，止威烈王二十三年戊寅〔一〕，凡一千九百五十五年〔二〕，通爲十八卷，二帝三王之事，粗見首尾。

大抵出於《尚書》諸經者，爲可考信。其出於子史雜書者，不失之誕妄，則失之淺陋。蓋其智不足以知聖人，而流俗傳聞，其高者既以聖人絶世拔出〔三〕，而大道必絶出於事物常情之表，故其説失之誕妄；其下者，則又以世俗之腹量聖人之心，故其説又失之淺陋。惟以《尚書》之僅存者，於今爲帝王全書。劉道原《外紀》之作，《尚書》不入，雖曰尊經避聖，然帝王之事，舍《尚書》，則諸家真稗官小説之流耳。今不敢從《外紀》之例，而從胡氏《大紀》之例焉。

顧《尚書》一經，諸儒解者雖已精詳，但似未嘗潛泳反覆，以推篇章之全意，而句解字釋〔四〕，意或不屬。履祥因爲之注釋章旨，隨意所到，雖不能詳，然聖經之篇章，與聖人之體用，似或得之。至於子史雜書之不棄者，則以古今共傳，不可盡廢。帝王世遠，譚者日稀，禮失求諸野，此猶不愈於野乎？故存其近似，削其誕淺，或加之辯釋焉。

但惟此編，本名表年，惟當於書史上闌之外表著其年，而附證於章後爾。既編年表，例須表題，或嫌於《春秋綱目》之例，然所用者既《史記》年表之法，而所表題又《書經》本語之文，雖間或增損，君子鑒其非僭可也。

周平王以後，《春秋》自有全書，但左氏收拾國史，以翼經事，於隱公之篇多誤，莊公之篇多缺。其間亦多有所遺，如楚、隋所以争，起於請爵，管仲所以霸，本於内政，皆略不書，甚而孔子出處述作，亦俱不書焉，以其書主於解經，而其事或具於外傳諸史。《秦誓》之作，在於封殽尸之後，傳既不及，而《書序》又謬其時。衛輒父子争國，夫子自楚反陳，久之至衛，明年即反魯，而記者多謂夫子久於在衛。履祥所編，欲止平王，而諸若此類，不可不辯。

獲麟以後，事多亡逸。欲備古今以接《通鑑》，則於《春秋》所不能避，亦不敢盡入也。《春秋》一書，固聖人晚年哀痛之意，然孔子周游無位，典册不備，未必盡得周史，因見宗魯一國之策，多違舊章，就加筆削，以示大法，其餘多因舊史，不盡改也。則其歲月名號，改以從周，未必謬聖人之意。况又自有《皇極經世》之例，遂并論次以接《通鑑》焉。

嗚呼！荀悦《申鑑》之書〔五〕，志在獻替，而遭值建安之季。王仲淹續經之作，疾病而聞江都之變，泫然流涕曰：「生民厭亂久矣，天其或者將啓堯舜之運〔六〕，而吾不與焉，則命也。」履祥末學，非二公比，而其生不辰，罹此百憂，其所以拳拳綴輯者，特不爲憂悴廢業耳，覆醬瓿固可知也。劉道原《外紀後序》傷於廢疾，愚嘗三復其辭而深悲之，孰知吾之所悲，又有大於道原者耶？幸而天運循環〔七〕，無往不復，聖賢有作，必有復興三代唐虞之治於千載之下者，區區此編之所望也。上章執徐之歲冬至之日，金履祥後序〔八〕。

【校記】

〔一〕「止」下，藕本有一「周」字。元刻明遞修本《通鑑前編》有「周」字。「戊寅」，底本作「戊辰」，明抄本、舊抄本同，誤，據藕本改。元刻明遞修本《通鑑前編》作「戊寅」。

〔二〕「二千九百五十五」，藕本作「二千九百五十」。

〔三〕「聖人」，底本原無，明抄本、舊抄本、暉本同，據藕本補。元刻明遞修本《通鑑前編》作「聖人」。

〔四〕「句」，藕本作「注」。

〔五〕「荀悦」下，藕本有「漢紀」二字。

〔六〕「天其或者」，明抄本作「或者天其」。

〔七〕「運」，明抄本作「道」。

〔八〕「上章執徐」以下，藕本作「時上章執徐之歲冬至後序」。

尚書表注序

《書》者，二帝三王聖賢君臣之心，所以運量、警省、通變、敷政、施命之文也。君子於此考迹以觀其用，察言以求其心，以誠諸身，以措諸其事，大之用天下國家，小之爲天下國家用。顧不幸不得見帝王之全書，幸而僅存者，又不幸有差誤異同、附會破碎之失。考論不精，則失其事迹之實；字辭不辨，則失其所以言之意。此《書》所以未易讀也。

蓋自周衰，而帝王之典籍不存，學校之教習俱廢。夫子觀周，歷聘諸國，歸而定《書》焉，以詔後世。不幸而燼於秦，灰於楚〔一〕，鉗於斯、何偶語挾書之律。久之而伏生之耄言僅傳，孔氏之壁藏復露〔二〕。伏生者〔三〕，漢謂今文；孔壁者，漢謂古文。顧伏生齊語易訛，而安國討論未盡。夫壁中不惟有古文諸篇，計必兼有今文諸篇，安國雖以伏生之書考古文，不能以古文之書訂今文，是以古文多平易，今文多艱澁〔四〕。今文雖立學官，而大小夏侯、歐陽文各不同，不幸古文竟漢世不列學官。後漢劉陶獨推今文三家，與古文異同，是正文字七百餘事〔五〕，號曰《中文尚書》，不幸而不傳於世。至東晋而古文孔傳始出，至蕭齊始備，至蕭梁始行北方。至唐貞觀悉屏諸家，獨立孔傳，且命孔穎達諸儒爲之疏。

夫古文比今文固多且正，但其出最後，經師私相傳授最久，其間豈無傳述附會？所以《大序》文體不類西京〔六〕，而謂出安國；《小序》事意多謬經文，而上誣孔子。前漢傳授師説，不爲訓解，後漢始爲訓解，而謂訓傳盡出安國之手。唐儒曲暢注説，無所辨正。至開元間，則一用今世文字，改易古文。至後唐長興間，則命國子監板行《五經》，而孟蜀又勒諸石。後之學者，守漢儒之專門，開元之俗字，長興之板本，果以爲一字不可刊之典乎〔七〕？

幸而天開斯文，周、程、張、朱子相望繼作，雖訓傳未備，而義理大明，聖賢之心傳可窺，帝王之作用易見。朱子傳注，諸經略備，獨《書》未及，嘗列出《小序》〔八〕，辨正疑誤，指其領要〔九〕，以授蔡氏，而爲《集傳》。諸説至此有所折衷矣，但書成於朱子既没之後，門人《語録》未萃之前爾。

履祥繙閲諸家之説，章解句釋，蓋亦有年。一日擺脱衆説，獨抱遺經，復讀玩味〔一〇〕，則見其節次明整，脉絡貫通，中間枝葉，與夫訛謬，一一易見。因推本父師之意，正句畫段，提其章指，與夫義理之微，事爲之概，考證字文之誤，表諸四闌之外，以授子姓〔一一〕，間以視朋從之士。雖爲疏略，然苟得其綱要，無所疑礙，則其精詳之藴，固在夫自得之者何如耳〔一二〕。好古博雅之君子，若或見之，赦其僭，補其缺，辯其疑，則亦此書之幸也。所願竊有請焉。濉河後學金履祥吉父序〔一三〕。

【校記】

〔一〕「灰」，藕本作「火」。

〔二〕「氏」，藕本作「子」。
〔三〕「生」，藕本作「出」。
〔四〕「澁」，明抄本、舊抄本作「難」。
〔五〕「與古文異同，是正」，明抄本作「與古文是異同」。「事」，明抄本、暉本作「字」。
〔六〕「文」，暉本作「大」。
〔七〕「以爲」下，藕本有「帝王」二字。
〔八〕「列」，舊抄本、暉本、藕本作「別」。
〔九〕「領要」，暉本作「要領」。
〔一〇〕「復」，藕本作「伏」。
〔一一〕「子姓」，暉本改作「子姪」，實不必。
〔一二〕「何如耳」，藕本無。
〔一三〕「澌河」句，藕本無。

仁山文集卷之三

祝文

代王姊夫祭亡考散翁文〔一〕

嗚呼外舅！而止斯耶。天不可必，命莫之知〔二〕。公生於世，六十有八。維鄉之瞻，維時之傑。公之儀形〔三〕，渾然天成。和厚之氣，温其如春。終日之間，不形忿愠。見者心服〔四〕，聞風斂衽。公之學問，超然流俗。聖經賢傳，諸子史録。取之如逢，誦之如流。隨叩而鳴，愈出而優。公之文章，時稱大手。前坡後潁，伯韓仲柳。几格之間，黄册不留。左右圖書，歷漢窺周。少始知學，嶄然異衆。命物成吟，遍書成誦。長游庠序，譽傾一時。名公賢士，一見而奇。中更數奇〔五〕，不偶場屋。晚益推分，歛付庭玉。迨其季年，學成行尊。後學師崇，前輩推稱。如何不淑，一病遷延。匪痛匪疴，而没終天。嗚呼！人之不幸，時之無禄。鄉邦之思，矧爲姻屬。夢説婿公，二十五年。靡事不謀，靡懷不宣。饋遺之交，靡月不逮。書問之馳，一日或再。愛教之意，不問始終。忿怒之辭，没齒不逢。今公之薨，泰山圮矣。予則疇依，言之涕矣。公神在天，公書在筐。追惟疇昔，有淚浪浪。菲儀一奠，庶幾享之。上爲公慟，下哭吾私。嗚呼哀哉！

【校記】

〔一〕藕本無此篇。
〔二〕「莫之」，明抄本作「不可」。
〔三〕「儀」，明抄本、舊抄本作「像」。
〔四〕「者」，明抄本作「其」。
〔五〕「奇」，舊抄本作「偶」。

代仲一諸姪祭其祖文〔一〕

嗚呼！我有金氏，世家桐陽。積善一脉，源深流長。至公之身，典刑所係。自初有終，罔非善意。彼世之人，爲富不仁。惟公不然，富以仁成。不貪而足，不吝而裕。不爲壟斷，善人是富。彼世之人，富則必驕。公則不然，不改所操。不奢於度，不矜於人。不務於外，油然此心。惟公肫肫，不厲不怒。惟公融融，不躁不露。保此家世，植此户門。安我後裔，訓我子孫。藹然和氣，融然善意。賴公而存，雖亡不墜。嗚呼哀哉！在昔先聖，屢嘆善人。古猶難見，矧惟茲今。幸有我翁，胡不百歲？一疾長終，三年夢寐。昔我諸孫，嬉嬉在庭。所聞謦欬，所瞻儀刑。今我諸孫，環侍庭止。不見音容，惟柩惟几。惟茲時良，靈神不留。祖道既馳，輀車悠悠。諸孫扳號，莫尼其軌。毋疾而驅，公神爰止。薄陳以奠，矢心以辭。公其少留，公毋遽馳。有酒斯馨，有殽斯潔。公亡如存，尚我肯啜。丹旐翩翩，有欝姜原。嗚呼行矣，有淚漣漣〔二〕。嗚呼哀哉！

【校記】

〔一〕藕本無此篇。

〔二〕「淚」，明抄本、暉本作「涕」。

同汪功父祭康保則文〔一〕

嗚呼哀哉！元氣化生，所受不一。長短殀壽，何可致詰。人孰無死，所痛維殤。人孰無殤，所係或長。奕奕誠求，三世文獻。孰其承之，保則一綫。煢煢重闈，孑孑偏慈。孰其奉之，保則是依。昊天孔仁，哀此煢獨。存此一脉，庶幾有屬。既曰存只，曷又亡只？命之短矣，維其傷矣。維此文獻，曷其有續？維此重闈，曷其有托？言念崇墉，永思其終。孰不有嘆[二]，矧其朋從。維子王子，聿念厥義。於此外孫[三]，欲玉汝器。俾我二人，更誦所聞。式習庶幾，克慰所承。去臘之窮，阽危一疾。今喜有瘳，舊聞來繹。翼翼孜孜，左右進趍。再夕不寧，而訣幽塗。嗚呼哀哉！斯意孤矣，斯人已矣。興言思之，涕其殞矣。梓溪之源，有崇斯阡。從爾皇考，行矣罔憾。追念游從，始終三載。緘詞一奠，愧弗躬酹[四]。殀壽不貳，生死一原。尚其知之，維以永安。嗚呼哀哉！

【校記】

〔一〕「文」，藕本無。

〔二〕「有」，藕本作「永」。

〔三〕「於」，藕本作「矜」。

〔四〕「酹」，底本作「酧」，明抄本、舊抄本同，據暉本、藕本改。

祭王立齋先生文

維咸淳三年十月甲寅朔，越十七日，後學金履祥謹以清酌時羞之奠，敢昭告于有宋善士立齋先生王公之靈：

嗚呼！大學重關，誠意爲要。過此則人，不然則盜。允惟吾邦，濟濟宗師。公在其間，是友是資。純直不疵，其生也性〔一〕。誠實剛方〔二〕，伊學之正。少始就傅，博覽群書。如誦已言，如駕輕車。長爲文章，高邁流俗。不屑舉子，亦遜世禄〔三〕。温潤古雅，詩人之風。非楚而楚，詞韻春容。間爲詩歌，驅馳晋魏。詣理之言，騷選所愧。自處以介，忠爲人謀。父兄朋友，交挾以游。在庭在外，吴越荆楚。南閩北江，慨今吊古。自得無欲，故能囂囂。抑豈好游，國家之憂。昔在淵明，宰輔之世。雖仕不顯，始終無貳。公之家世，與國同休。苟利社稷，豈間顯幽。遨游其間，議論所及。忠君利民，濟時之急。既盡其實，則避其名。實則在己，名則在人。凡此所述，文學德操。皆公之膚，人已難到。惟其此心，不愧屋漏。隱所獨爲，顯可人告。言行相顧，表裏無殊。心廣體胖，誠意之符。聖賢此關，亦既越止。天假之年，南究極只〔四〕。云胡一疾，荏苒三年。右緩左弱，不廢討研。一朝不寧，至此不淑。道日已孤，人如可贖。我實企焉〔五〕，徧參儒宗〔六〕。既友公子，是獲游從。深衣朝行，擁衾夜語。不倦不疑〔七〕，靡懷不吐。受用之要，心事之微。凡所見聞，悉以語之。善則與之，不善拒之。於諸公間，亦或譽之。顧我何人，而能得此。今公之終，何日忘止。賦竹之原，思泉在東。公其奚憾，一誠始終。前輩犖犖，後學貿貿。侑奠以辭，匪私是悼。嗚呼哀哉，尚饗！

【校記】

〔一〕「性」，藕本作「誠」。
〔二〕「誠」，藕本作「惟」。
〔三〕「遜」，藕本作「遯」。
〔四〕「南」，暉本、藕本作「尚」。
〔五〕「企焉」，藕本作「偏參」。
〔六〕「偏參儒宗」，藕本作「儒宗名宿」。
〔七〕「倦」，底本原空缺，據明抄本、暉本補。舊抄本作「跲」，藕本作「彼」。

爲兄祭妹文〔一〕

維咸淳三年歲次丁卯，十月甲寅朔，越六日己未，兄夢章謹以肴羞致祭於亡妹八乙姐安人之柩：

嗚呼哀哉！吾母九子，存者二人。惟我與妹，相倚終身〔二〕。母踰八秩，我過六旬。妹乃先亡，棄母與兄。初妹之少，擇配京英。謂得所歸，謂足且榮。中更歲年，歷幾紛紜。百我險艱，妹亦辛勤。琴瑟方調，沉痾遽生。一病終星，一朝訃聞。于今四年，窀窆未寧。反葬母家，首丘之仁。廟後之原，幽宮既營。吉涓詰旦，舉此丹旐。有子在遠，有夫不臨。孰臨其穴，有女與兄。既固既吉，依我天親〔三〕。靈辰不留〔四〕，祖奠既陳。行矣永歸，老淚酸辛。嗚呼哀哉，尚享！

【校記】

〔一〕藕本無此篇。

〔二〕「倚」，明抄本、暉本作「依」。

〔三〕「我」，明抄本、舊抄本作「吾」。

〔四〕「辰」，明抄本、舊抄本作「神」。

縣學立純孝公祠，子孫奉安祝文

維咸淳四年歲次戊辰，十有一月戊申朔，越九日丙辰〔一〕，曾孫夢章偕孝德、孝修、理、履祥、麟、椿、攀龍、會龍、登、子文、友端等，敢昭告于顯曾祖考純孝先生八行金公曰九府君〔二〕：

惟公誠孝純篤，感通神明。德行昭著，聲聞朝廷。帝用嘉之，存恤有旨。賢牧對揚，表厥宅里。名之純孝，以華其德。今九十年，流風日長。鄉寓之公，大夫君子。考據圖經，謂宜通祀。翼翼蘭侯，是采是咨。謂爾子孫，來幹崇祠。斲珉作主，侯表其額。其傳孰書，何子所筆。頎頎祠祏〔三〕，表表名踪〔四〕。維日迎長，立於學宮。有來瞻者，肅然興起。惟孝惟忠，人心天理。曾孫奉奠，以妥先靈。惟公之神，其尚監臨之。尚享！

【校記】

〔一〕「十有一月」前，藕本有一「冬」字。「丙辰」，底本誤作「丙申」，據明抄本、舊抄本、暉本、藕本改。

〔二〕「曰」，底本無，明抄本、舊抄本、暉本同，據藕本增。藕本有《從曾祖曰九府君小傳》。

〔三〕「祏」，底本作「祐」，明抄本同，據舊抄本、暉本改。藕本作「祐」。

〔四〕「踪」，明抄本、舊抄本、暉本作「跡」，藕本作「琮」。

祭縣學土地文〔一〕

維年月日，邑士金某謹以酒殽致祭於縣學土地之神：比鄉邦寓公大夫士，考據圖籍，謂我先世純孝八行金公，以孝義爲乾淳名賢，聞於朝廷，表其鄉里，是宜有祠於鄉邑之學。縣侯是之，俾履祥主營祠作主之事。將以吉辰奉安，謹先以酒殽，祇告於爾神，俾我純孝公之靈，妥於學宮，則惟爾神實陰相之。尚享！

【校記】

〔一〕藕本無此篇。

祭何南坡文北山先生令兄〔一〕

維咸淳五年歲次己巳，二月丁丑朔，越十有一日丁亥，後學金履祥偕張必大、童偕、金麟、余澤、童俱等，謹以清酌庶羞之奠，昭告于漕元居士南坡何公之靈：

嗚呼！考亭洙泗，勉齋曾顔。公與叔子，俱親其傳〔二〕。始侍宦游，臨川之滸。父師同寅，伯仲步武。終焉退老，盤溪之濱。頎頎兩公，翼翼典刑。勉齋遺言，被於後進。實公始傳，叔子訂定。公舉計臺，卒隱丘林。叔子特詔，亦辭執經。叔子云亡，公乃慟悶。曾是信宿，相繼而殞。孰無兄弟，惟公怡怡。孰無生死，惟公同歸。師學匪殊，塤篪一律。清風不孤，夷齊雙骨。峩峩北山，道脉攸傳。有公之兄〔三〕，允爲二難。我登師門，並獲趍拜。教語温良，重重燕賚。昔登公門，乃玉乃金。今登公堂，有聯銘旌。令德壽終，於公奚憾？儀刑俱隔，滋之永嘆。奉醴以奠，寫哀以詞。不亡者存，其尚監兹。嗚呼哀哉，尚享！

【校記】

〔一〕「令」，藕本作「之」。

〔二〕「親」，舊抄本作「新」。

〔三〕「之」，藕本作「與」。

祭北山先生文

維咸淳五年歲次己巳，二月丁丑朔，越十有一日丁亥，門人金履祥偕張必大〔一〕、金麟、童偕、余澤、童俱等，謹以清酌庶羞之奠，敢昭告于先師北山先生故國史殿講觀使何公之靈：

嗚呼先生！學問得聖賢之傳授〔二〕，存殁關世道之隆污。是惟知德者足以知此，而或者將謂吾言之爲迂〔三〕。夫自堯舜以至孔曾思孟，又千五六百年而後有程朱。前者曰以是傳之，後者曰得其傳焉。不知所傳者何事歟？蓋一理散於事物之間，皆真實而非虚。事事物物，莫不各有自然之處〔四〕。此所謂萬殊而一本，一本而萬殊。先生蓋灼見乎此，故廣探精擇以求〔五〕，而篤信恪守以居。達於取舍出處之義〔六〕，而粹於踐履之實，存養之腴。間嘗指此以示門人也，此其傳授之符乎？然自朱子之夢奠，以及勉齋之既徂。口傳指授者或浸差其精藴〔七〕，好名假實者又務外以多誣〔八〕。惟先生訂師言以發揮〔九〕，剔衆説之繁蕪。以爲朱子之言備矣，學之者惟真實之心地，與刻苦之工夫。能此者雖不及吾門可也，又何有開門而受徒？衆方決性命以干進，世滔滔皆利欲之途。然而廣厦細氈之召，先生猶不受也，而况爵禄之區區！蓋聞其教者有以知爲學之非外，而聞其風者足以廉天下之貪愚。此先生之有關於世道也，何一朝而已夫！昔先生之憂世〔一〇〕，每懇切以嗟吁。惟老病於山林〔一一〕，與斯世其若疏。隱然玉府之有重寶〔一二〕，巋然隆冬之有後枯。今也先生之終，甚矣吾道之衰矣，竟世道以何如？雖朋從之有傳，奈辰星其益孤〔一三〕。嗚呼哀哉！履祥等獲供洒掃之役，迭陪丈席之隅〔一四〕。意謙謙其和可即，語欵欵其盡無餘〔一五〕。顧資識之弗强，又探討之弗劬。蓋悠悠然恃有先生在耳，今一朝而奪之〔一六〕，始咨嗟痛哭〔一七〕，悔昔日求教之疏。抑恰好之妙旨，與真實刻苦之訓謨，言猶在耳，其敢忘諸！惟玩索而不舍，益服行以弗渝〔一八〕。尚有以繼先生之志，讀朱子之書〔一九〕。分經帶以皇皇〔二〇〕，瀝雞絮以渠渠。惟昭明之未遐，猶愀然其監予。嗚呼哀哉，尚享！

【校記】

〔一〕「偕張必大」，底本殘缺四字，據明抄本、舊抄本、暉本、藕本補。

〔二〕「學問」，舊抄本、藕本作「問學」。「傳授」，藕本作「正傳」。

〔三〕「或者」，藕本作「衆人」。

〔四〕「自然」，藕本作「恰好」。
〔五〕「探」，藕本作「採」。
〔六〕「達於取舍」，藕本作「著於語默」。
〔七〕「指授」，藕本作「耳受」。
〔八〕「誣」，明抄本作「語」，舊抄本作「訂」。按：當以「誣」爲正。
〔九〕「訂」，藕本作「纂」。
〔一〇〕「憂」，藕本作「論」。
〔一一〕「惟」，舊抄本作「彼」，藕本作「雖」。「老病」，藕本作「病老」。
〔一二〕「重寶」，藕本作「鈞石」。
〔一三〕「辰」，暉本、藕本作「晨」。
〔一四〕「迭」，明抄本作「遂」，舊抄本誤作「送」。
〔一五〕「欵欵」，藕本作「悃悃」，舊抄本誤作「疑疑」。
〔一六〕「奪」，藕本作「失」。
〔一七〕「痛」，藕本作「慟」。
〔一八〕「行」，明抄本作「膺」。
〔一九〕「讀朱子」，藕本作「讀盡聖賢」。
〔二〇〕「分經」，底本作「分經」，明抄本、舊抄本同，據暉本改，藕本作「紛經」。

奠王敬岩文

維咸淳五年歲次己巳，七月乙巳朔，越二十日甲子，里學生金某謹以香燭湯茶之奠〔一〕，昭告于宋故都運、觀使、敷文、卿侍敬岩先生王公之靈曰：

昔在孝宗，相維魯公。於時朱子，亦在外庸。書疏所通，直辭正誼。譬諸《春秋》，責賢者備。世莫此知，曰盾曰矛。數十年來，公議悠悠。惟敬岩公，秉資超卓。魯公之孫，朱子之學。兩公之門，於是始通。兩公之心，至此昭融。公在薦紳，力行所學。凜凜直清，蹇蹇諤諤。越在外服，麾節煌煌。所至政聲，明敏剛方。嚴陵之政，士信民服。江東之政，家尸户祝。終其愈偉，不畏於强。匪狐匪鼠，孰敢予抗。風波畏途，天日有赫。詔公辭行，佚公祠秩。風木未盡，壑舟已移。如何不淑，而止於斯。今兹之年，名賢多墜。豈歲龍蛇，抑邦殄瘁。我從魯齋，遂交思成。實推實引，以登公門。一見而異，再見而器。屢見益奇，誨語諄至。公實知我，我豈敢求。匪勢匪利，淡以綢繆。中更糾紛，遂疏左右。豈不懷公，畏我罪疚〔二〕。今公之薨，永隔儀刑。感公之知，懷不能瘖。哭公以辭，匪有雞絮。哭公匪私，亦世之故。嗚呼哀哉，尚享！

【校記】

〔一〕「某」，藕本作「履祥」。

〔二〕「我」，明抄本作「公」。

再奠北山先生文

維咸淳五年歲次己巳，十有一月朔，越二十有六日〔一〕，門人金履祥謹以清酌庶羞致祖道之奠〔二〕，昭告於先師北山先生子何子曰：

嗚呼先生！道德之隆。孰能形容，已有魯翁。昔我侑奠，能言一二。今此祖行，祇言微意。念昔多歧，中心漾漾。既得魯翁〔三〕，指我宗師。甲寅季秋，時始受學。截斷爲人，一語夢覺。謂古聖賢，一敬畏心。曾子終身，臨淵履冰。然所敬畏，匪拘匪慴〔四〕。常以爲重，則罔或越。謂凡事物，用各不同。曷云萬殊，一理所通。蓋凡事物，有恰好處。萬殊一本，惟此之故。謂昔程子，上蔡初來。曰此可望，展拓得開。予亦謂子，於此可進。難乎有常，戒爾所病。出入師門，餘十五年。受教弘多〔五〕，愧負師言。間關悠悠，緒業未卒。今喪夫子，嗟悔何及！比歲卜居，求義所安。先生曰然，大書仁山。先生既没，我始成室。揭揭庭顔，依依典則。北山之南，先生所盤。南山之北，先生所寧。伏哭柩前，訣此一奠。哀我斯文，曷以報稱？尋恰好處，存敬畏心。終期展拓〔六〕，不辱師門〔七〕。嗚呼哀哉，尚享！

【校記】

〔一〕「越」，底本、舊抄本無，據明抄本、暉本、藕本增。

〔二〕「履祥」，藕本作「某」。

〔三〕「中心漾漾。既得魯翁」，藕本作「中師魯翁」。

〔四〕「懾」，舊抄本作「懈」。

〔五〕「弘」，明抄本、舊抄本、暉本同，藕本空缺，《金華叢書》本作「雖」，殆臆補。

〔六〕「期」，舊抄本作「斯」。

〔七〕「師」，明抄本作「斯」。

祭魯齋先生文

維咸淳十年歲在甲戌，十一月癸酉朔，越十日壬午，門人金履祥謹以清酌庶羞之奠，昭告于先師魯齋先生堂長聘君王公之靈曰：

文運重明，鼎盛乾淳。集厥大成，越維考亭。考亭之亡，道散四方。鼇峰之傳，北山之陽。猗歟先生，世際淵源。考亭上游，一二偏參。卒於北山，師資就正。有的其傳，立志居敬。方其少年，英邁無前。議取秦關，俯視中原。及既聞道，悉斂豪英。克己亦顔〔一〕，弘毅似曾。攻堅鈎深，高視旁通。即事即物，無理不窮。論定諸經，决訛放淫。辯析群言，折衷聖人。究其分殊，萬變俱融。會諸理一，天然有中。見其全體，靡所不具。庶其大用〔二〕，隨其舉措。表裏輝映，動止準繩。山立時行，肅然襲人〔三〕。日晶霜潔，玉栗金精。内明外齊，閨門朝廷。遇事理棼，神運權秤。如有用我，風飛雷興〔四〕。出其緒餘，施諸造成。臯比所至，鳶魚高深。孰謂人斯〔五〕，而不用世。晚益油然，行藏無意。廟堂群賢，明揚薦聞。元祐訪落，伊川弓旌。如何昊天，不相斯文？如何先生，乃夢奠楹？隱居求志，行義達道。有如先生，乃隱弗耀。嗚呼哀哉！履祥登門，今二十春。轉迷起弱，弘褊矯輕。進之北山，館我歲寒。施及其徒，鱗差朋升〔六〕。昔我大故，貧不克葬。先生賙之，復視其壙。引義返止〔七〕，師訓有嚴。始拘謬愆，卒踐師言。涵養拓充〔八〕，雖未克稱。環堵饔蔬〔九〕，罔敢越隕〔一〇〕。勉我力學，以大發揮。方其卒業，遠游來歸。時夏請益，至已微疾〔一一〕。爲我坐言，不踰其惻〔一二〕。謂喜介寧，竟聞淵冰。哀我兹今，有問無徵。我思儀刑〔一三〕，儼其如在。豈聞先生，而容有改。九二剛中，而不見龍。我懷先生，亦哀道窮。斯文不磨，先生不亡。侑奠以辭，監我哀恫。嗚呼哀哉，尚享！

【校記】

〔一〕「亦」，藕本作「似」。
〔二〕「庶」，藕本作「度」。
〔三〕「襲」，藕本作「衆」。
〔四〕「雷」，明抄本作「雹」。按：作「雷」是。
〔五〕「謂」，藕本作「是」。「人斯」，明抄本、暉本作「斯人」。
〔六〕「差」，藕本作「次」。按：鱗差，猶鱗次。
〔七〕「返止」，藕本作「返正」。
〔八〕「拓充」，舊抄本作「充拓」。
〔九〕「飱」，藕本作「飧」。
〔一〇〕「越隕」，舊抄本作「隕越」。按：當以「越隕」爲正。
〔一一〕「疾」，舊抄本作「病」。
〔一二〕「惻」，明抄本、暉本、藕本作「則」。
〔一三〕「刑」，藕本作「則」。

又率諸生祭文〔一〕

維咸淳十年歲次甲戌，十一月癸酉朔，越十日壬午，門人金履祥等謹以清酌庶羞〔二〕，敬祖奠于先師魯齋先生王公之靈曰：

嗚呼先生〔三〕！天其以殿斯文之傳也歟？而吾抑有感於世道之變也〔四〕。蓋其禀剛大之氣，高明之資，固一世之偉人，寧百年之幾見也。方其抱膝長嘯，孰窺天下之大勢，南北之治亂。議將因蜀取秦，以俯拾中原，如見建瓴之便也〔五〕，惜也而不獲用於寶紹端平之旦也。及其中年，斂邁世之豪，慕曾子之貫；窮格事物，會一於萬；勇詣旁通〔六〕，鉅細無間；意其經世綜物，必雷行而日煥也。迨其晚年，德成而義精〔七〕，養至而仁慣，不動聲色而措諸事業〔八〕，有潛移而默轉者。然慨其憂世之心，已不勝悠然樂天之分矣，雖譽望之日高，與群公之交薦，于先生了無與焉，獨可憐夫信者之尼〔九〕，與忌者之訕也。肆今天子之訪落，視見大夫而若憾，方疇咨於公府，起先生以講勸，而不知其倏然長往，已不疾而夢奠也。嗚呼！望其人如泰山之巖巖，如秋霜烈日不可狎玩也。讀其書如日月之爲光，雷霆之爲威，如霜風之爲勁也。孰謂天地之至寶，而終藏深山大澤之畔也！吁！此吾所以深嗟痛哭，而有感於世道之變也歟！然自朱黄之日遐，屬北山其浸遠〔一〇〕。巋靈光之獨存，耿神杓其明峻〔一一〕，天若以爲斯文之殿矣〔一二〕，何一朝而遽殞耶？噫！是殆未可以近論也，蓋自儒先猶有未竟之言，而近年浸有不一之見。先生執明睿之高標，以義理而剛斷；開圖書之妙機，辯風雅之淫濫；折群言之糾紛，分諸書之經傳。信大業之規模，駭里耳之聞聽，聖賢復起，不易吾言，又安知其非天之所建也？嗚呼遠矣！始自履祥之登門〔一三〕，繼率朋從而旅見，涵古歲寒之清幽，耳濡目浹之觀感，蓋均蒙追琢之盛心，亦俱恨卒業之猶晚也〔一四〕。今也先生，不可復見矣！曾歲月之幾何〔一五〕，又靈車之將掤也〔一六〕。兹諸生之畢來，敬祖庭以侑奠，非敢獨哭其私，而於世道斯文爲是慟哭而永嘆也〔一七〕。悠悠斯世，知德者鮮矣，惟神魄之陟降〔一八〕，尚回翔其一監也。嗚呼哀哉，尚享！

【校記】

〔一〕藕本題作「祭魯齋先生文」。

〔二〕「謹」，藕本作「請」。「庶羞」下，明抄本、暉本有「之儀」二字。

〔三〕「先生」，藕本無。

〔四〕「吾」，明抄本、暉本作「我」。「抑」，藕本作「益」。

〔五〕「見」，藕本無。

〔六〕「詣」，明抄本作「躍」。「通」，藕本作「搜」。

〔七〕「義」，藕本作「詣」。

〔八〕「不動」前，藕本有一「有」字。

〔九〕「信」，藕本作「倍」。

〔一〇〕「北山」，底本無「北」，據明抄本、舊抄本、藕本增。明抄本佚名眉批：「『北』字下，疑脱一字。」

又校云：「『北』字上寧闕疑口。」暉本爲一墨釘。

〔一一〕「神」，藕本作「晨」。

〔一二〕「若」，藕本無。

〔一三〕「履祥」，藕本作「某」。

〔一四〕「恨」，明抄本、舊抄本作「悵」。「晚」，藕本作「欠」。

〔一五〕「歲」，藕本作「日」。

〔一六〕「揃」，藕本作「發」。暉本作「堋」，誤。

〔一七〕「慟」，暉本作「痛」。

〔一八〕「陟降」，藕本作「涉格」。按：王引之《經義述聞》卷十九「陟恪」條：「引之謹案：恪，讀爲格。《爾雅》曰：格，陟，登，陞也。是格與陟同義。陟格，謂魂升於天也。」《金華叢書》本作「陟格」。

奉焚黄告魯齋文

維德祐元年七月庚午朔，越十日戊子，門人金履祥等，敢昭告于先師魯齋先生特贈承事王公之靈：

朝廷以外患孔棘，叛降接踵，棄君親而遁者，雖宰執侍從，自負崛强，或不免焉。是謂正學之故，思得先生剛明正大之賢，挽回世道，而不可復作。是用追贈京秩，以寓求賢不及之意，使聞風者莫不興起也，節惠異數，次第舉矣。諸公以履祥逮事先生，俾奉燎黄，致告几筵。先生不亡，其體朝廷所爲表章風勵之意，尚歆受之。謹告。

告魯齋先生謚文

維歲次己丑十月辛亥，門人金履祥等，敢昭告于故贈承事魯齋先生文憲王公：

竊惟先王之制，生有爵以攄其德，没有謚以表其行。是皆命於天子，而太史定其賜，小史讀其誄。幼而不得誄長，賤而不得誄貴，諸侯不得私相爲謚。至春秋之世，則國自謚矣，然卿、大夫之謚，猶命於其國之君。若夫生不能用，死而誄之，子貢猶譏其非禮。下至漢、晋、隋、唐，德或不見用，爵或不稱德，於是清議在下，而朋友門人始私誄其師〔一〕，若陳文範、陶靖節、王文中、孟貞曜之倫是也〔二〕。横渠子張子之喪，關中學者欲以明誠中子謚之，而温公以爲非古。然則上遵朝廷已定之命，而下伸門人清議之公，此豈非古今之通義，而禮意之兼得者乎？

伏惟先生，禀剛明高大之操〔三〕，躬格致服行之學〔四〕，真傳的緒，高視旁通。其風力宏撫〔五〕，足以濟世綜物；其著述規爲，足以解紛立度。雖道在經綸〔六〕，而遠厭進取；雖名播縉紳，而安老陋巷。咸淳癸酉，侍從有列薦之章。迨至甲戌，先朝有特招之義〔七〕。先生固未必起也，而適不幸以卒，朝野惜之〔八〕。

於是國子祭酒楊公文仲等，列請於朝，乞謚北山何先生，追贈先生，仍乞一體賜謚。公朝敷奏，特贈承事郎，仍同賜謚。事下太常，以一德一心，踐行不爽，謚北山曰定；以廣聞多能，行善可記，謚先生曰憲。事上得可，已劄付其家照應矣。然北山有累命之爵〔九〕，故謚告即下；先生没有始贈之命，故告贈先下〔一〇〕。又以一字之謚，乃七先生節一之例，而文公師生，上自羅、李，下迨黄、陳，例從二謚〔一一〕，上悉連文，所以明一原，盡衆美也，故再加北山曰文定，已形告詞，亦再加先生曰文憲，將頒後命，而警告日急，大勢阽危，禮文之事未遑，變故之來已極。

自爾以後十餘年，故舊凋零，生徒散佚。大懼履祥等一旦淪胥〔一二〕，上未能竟先朝之再命，下無以表清議之同尊，欝而弗彰，無補世道。夫以先生盛德追崇之禮，異世同符，固非有待，然近代門人私謚其師，初非有待於請也，况有前朝之遺命乎？謹依省劄謚憲之明文，述朝旨加文之餘意，敬謚先生曰文憲。改題墓道之碑，式昭崇德，允終節惠，興起方來，永永無斁〔一三〕。惟先生之神，尚歆受之。敢告。

羅豫章謚文質，李延平謚文靖，黄勉齋謚文肅，陳北溪謚文安，張主一謚文憲。〔一四〕

【校記】

〔一一〕「誄」，藕本作「謚」。

〔二〕「孟貞耀」，藕本作「孟德耀」。
〔三〕「剛明高大」，明抄本、暉本作「高明剛大」，舊抄本作「高大剛明」。
〔四〕「躬」，暉本改作「窮」。
〔五〕「風力宏撫」，藕本作「功力宏拓」。
〔六〕「在」，藕本作「足」。
〔七〕「招」，藕本作「詔」。
〔八〕「野」，明抄本作「庭」，暉本刻作「廷」。
〔九〕「北山」下，藕本有一「生」字。
〔一〇〕「故告贈」，藕本作「誥贈」。
〔一一〕「謚」，明抄本、暉本作「字」。
〔一二〕「履祥」，藕本作「某」。
〔一三〕「永永」，藕本作「永遠」。
〔一四〕篇末注，明抄本、藕本無。

祭葉養志祖母文

維丁酉之歲，季冬己未朔，前聘士金履祥遣人以雞絮之奠，昭祭于賢惠南陽葉夫人唐氏之靈，告之曰：

若稽安定，搜揚令淑。上繼彤管，爲賢惠録。寅惟夫人，賦性淳穆。克孝於親，作嬪名族。相其夫君，内和外肅。訓教諸子，義方庠塾。中更事故，轉徙迍邅。贊夫以義，收死贖還。群從子女，既友既閑〔一〕。有教有歸，各保其天〔二〕。粤自嫠憂，再歷艱難。儉以足用，奉祀周旋。卒全其家，三世名範。諸孤森森，力學修踐。施及外氏，存亡續斷。迨兹令終，終始無玷。考卜祔隧，塋兆無遠。諸孤謂予，書其蓋篆。載惟諸孤，從我三十春。往來名門〔三〕，懿範熟聞。慈順曰惠，貞良曰賢。愼考前録，敬表幽閑。書曰賢惠，誰云不然！忍聞詰朝，丹旐有翩。逝將勸防，虞祔而還。疾病纏縈，風雪繽紛。緘詞一奠，用表微忱。嗚呼哀哉，尚享！

【校記】

〔一〕「友」，底本原作「反」，明抄本、舊抄本、暉本同，據藕本改。

〔二〕「保」，藕本作「報」。

〔三〕「往來」，藕本作「來往」。

行狀

亡兄桐陽仲子與瞻甫行狀

兄諱彌高，字與瞻，姓金氏。始出三衢之劉，十一世祖徙于婺之蘭谿，擇桐山之下居焉。世有隱德，以詩禮相傳。五世祖諱明偉〔一〕，紹興初以耆行錫爵。族曾祖景文，以孝行聞於朝，遂旌其鄉爲純孝〔二〕。曾祖諱天錫，早殀。曾祖妣唐氏，少寡，喜讀書，清苦守家，課子孫尤嚴切，詩書之緒遂以振。祖諱世臣，祖妣童氏。父夢先，是爲桐陽散翁，母童氏。兄蓋仲子也。

兄生於紹定戊子十有一月甲戌。性淳慤仁厚，數歲就學，穎悟日進，先生長者異之，命之聯詩，曰：「勳業歸卿手。」即拱手而對曰：「詩書養我心〔三〕。」聞者驚嘆，以學識奇之〔四〕。比長，學不暫輟，讀聖人之經，常欲體諸躬行之實。凡一舉動，輒引經爲據而後爲之，非止爲口耳之資，辭藻之計而已也。

兄於事親至孝，承顔養志，朝夕惟謹，無一節少懈〔五〕，二親以是老逸寠歡〔六〕。每得於人，游於市，苟一物之甘脆〔七〕，蔪以饋親，雖遠或飢渴，不以自嘗。及壯家貧，子女之累且漸重，兄不牽於私，不以私財自有。究其所行，古所謂「一出言不敢忘親」、「一飲食不敢忘親」者，兄真以之。

兄之事長，最爲悌順，雖遇嚴急，亦能回其歡心。有事勤焉，雖勞不憚。教諸弟，自句讀至能文，其勤不倦。族姻之交，寧過於厚而無不及者。朋游以實相與，久而不狎。平居終日，未嘗見其愠厲之色，人視之愿者也，然義所當爲，輒奮不顧俗。鄉黨聞家聞其家〔八〕，争羅而致之，子弟從之學者，咸不嚴而化。

兄之學，始務弘博。淳祐辛亥，遂縈微恙〔九〕，爾後一以理義之學自涵泳，程朱子之書不釋於前。加之誦數精熟，編摩勤整，討論簡密，而文辭詳贍，所到日且益深。假令兄博交遠游，則其學行，當表表人耳目。顧厚積薄發〔一〇〕，無一毫務外爲人之意，是真古之學者矣。

寶祐丁巳之春，感寒自利，醫復誤之。腹益急中，醫復灼之。末更醫復下之，遂不起矣。嗚呼傷哉！兄之病也，語言雅正，恐傷親之意，惟以溘先朝露爲不孝，以學道未成爲憂，且勉諸弟以學，而無一語及妻孥之私者。至病革，猶口誦《周易》、韓退之詩，頃之誦曹太尉内宴應制之詩，語訖而逝，蓋是年四月三日也。世衰俗薄，忠信之資而能學者少，學焉而務實行者益尤少也。如兄兼之，而壽命不長，享年三十。死之日，聞之者無少長貴賤，莫不咨嗟涕洟者。《傳》曰：「州閭鄉黨稱其孝，兄弟親戚稱其慈」，「執友稱其仁，交游稱其信。」斯言也，惟兄足以當之矣。

兄娶唐氏，男一人，濟孫；女三人，皆幼，曰存者，後兄之歿二月始生。後五年，實景定辛酉，始克卜，以十月己酉葬於桐湖山之原。前期散翁命二子曰：「嗚呼！仲子之孝，與其學行之實，人皆信之，吾慮其無以傳於世，遂以湮淪〔一一〕。魯齋子王子，立言君子也，仲子將受業焉而没不果。惟爾履祥及爾麟，獲供洒掃於門〔一二〕，其往請銘諸幽〔一三〕，庶斯子也死且不朽。夫表微闡幽，爲善者勸，君子之責也，夫子必樂書焉，爾往請之。」履祥謹叙其實以請。謹狀。

【校記】

〔一〕「明偉」，底本作「明倖」，明抄本、舊抄本、藕本同，據暉本改。按：柳貫《行狀》、祝枝山《金氏譜引》皆作「明偉」。

〔二〕「其」下，藕本有「居之」二字。

〔三〕「詩」，藕本作「讀」。

〔四〕「奇」，藕本作「期」。

〔五〕「節」，明抄本、舊抄本無。

〔六〕「逸」，明抄本作「益」，藕本作「佚」。

〔七〕「甘」，藕本作「旨」。

〔八〕「鄉黨聞家聞其家」，明抄本作「鄉黨聞其家」；舊抄本作「鄉黨聞其家聞家」，「聞家」蓋從下；藕本作「鄉黨閭里聞其賢」。暉本作「鄉黨聞其口家」，缺字墨釘。按：底本亦通，未必有衍奪。

〔九〕「恙」，明抄本、暉本作「疾」。
〔一〇〕「厚積」，藕本作「積厚」。
〔一一〕「淪」，明抄本、舊抄本作「没」。
〔一二〕「獲」，藕本作「皆」。
〔一三〕「諸幽」，藕本無。

題跋

書浮屠可立薝蔔齋記後

薝蔔，夷花也，釋氏書有取焉。予少也魯，不能讀釋氏書，以爲縱其有同，吾道自足，况其不同，大儒君子且辭而闢之，比之淫聲美色，不敢觀也。薝蔔之説，予蓋懵焉。佛者「翠竹黄花」之語，先生夫子亦亟稱之，因物喻理〔一〕，彼亦各有得也。雪庵立上人以薝蔔名齋〔二〕，自爲之記〔三〕，予舊友何君師文爲跋其後。暇日，何公權㬎弟舉以示予，讀之爽然，且請予書其左。立上人我之自出〔四〕，逃儒歸釋，使我親黨間俊游爲少，予蓋屢嘆之，故不辭而爲之書。景定甲子良月望日，次農金履祥吉父〔五〕。

【校記】

〔一〕「因物喻理」，暉本作「因喻物理」。

〔二〕「立」上，藕本有一「可」字。

〔三〕「記」，藕本作「説」。

〔四〕「立」上，藕本有一「可」字。

〔五〕「良月望日次農金履祥吉父」，藕本作「良月望日書」。

魯齋先生文集目後題

右魯齋先生《王文憲公文集》，今所編次其第録如上。初，公之大父煥章公與朱、張、吕三先生爲友，父仙都公早從麗澤，又以通家子登滄洲之門。公天資超卓，未及接聞淵源之論而早孤。年長以壯，謂科舉之學不足爲也，而更爲文章偶儷之文；又以偶儷之文不足爲也，而從學於古文、詩律之學，工力所到，隨習輒精。今存於《長嘯醉語》者，蓋存而未盡去也。公意不謂然〔一〕，因閲家書，而得師友淵源之緒。間從摀堂先生劉公、船山先生楊公、克齋先生陳公，考問朱門傳授之端，而於楊公得聞北山何子恭父之名，於是尋訪盤溪之上，盡棄所學而學焉。黜浮就實，攻堅研深〔二〕，間因述所考編，以求訂證，謂之《就正編》。迨至端平甲午，學成德進，粹然一出於正。自是以來，一年一集，以自考其所進之淺深，所論之精粗。自甲午至癸卯，凡五卷，謂之《甲午稿》。其後類述倣此，《甲辰藁》二十五卷、《甲寅藁》二十五卷、《甲子藁》二十五卷。其雜著成編者，《論語衍義》七卷、《涵古圖書》一卷、《研幾圖》一卷、《詩辯説》二卷、《書疑》九卷、《涵古易説》一卷、《大象衍義》一卷、《太極衍義》一卷。其餘編集〔三〕，不在此數也〔四〕。其程課交際、出處事爲、著述前後，則見於《日記》。履祥又嘗集公與北山先生來往問答之詞，爲《私淑編》。

咸淳甲戌七月九日，公歿，書藏於家，後又分藏他所。丙子以後，散失幾亡。某切獨惟念〔五〕，自淳祐乙酉得侍函丈，自是以來，無日不陪書册几杖之右，凡有詩歌，間得次和，及有論著，首得披觀，故於諸書，具得本末。一時多事，不料散逸，比年以來，收訪裒録，未之得多〔六〕。迨己丑、庚寅之間，天相斯文，募得諸稿之全，其他著述，雖間逸亡，而未盡喪也。於是與同門之士金履祥〔七〕，相與紬繹諸稿，各以類聚。其他雜著卷帙少者，用《朱子大全集》例，亦各附入。《就正編》《大象衍義》，北山先生亦俱有答語〔八〕，與履祥所集《私淑編》〔九〕，當依《延平師友問答》之例，别爲一書。但《大象》乃公所拈出，謂爲夫子一經，故其《衍義》亦自入集。講義雖嘗刊於天台而未盡，間亦有再講者〔一〇〕，今皆入集。古者有圖有書，自《易·大傳》以後，書存而圖亡。公嘗因《先天圖》之出，與《太極圖》之作，謂圖學中興，故公建圖亦多，今亦立門編入云。

【校記】

〔一〕「意」，藕本作「適」。

〔二〕「研」，明抄本、暉本作「鉤」，舊抄本作「取」。

〔三〕「餘編」下，藕本有一「另」字。

〔四〕「數」，藕本作「類」。

〔五〕「某切獨惟念」，藕本作「履祥切念」，舊抄本漫漶不清。

〔六〕「得多」，明抄本、舊抄本、暉本作「多得」，藕本作「得全」。

〔七〕「金履祥」，暉本、藕本無。按：此篇蓋爲代作，一本删此三字，與藕本前改「履祥切念」，削去代作之跡。

〔八〕「先生」，藕本無。

〔九〕「所集《私淑編》」，底本作「所私集《淑編》」，據明抄本、舊抄本、暉本、藕本改。

〔一〇〕「間亦有」，藕本作「聞其」。「再講」，明抄本、舊抄本作「再請」。

代書鄭北山帖後代魯齋先生作〔一〕

故資政北山鄭公，其言議在文集，其行事之偉在史傳，鄉里耆俊獨多能誦其遺文，而吾氏與公家復有世睦〔二〕，以故所聞爲尤多。今又得見公之遺帖於其元孫某〔三〕，皆與其親故之書也〔四〕。

人之稱公者，大抵多其勳業，而某竊嘗獨謂公之勳業，百未一試。今讀公之帖，見其辭氣間無一毫自慊者，而尤信也。何者？天下大勢，惟關中可以舉山東，其次則蜀漢可以入關中也。自關中而舉山東，周、秦、漢、唐咸以之；自蜀漢入關中，漢王之收巴蜀，定三秦，正用此也。方虜之歸我關河也，朝廷以樓公炤撫京陝，由潼關入咸渭，人有勸其守要害、據形便者，謂虜覺且復取矣。時公爲其屬，聞之擊節，亟請於朝，重爲保關陝之計，此恢復之第一籌也。公言不用，而其事卒驗。及公之使四川也〔五〕，時權奸又決計忘仇〔六〕，割地辱國，而公獨争險隘，肅號令，營關外之田，以計軍實，使一旦得便而出關陝也〔七〕，如探囊耳，此恢復之第二籌也。權奸忌之，罷公於蜀，尋以罪去。失此二籌，遺憾大矣，而顧區區以保蜀爲功。至前時入關保陝之計，又無能道之者，獨子朱子嘗稱嘆之〔八〕。

今讀公帖，亦復有田渭濱、省水運之事，因有感焉，而書其後如此。北望中州，如隔宇宙，而岩岩坤維〔九〕，亦爲虚矣。後之君子，必有嘆公之功不遂，而悲予之所以書者，嗚呼！咸淳丁卯二月初吉書。

【校記】

〔一〕題中「代」字，暉本、藕本無。題下注，藕本無「作」字。
〔二〕「與」，藕本作「于」，皆通。
〔三〕「帖」，藕本作「帙」。
〔四〕「親故」，藕本作「義敬」。
〔五〕「四川」，藕本作「西川」。
〔六〕「忘仇」，藕本作「事讐」。
〔七〕「而出」，藕本作「而爲之出」。
〔八〕「稱嘆」，明抄本作「稱」，藕本作「致嘆」。
〔九〕「維」，明抄本作「輿」。

書包氏家訓後〔一〕

包，吾鄉之望族。於吾宗八行公以來，世婣婕，故予知之審。其先睦人也。然少時見《唐登科記》，睦之包一。後見《新定志》，自皇祐以來，包之登進士者再。紹興後，婺之蘭谿登科者，包又三人，即清塘包氏也。

鄉人嘗曰：「包族詩禮相承，簪纓累世，宗支蕃衍，非孝肅公之裔乎？」余曰不然。孝肅廬人，所謂闕下包是也。初，孝肅有庶子，棄不收養，至爲人牧豎。已而嫡子死，無子，其婦守節不嫁，朝廷表其門閭，世遂爲闕下包云。孝肅苦無後，節爲訪其庶，請收之，於是闕下之包僅不絶。夫父子相棄，天性之傷，孝肅之賢有此，亦修身齊家者所當戒也。

永叔敘其祖之所自出〔二〕，而曰：「由睦徙婺，及族之登科者遂安公，凡三著名。」可謂不誣矣。然吾聞叔孫穆有言：保姓受氏，世不乏祀，此謂世禄，不可謂不朽。而所謂不朽者，則曰太上立德，其次立功，又其次立言耳。包有前輩長者子謙父，與吾族祖昇卿公嘗游吕成公之門，而子謙執經良久，其所到尤遠。今觀永叔自著《治家要略》及《三省齋記》《患難横逆解》，辭氣典雅，皆足以訓其後，故總名之曰《包氏家訓》。因知子謙父家學淵源所致，抑亦古之所謂立言者也，豈他日但爲一家之訓哉！永叔老而不衰〔三〕，善行益著，而子姓群從尤多才，尚勉振其家也哉！

【校記】

〔一〕藕本無此篇。

〔二〕「永叔」，底本作「叔永」，舊抄本同，據明抄本、暉本改。按：清同治九年活字本《青塘包氏宗譜》作「永叔」。

〔三〕「永叔」，底本作「叔永」，舊抄本同，據明抄本、暉本改。按：清同治九年活字本《青塘包氏宗譜》作「永叔」。

潘默成三戒文磨鏡帖後〔一〕

孟子有言：「聞伯夷之風者，頑夫廉，懦夫有立志。」吾於默成潘公之風，亦重有感於斯焉。蓋公之志節剛毅，凜不可犯。其著於言語文墨者，真若斷金漱石。以履祥之昏老頑鈍，每一讀之，輒一奮勵，猶有平日不自揣量之心，况方來有志之士，且十百於我者，其感慨激烈當如何也〔二〕？

世多言托于金石者，可以不朽。公之《三戒文磨鏡帖》，刊于東陽道院，於永嘉，於八桂，于義陵，蓋非一處，亦非止一二帖。而東陽道院者已毀，漫不復存，其存碑厄蓋可知也〔三〕。而公之風久而益振〔四〕，賴有國史、文集與朱子序文，千載不磨，則有非碑之所能盡者。公之來孫子東陽叔裒集家藏諸碑墨本〔五〕，整褫成集，以示當世名流〔六〕，見者心肅，髮上指。使君子之澤，再新于五世之後，則其遺風之興起，可期于百世之餘也。嗚呼肆哉！

【校記】

〔一〕藕本題作「題潘默成君子三戒文磨鏡帖後」。清康熙三十六年刻本《默成文集》卷七録此，題作「跋三戒文磨鏡帖」。

〔二〕「如何」，明抄本、舊抄本、暉本、藕本作「何如」。

〔三〕「其存碑厄」，暉本作「其碑存厄」，藕本作「其他碑厄」。

〔四〕「風」，藕本作「夙志」。

〔五〕「子」，藕本作「于」，未詳孰是。「諸碑墨本」，藕本作「諸墨碑」。

〔六〕「示」，舊抄本、藕本作「視」。

仁山文集補遺卷之一

金弘勳校刻《仁山金先生文集》，較萬曆刻本多《中國山水總説》《通鑑前編序》《通鑑前編後序》三篇。金律刻《仁山先生金文安公文集》，拾遺補綴，新增序一篇、論三篇、辯四篇、講義十六則、傳一篇、書一篇。今合二本所收萬曆刻本未見諸篇，釐爲一卷。至於金律增輯所收《殷人立弟辯》，係誤收宋人胡宏之作，兹删剔之。

序

玉華葉氏譜序

嘗謂：「國者，家之推。」以國則有志，以家則有譜。惟國之所據也勝，所積也厚，則其所産必多偉人，所書必多令績，志可以稱良於天下後世矣。家之所據也勝，所積也厚，則其所産必多孝子慈孫，所書必多奇行義舉，譜可以稱良於一家後世矣。

是故周之后稷務畊桑，文武先鰥寡，積之厚也。及卜瀍澗東、洛澗西，則所據者勝矣。祖孫相繼爲聖君賢相，偉人之多也。歷年八百，至漢初猶聞弦歌之聲，令積之遺也。故志之稱良于天下後世者，惟周爲獨盛。至於家，勢雖與國懸殊，其理則一而已。《孟子》曰：「紂之去武丁未久也，其故家遺俗，流風善政，猶有存者。」亦自其善之積者言之。《詩》曰：「維嶽降靈。」勝之據于家也。曰：「生甫及申。」靈斯鍾于人矣。曰：「匡此王國。」則族由以振。至于漢之荀必稱朗陵，唐之張必稱壽張，宋之陳必稱江州者，皆本其所積之厚，而及其所據之勝也。

吾蘭玉華葉氏，其先壽昌湖岑人。《湖岑譜》所載有諱轡者，仕唐爲左僕射。轡之後諱彥璠者，始自睦遷壽昌之湖岑。按此，則湖岑之葉蓋始於唐。及宋左承相葉夢得公序《括蒼石林譜》，則曰：「望以後有諱碩者，居壽昌。」此則自漢而言，壽昌指湖岑也。葉夢鼎公序《霅川烏程譜》，則曰：「烏程葉氏之祖，自諱尤者以至于儉，則得于睦州之譜。」亦自漢而言，所指睦州，亦湖岑也。獨《湖岑譜》不及括蒼、烏程二族，或者唐以前之譜今不傳歟？抑別有說歟？及載玉華之葉，則自彥璠翁以後，凡十七世有諱坤者，與銅關同折于湖岑之新市，贅蘭之玉華，僅三閱世，丘隴阡陌之存于壽者，猶十九焉。信斯言也，則湖岑之譜舊貫猶可仍也。葉子敬之乃欲申而緝之，得非以蘭與壽異封？壽既爲大宗，則蘭當爲別祖，培養灌溉之下，業有亢其宗者出焉。則湖岑之譜又將由玉華而益有光，且相視如途人之嘆，庶幾可以少免矣。此固敬之之心，要不失爲所積之厚。

矧予嘗躡玉華之巔，見其脉從閩中發來，過仙霞，歷三衢以北諸山，起真武，經紫雲、金臺，及過排塘，突爲慈巖，蓄爲衙峰，特擁爲玉華，則巍然瀫西巨鎮矣。居其下者，惟敬之一家。且道峰面其前，秀削雲表，歌山環其右，翕衆流而聚之。所據之勝，雖未可擬古之奥區，其在吾鄉，亦可以稱不凡矣。且敬之承世家之後，能自抑降，冀窮濂洛之源，不鄙區區，每從而問津焉，志之卓也。凡鄉里中惠有可博者，必傾囊以爲之，行之懿也，猶之爲所積之厚。《孟子》曰：「苟爲善，後世子孫必有王者。」此則自胙土者言之。敬之有家者也，《易》曰：「積善之家，必有餘慶。」夫慶至于有餘，山木之勝又從而萃聚之，則斯譜之紀載，將來爲敬之發潛德之光、衍不替之慶者，豈特爲湖岑增同姓之國，與石林、烏程同其盛而已耶！

譜既成，欲得予言以叙諸首。予與敬之不惟長先一日，且里居相接，又連姻婭，于分義皆不可辭。既樂承之矣，及按《宋史》：歐陽永叔，江西廬陵人也。乃考崇公卒，葬里之瀧岡。既貴，遷潁。先正短其自居潁後，再無一言及于瀧岡之松楸。湖岑，敬之之廬陵也；壽之諸先隴，敬之之瀧岡也。永叔其他可取法者固種種，此則當爲永叔諱者，敬之其念諸！

（藕本卷一）

論

論虞氏譜系及宗堯論〔一〕

史稱黃帝之曾孫嚳，嚳之子堯，則堯，黃帝之玄孫也。又稱黃帝生昌意，昌意生顓頊，歷窮蟬、敬康、句望、蟜牛，以至瞽瞍而生舜，則舜，黃帝八世孫也。堯、舜俱出於黃帝，則二女之妻，不亦亡宗瀆姓、亂序無別已乎？昔者歐陽氏固論之矣。

然則舜果何出乎？考之於舜曰「虞舜」，曰「嬪於虞」。是虞者，有國之稱也。參之《國語》史伯之言曰：「成天地之大功者，其子孫未嘗不章，虞、夏、商、周是也。虞幕能聽協風，以成樂物生者也；夏禹能平水土，以處庶類者也；商契能和合五教，以保於百姓者也；周棄能播殖穀蔬，以衣食民人者也。其後皆爲王公侯伯。」夫以虞幕並稷、契而言，則幕爲有功始封之君，虞爲有國之號，而舜所自出，以王天下者也。

或曰：堯、舜之不同出黃帝，若前所云固決矣。《傳》稱：「有虞氏禘黃帝而郊嚳，祖顓頊而宗堯。」何也？曰：此亦《小戴》收《國語》之言，而又失之者。《國語》論禘郊祖宗，皆以其有功于民而祀之，初不論其世也。故注者謂：「虞以上尚德，夏以下親親。」戴氏《祭法》，易其前後，故讀者不覺耳。此朱子固嘗言之矣。無已，則又決之於《書》乎？《書》稱「舜格於文祖」，即受終於堯之祖也；稱「禹受命於神宗」，即舜宗堯之廟也。其禘黄帝，其郊嚳，即宗堯之意耳。是以有虞子孫，猶郊堯而宗堯，以天下相傳，則有天下之大統焉。有虞氏受堯之天下則宗堯，宗堯則禘郊堯之祖宗。計堯以前，亦或有然者矣。况《國語》固云：禘郊祖宗，與報爲五。則禮固有並行而不相悖者。

近世有爲之説者，曰：『祖考來格，虞賓在位。』此有虞祭顓報幕，以至瞽瞍之祖考也，《國語》所謂『祖顓頊』與『有虞氏報焉』者也。」禘黄帝、郊嚳、宗堯，《書》所謂「文祖」、「神宗」。舜受堯之天下，故宗堯爲宗而祖堯之祖也，《大傳》所謂「帝入唐郊，以丹朱爲尸」者也。祖顓頊、報幕，以至瞽瞍者，一家之私親也。禘、郊、宗堯者，天下之公義也。然《韶》之爲樂，正以紹堯而得名，則「祖考來格」者，即「文祖」、「神宗」之謂，而「虞賓在位」者，安在非丹朱子在尸位乎？况禘郊祖宗，報五者，各有所尊，自不相厭，而虞賓之位亦不相妨也。故曰：以天下相傳，則有天下之大統焉。至商、周以征伐革命，始與古異，而諸儒之論亦始謬矣。

（藕本卷一）

【校記】

〔一〕此篇原見於《通鑑前編》卷一「七十載舉舜登庸」條末，文字頗詳，此則爲略。唐順之《荆川稗編》卷七收録，題作《論虞氏譜系及宗堯》。

三監論

武王、周公伐殷，誅紂而立武庚，使管叔、蔡叔、霍叔監殷。管叔以殷畔，雖孟子，亦認爲周公之過，而蘇氏又盛稱爲武王之疏。以成敗之跡言之，過則誠過，而疏則誠疏矣。而聖人正其誼，不謀其利；明其道，不計其功，於此略可見。然以處事之理言之，固亦未爲疏也。

君臣之際，天下之大戒。昔者成湯伐桀則放之，武王克殷而紂死矣。武王爲天下除殘而已，故不必加兵於其身也；聖人惡惡止其身而已，固不必誅絶其子孫也，於是立武庚以存其祀。以常情論之，誅其父而立其子，安知武庚之不復反乎？慮其反而不立，與立之而不能保其不反，是不得兩存之也。於是分殷之故都，使管叔、蔡叔、霍叔爲之監以監之。夫天子使其大夫爲三監，監於方伯之國，國三人，亦殷禮也，况所使爲監者，又吾之懿親介弟也，武庚何得爲亂於其國？假使管叔而至不肖，何至挾武庚以叛哉？聖人於此，亦仁之至，義之盡矣。

不幸武王則既喪，成王則尚幼，而天下之政則周公攝之，是豈其得已也？彼管叔者，國家之謂何，又因以爲利。彼固以爲周之天下，或者周公可以取之，己爲之兄而不得與也，此管叔不肖之心也。而况武庚實嗾之，於是倡爲流言，以撼周公，既而成王悟，周公歸，而遂挾武庚以畔。彼武庚者，瞷周室之内亂，亦固以爲商之天下，或者己可以復取之，三叔之愚可因使也，此武庚至愚之心也。而況三叔實藉之，於是始爲浮言，以誘三叔，既而三叔與之連，遂挾三監、淮、奄以叛。

夫三叔、武庚之叛，同於叛而不同於情。武庚之叛，意在復商；三叔之叛，意在於得周也。至於奄之叛，意不過於助商；而淮夷之叛，則外乘應商之聲，内撼周公之子，其意又在於得魯。三叔非武庚不足以動衆，武庚非三叔不足以間周公，淮夷非乘此聲勢，又不能以得魯。此所以相挺而起，同歸於亂周也。

抑當是時，亂周之禍亦烈矣。武庚挾殷畿之頑民，而三監又各挾其國之衆，東至於奄，南及於淮夷、徐戎，自秦漢之勢言之，所謂山東大抵皆反者也。其他封國雖多，然新造之邦，不足以禦之。故邦君禦事，有「艱大」之説，其艱難誠大也。有「民不静，亦惟在王宫邦君」之説，是欲閉關自守也。《大誥》一書，朱子謂其多不可曉，以今觀之，當時邦君舊人，固嘗與于武王吊伐之事者，非不知殷之當黜也，特以事勢之「艱大」，故欲「違卜」自守耳。是以《大誥》一篇，不及其他，惟釋其「艱大」之疑，與其「違卜」之説。自「肆予冲人」以下，釋其「艱大」也；「予惟小子」以下，釋其「違卜」也；「爾惟舊人」以下，釋其「艱大」也；「予曷其極卜」以下，釋其「違卜」也。若夫事理，則固不在言矣。

抑《大誥》之書曰「殷小腆」，曰「殷逋播臣」，於三監則略而不詳，何也？蓋不忍言也。不忍言，則親親也。其卒誅之，何也？曰：親親尊尊，並行不悖，周道然也。故于家曰親親焉，于國曰君臣焉。象之欲殺舜，止於亂家，故舜得以全之。管叔之欲殺周公，至於亂國，故成王得以誅之，周公不得以全之也。使管叔而可無誅，則天下後世之爲王懿親者，皆可以亂天下而無死也；可以亂天下而無死，則天下之亂相尋於後世矣，而可乎？故黜殷，天下之公義也；誅管、蔡，亦天下之公義也。夫苟天下之公義，聖人不得而私，亦不得而避也。吁！是亦成王、周公之不幸也。

（藕本卷一）

郊鯀論

按：丹朱之不肖，舜之子亦不肖，然均之失不見於經傳，蓋德不若舜、禹矣。有禹，則舜不以天下私均也。舜處其子於商，而禹復封之虞。《古史》謂服其服，禮樂如之，客見天子而不臣。然《古史》又謂舜宗祀堯，至舜之子孫，更郊堯而宗舜。此據《國語》及韋昭之語也。舜郊嚳宗堯，則禹固當郊堯而宗舜矣，而乃以堯、舜之祀歸之舜之子孫，固自郊鯀焉，何也？曰：此夏之末造也。夫三聖以天下爲公，則皆承其祀；三王之子孫以天下爲家，則各祖其祖。舜之宗堯，禹之宗舜，一也；舜之郊嚳，禹之郊堯，亦一也。其郊鯀也，則夏之末造也。

祀夏配天，其諸始於少康乎？於是郊堯宗舜，則屬之虞思之國矣。孔子曰：「杞之郊也，禹也；宋之郊也，契也。」蓋商、周存二代之後，猶尊賢也。尊賢，則杞郊禹矣。杞而郊禹，則虞郊舜而唐郊堯者，天子之事守也。

（藕本卷一）

辯

西伯戡黎辯

商自武乙以來，復都河北，在今衛州之朝歌。而黎，今潞州之黎。自潞至衛，計今地理三百餘里耳，則黎者蓋商畿内諸侯之國也。西伯戡黎，文王也。自史遷以文王伐耆爲勘黎，受之以祖伊之告，於是傳注皆以爲文王，失之矣。

孔子稱「三分天下有其二，以服事殷」，是爲「至德」。而《傳》稱文王「率殷之叛國以事紂」。則勘黎之役，文王豈遂稱兵天子之畿乎？然則文王固嘗伐邗、伐崇、伐密須矣，而奚獨難於伐黎？蓋「諸侯賜弓矢然後征，賜斧鉞然後殺」。自文王獻洛西之地，紂賜弓矢、斧鉞，得專征伐，則西諸侯之失道者，文王得耑討之。若崇若密須，率西諸侯也。自關河以東諸侯，非文王之所得討，况畿内之諸侯乎？「三分天下有其二」，特江漢以南，風化所感，皆歸之爾，文王固未嘗有南國之師也，而豈有畿甸之師乎？

前儒謂孔子稱文王爲「至德」，獨以其不伐紂耳，至如勘黎之事，亦已爲之。誠如是也，則觀兵王疆，文王已有無商之心矣，特畏後世之議，而于紂未敢加兵，是後世曹孟德之術也，烏在其爲「至德」？昔者紂殺九侯而醢鄂侯，文王聞之竊嘆，遂執而囚之，而况於稱兵王畿之内？祖伊之告，如是其急也，以紂之悍，而於此反遲遲十有餘年，不一忌周乎？故胡五峰、吕成公、陳少南、薛季龍諸儒皆以爲武王。然則勘黎，蓋武王也。

昔者商紂爲黎之蒐，則黎，紂濟惡之國也。武王觀兵政於商，則勘黎之師或者所以警紂耳，而終莫之悛，所以有孟津之師與？觀祖伊之言曰「天既訖我殷命」，「殷之即喪」。則是時紂已阽危，亡無日矣。故胡氏遂以爲勘黎之師在伐紂之時，蓋以其辭氣觀之，俱可知也，其非文王也明矣。

然則文王西伯也，武王而謂之西伯，何也？《勘黎》列於《商書》，以商視周，蓋西伯耳。殷之制，「分天下以爲左右，曰二伯」。子夏謂：殷王帝乙時，王季已命作伯，受圭瓚秬鬯之賜。果爾，則周之爲西伯舊矣，非特文王爲西伯也，文王因之受專征之命爾。武王之未伐商也，襲爵猶故也。故《傳》記武王伐紂之事曰：西伯軍至鮪水，紂使膠鬲候周師，而問曰：「西伯將焉之？」曰：「將伐紂。」然則武王之爲西伯，見於史傳者有自來矣。

（藕本卷一）

微子不奔周辯

讀《西伯戡黎》《微子》之書，而知商之所以亡，周之所以王也。夫祖伊之辭，在於警紂，而初不及于咎周。微子、箕子諸公在於嘆紂之必亡，而未嘗忌周之必興。蓋祖伊、箕子、王子比干與武王、周公，皆大聖賢，其於商周之際，皆可謂仁之至、義之盡，其有以知紂之必亡、商之信不可以不伐審矣。諸子豈舍理而論勢，武王豈以一毫私意利欲行乎其間哉！

然觀微子之所自處，與箕子之所以處微子者，不過遯出而已。而孔氏遂有知紂必亡而奔周之説，何微子叛棄君親而求爲後之速也？此必不然矣。而《傳》又有武王克商，微子面縛銜璧，衰絰輿櫬之説，是又《傳》之訛也。夫武王伐紂，非討微子也。使微子而未遯，則面縛銜璧，亦非其事也。且如孔氏之説，則微子久已奔周矣；如左氏之説，則微子面縛請降矣。武王豈不聞微子之賢？縱其時周家「三分天下有其二」，業已伐商，無復拘廢昏立明之節，然賓王家，備三恪，何不即以處微子，而顧首以處武庚也？武王不亦失人，而微子不亦見却可羞之甚乎？故子王子謂面縛銜璧，必武庚也，後世失其傳也。

武王爲生民請命，其於紂，放廢之而已，必不果加兵其頸也。既而入商，則紂已自焚矣。武庚爲紂嫡冢，父死子繼，則國家乃其責，故面縛銜璧，衰絰輿櫬，造軍門以聽罪焉。武王悼紂之自焚，憐武庚之自罪，是以釋其縛，焚其櫬，使奉有殷之祀，示不絶紂也。若微子，則遯於荒野。一時武王釋箕子之囚，封比干之墓，百爾恩禮，舉行悉徧，而未及微子，以微子遯野，未之獲也。迨武庚再叛，卒以就戮，始求微子，以代殷後，而微子於此，義始不可辭耳。前日奔周之説，毋乃躁謬已乎！

至于比干、箕子，俱以死諫〔一〕。偶比干逢紂之怒而殺之，箕子偶不見殺，而囚之爲奴耳。囚而爲奴，如漢法髡鉗爲城旦舂，爲鬼薪是也。而説者又謂箕子之不死，以道未及傳也。夫道在可死，而曰吾將生以傳道，則異日揚雄之《美新》擬《易》，可以自附於箕子之列矣。且箕子豈知他日之必訪己，而顧不死以待之哉？此皆二千餘載間誣罔聖賢之論，故予不可以不辯。

（藕本卷一）

【校記】

〔一〕「以」，底本作「不」，據元刻明遞修本《通鑑前編》、萬曆刻本《荆川稗編》改。

伯益辯

伯益，即柏翳也。秦聲以入爲去，故謂益爲翳也。字有四聲，古多轉用。如益之爲翳，契之爲卨，皋之爲咎，君牙之爲君雅是也，此古聲之通用也。有同音而異文者，如陶之爲繇，垂之爲倕，繇之爲鮌，虺之爲偪，紂之爲受，冏之爲羿是也，此古字之通用也。太史公見孟子之言益也，則《五帝本紀》言益，見史記之爲翳也，則《秦本紀》從翳，蓋疑而未決也。疑而未決，故於《陳杞世家》之末，又言垂、益、夔、龍不知所封，則遂謬矣。

胡不合二書而思之乎？夫《秦記》不燒，太史所據以紀秦者也。《秦記》所謂「佐禹治水」，豈非《書》所謂「隨山刊木，暨益奏庶鮮食」者乎？所謂「馴服鳥獸」，豈非《書》所謂「益作朕虞，若予上下鳥獸」者乎？其事同，其聲同，而獨以二書字異，乃析一人而二之，可謂誤矣。唐虞功臣，獨四岳不名爾，而姜姓則見於《書》《傳》甚明也，其餘未有無名者。夫豈別有伯翳，其功如此，而反不見於《書》？又豈有「馴服鳥獸」者，孰加於伯益？雖朱龍、熊羆，亦以類見，果又伯翳才績如此，而《書》反不及乎？夫以伯翳不得爲伯益，則卨不得爲契，咎繇不得爲皋陶，倕不得爲垂，繇不得爲鮌，他如仲偪不得爲仲虺，紂不得爲受，羿不得爲冏，君雅不得爲君牙乎？

《史記》本紀、世家及《總叙》之謬如此者多，不惟叙益爲然也。重、黎二人，而合爲一，則楚有二祖也。四岳爲齊世家之祖，而總齊人伯夷之後，則齊又二祖也。此其前後必出於談、遷二手矣，故其乖剌如此。而羅氏《路史》因之，直以益、翳爲二人，又以伯翳爲臯陶之子，則嬴、郾、李三姓無辯矣。且楚人滅六國之時，秦方盛于西，徐延于東，趙基于晉。使柏翳果臯陶之子，臧文仲安得云「臯陶不祀」乎？又以益爲高陽氏之才子隤敳，至夏啓時，則二百有餘歲矣。夫堯老而舜攝，舜耄期而薦禹，禹老而薦二百歲之益，以爲身後之計乎？皆非事實，不可以不辯。

（藕本卷一）

講義

四岳舉鯀治水，帝用之，戒曰欽哉〔一〕

履祥按：當是時，舜、禹未興，在廷諸臣，固皆舊德，其才無出鯀右者。人皆知鯀之才足以集事，惟聖人知其違衆，易於敗事爾。帝將戒其所短，則曰「欽哉」以勉之。夫欽者，心法之要，萬事所由成也。以鯀之才，加之敬謹，何患無成。惟其忽不務此，是以輕視愎言，訖潰於成。然則帝固將全鯀之才，而鯀則棄帝之命矣。天下之以才自負而忽不加謹，衹以取敗者，皆是也，寧獨鯀哉！

（藕本卷二）

【校記】

〔一〕此篇見於《通鑑前編》卷一「履祥按」、《書經注》卷一履祥按語，然未如《通鑑前編》《書經注》内容之詳，且文字時異。

命鯀子禹治水，玄圭告其成功〔一〕

按：「舜之罪也殛鯀，其舉也興禹。」大公之道，聖人無容心焉。抑鯀既以「方命圮族」失之，禹念父功之未就，於是暨益暨稷，思日孜孜以成之。非惟克勤於邦以爲忠，而補前人之愆，以濟天下，乃所以爲大孝也。然以禹之聖，猶八年於外，何也？非但導水濬川而已，中間畫井田，爲溝洫，定經制，酌土宜，立賦法，通朝貢，廣教化，於八年之間定千萬世之計，此禹之功所以不可及也。

又按：經稱「湮洪水」，《傳》稱「鯀障洪水」，《國語》又稱「其墮高堙卑」。經稱「禹决九川〔二〕」，《孟子》稱「禹疏九河」。然則鯀之治水也湮之，禹之治水也導之，其成敗之效以此，後之治水者可以鑒矣。（藕本卷二）

【校記】

〔一〕兩段文字皆見於《通鑑前編》卷一「履祥按」、《書經注》卷一金履祥按語，前一段原在後，後一段原在前。

〔二〕「川」，底本作「州」，據《通鑑前編》《書經注》改。按：宋本《尚書》亦作「川」。

帝命禹叙《洪範九疇》〔一〕

履祥按：洛出《書》而禹則之，叙爲《九疇》。疇之取義有三焉：

一曰並義。子王子魯齋曰：《洛書》《河圖》相表裏，故一六、二七、三八、四九皆並位，於是九疇之義相比而應。一與六相並也，係五行於一，而係三德於六，以天賦之氣有生克清濁之殊，則人囿於質，有剛柔善惡之異也。二與七相並也，係五事於二，而係稽疑於七，見於事者有得有失，則驗於占者有吉有凶也。四與九相並也，係五紀於四，福極於九，運於天者有經緯離合之不齊，則賦於人者有五福六極之或異也。三與八相並也，係八政於三，庶證於八，施於政者有善有惡，則感於天者有變有常也。

二曰對義。子王子曰：一與九相對也，係五行於一，福極於九，天之所賦有善惡厚薄，則人之所禀有五福六極也。二與六相對也，係五事於二，三德於六，人身皆有當然之則、本然之性也，剛柔善惡之不同，則氣質之性也。四與八相對也，係五紀於四，庶證於八，五紀者天道之常經，庶證者天道之變化也。三與七相對也，係八政於三，稽疑於七，政有得有失，則稽有吉有凶也。箕子所陳五事、庶證，相爲感應，則二與八又相對取義也，四六亦然，箕子蓋舉一隅以見義也。今三縱而一衡，而取義亦燦然矣。

三曰次第。夫《洛書》之數，連比對待，縱横錯綜，然而履一則本之所以始，戴九則表之所以終，中五則上下左右錯綜回環，而樞紐幹運於中也。是亦自然之序，故聖人亦因而次第之。係五行於一，以見化生人物之始也。五行化生萬物，人得其秀最靈，而五行之在人者爲五事，故五事次之於二焉。五性感動而善惡分，萬物出矣，而所以治之者，其政有八，故八政次之於三焉。人事既繁，庶政具舉，因時作事，則有天時之紀焉，故五紀次之於四。五行、五事、八政、五紀，天人之事備矣。聖人成位乎其中，立人極焉，故皇極次之於五。皇極者，固所以順五行、敬五事、出八政、贊五紀者，以一人立極爲天下之標準，其所以化民成俗，因其氣習而治教之者，則有三德焉，故三德次之於六。以一人而天下之標準攸繫，至不輕也，其中吉凶，小則質之神明，故稽疑次之於七；大則驗之於天地，而五氣四時之運，其休其咎，有不可掩者矣，故庶證次之於八。抑是理也，君子脩之吉，小人悖之凶，五福六極，各以類應，聖人又即以勸懲斯世焉，蓋體天治人之用盡矣，故次之於九終焉。

箕子陳《洪範》，獨以次言之，蓋獨陳其辭，不可以無叙也。至於五事，敬、乂、哲、謀、聖，而驗諸庶證，則於對義固舉一隅矣。或曰：《河圖》之位圓。圓者，天也。《洛書》之位方。方者，地也。自一而次數之，勾連錯綜，以至於九。勾連錯綜者，地道之所以固也。《洛書》之數，其用深廣，聖人叙疇，於此未始數數言也。然後世或以推災異，或以擬易占、八陣、太乙、遁甲，下至陰陽家者流，以推八卦、九宮、八門、黑白、向背、吉凶，亦各得其末流之一節。抑天地自然之數，周乎萬物，固有所不能外也。

（藕本卷二）

【校記】

〔一〕此篇原見於《通鑑前編》卷二「履祥按」、《書經注》卷七「履祥按」。

太康尸位，黎民咸貳[一]

履祥按：自五帝以來，聖賢相承，至啓亦賢。太康逸豫，生民所未見也，故疑而貳焉。恃祖宗德澤之厚，而不知自反者，亦可省矣。

又曰：三代所以盛，以其聖王代作，道化禮制，有以漸磨人心，維持風俗。如是其久，雖有太康不善繼之君，然政亂於上，俗清於下，與後世不同。故三代之亂，猶日之有陰雲雨霾，而不害其爲晝；後世之治，猶夜之有月星火燧，而不救其爲夜。此古今之分也。

（藕本卷二）

【校記】

〔一〕此篇前段原見《通鑑前編》卷三、《書經注》卷四，文字略異。後段原見《通鑑前編》卷三，文字爲節略。

王隨先王滅寒氏，能帥禹興夏道〔一〕帝杼，少康子

履祥按：少康生長艱危，備嘗險阻，卒成再造之功，信爲中興之王。后杼遭家未競，與先王共歷艱險。方其用師，計其年齡，弱冠而已，英毅之氣，蓋可想見。及其即位，又能帥禹而行，卒爲夏家有德之宗。夫以禹之明德懋功，典則備具，使得中主循而守之，可以坐享安靖，况以英氣之資，帥循其道，禹何遠之有！

（藕本卷二）

【校記】

〔一〕此篇原見《通鑑前編》卷三「履祥按」，文字未如《通鑑前編》之詳。

伊尹既復政，將告歸，乃陳戒於王〔一〕《咸有一德》

履祥按：《咸有一德》之篇，以論學言之，前儒謂自「危微精一」四語之後，惟「主善協一」四語足以繼之。然此四語者，即「惟精惟一，允執厥中」二語耳，而功夫加詳焉。夫舜授禹「精

一執中」之旨，即繼之后衆守邦，「四海困窮」之語。伊尹告太甲一德之旨，即終之「匹夫匹婦，不獲自盡」之戒。今之君子，語理者或遺事，論心者或外天下國家，毋乃與聖人之言有間與？噫！其弊也久矣。

又以成書之體觀之，自《皋陶謨》之外，惟《一德》之書最爲明整。首論天命之靡定，以德之常不常爲存亡之分，常即一也。以桀之亡證之，不常其德者也。以商之興證之，咸有一德者也。一興一亡既明，則又以一與二三，所以致興亡於天者總之，遂勉太甲以一德之功夫焉。既勉君之一德，又求臣之一德，而以「惟和惟一」總之。「協於克一」，則一德所以擇天下之善，而時天下之中焉者，俾萬姓以下，則一德之效，以終常德保位之語。然一德無終始之間，亦不可有大小之間，故「嗚呼」以下，又推其餘意，警戒以終之。終始相生，枝葉相對，其爲書未有明整於此者。

伊尹以元聖之臣，遇成湯之君，君相俱聖，其相與議論經綸之密，不一書焉。自《伊訓》、《太甲》三篇，皆已精切明白矣，而終之《一德》之書如此，太甲所進，於此亦可窺矣。此皆萬世之幸，後之君臣，宜熟讀而精思之。

（藕本卷二）

【校記】

〔一〕此篇原見《通鑑前編》卷四「履祥按」、《書經注》卷五「履祥按」。

西伯演《易》於羑里〔一〕

履祥按：伏羲之畫卦也，蓋有圖而無書，有占而無文也，至文王而後，有書有文爾。《大傳》曰：「易有太極，是生兩儀。兩儀生四象，四象生八卦，八卦定吉凶。」又曰：「數往者順，知來者逆。是故易逆數也。」此謂《先天圖》也。

乾一、兑二、離三、震四、巽五、坎六、艮七、坤八，中斷横圖，左右回環，是謂圓圖。八疊横圖，是謂方圖。法象自然之數，人力不可加毫末於此矣。其位：乾南，陽也；坤北，陰也；離東，大明生於東也；坎西，月生於西，日入於西也；震東北，陰盛於北而一陽生也；巽西於南，陽盛於南而一陰生也。西北多山陵，艮居之；東南多川澤，兑居之。此地理自然之形也。自震四，一陽之復爲冬至，歷離三、兑二之交爲卯，中則有一陽、二陽、三陽、四陽、五陽至六陽，爲乾一之乾而姤生。自巽五，一陰之姤爲夏至，歷坎六、艮七之交爲酉，中則有一陰、二陰、三陰、四陰、五陰至六陰，爲坤八之坤而復生。此天運循環之序也。方圖，坤始於西北，乾盡於東南。自西北至東南，乾一、兑二、離三、震四、巽五、坎六、艮七、坤八，皆生卦之交也。

自西南至東北，則否、泰、損、咸、恒、益、既濟、未濟，皆三陽三陰之交也。圓者象天，大而天地古今，元會運世，小而歲月日時，皆不離乎是。方者象地，而凡天地人鬼，事物消長，氣數推移，皆不出乎是矣。

伏羲之時，未有文字，此六十四卦者，即六十四大字也。字書不過象形、會意、指事、轉注，而六十四卦備之。是六十四字者，天地人事、時義物理之常變，悉管乎是矣。而又加縱横差互對待，相爲意義。邵子所謂「圖雖無文，吾終日言，未嘗離乎是。蓋天地萬物之理，盡在其中」者是也。至其占辭，傳夏歷商，又有《連山》《歸藏》之屬，而世不傳。學者多謂邵氏互體《既濟》卦諸圖，即《連山》之遺法也，後世納甲歸魂之法，即《歸藏》之遺法也。然其辭不復可考，或有吉凶而無教戒與？

文王蒙難羑里，樂天憂世，以己及物，憂慮夫後世無以處於吉凶悔吝之途也，於是乎演而爲《易》。其演《易》也，意若曰伏羲之圖，蓋法象自然一定之體，而未盡著其用。伏羲之卦，雖加互成文，自然之旨，而未措諸辭，民用弗彰，大道易隱，於是移先天之體爲後天入用之位，翻六十四卦變易之象，而係吉凶利否之辭焉。其位，探《河圖》生成之位，爲後天入用之位。以先天方圖，乾居西北。西北，亥位也。室壁，天門也。亥者子之父，子者亥之子。乾居父位，動爲天一以生水，則坎子居北。水生木，則天三震居東。木生火，則地二之離居南。火生土，坤者土之體也，則間火金之間而居西南。土生金，則地四兑金居西，至於北又生水焉。

土本居中，分王四方，故《河圖》天五、地十居中而隅空，後天則太極虛中而隅實。蓋土分王四方也。土既分王，則乾、坤、艮、巽皆土位也。乾者土之牡，爲父，居西北。坤者土之體也，火金本相尅，坤在其間則相生，此坤之所以西南也。艮山土之積，巽木土之官也，故居二隅焉。水雖生木，然木之生必合水土之氣，故艮輔坎，水以生木。艮者木之根也，又其性止也，止而後能動，《説卦》所謂「終萬物，始萬物[二]」也，故艮居東北。震者木之生，巽者木之氣也，木不能以自生火，必有所入，而後木氣發而爲火焉，故巽居東南。土地之造，莫大於生成，木生物之氣也，金成物之氣也。震木也，巽亦木也，震居天三之木，發生萬物，巽木居東南以承之，則生意益全，而物生皆齊矣。兑金也，乾亦金也，兑居地四之金，肅成萬物，乾居西北以收之，則成物無遺，而物成反本矣。此後天自然之用也，天地運乎四時，胎育萬物之用，盡在其中矣。

若夫乾坤父母居不用之位，而六子代用事，則邵子固言之矣。然乾坤固天地也，《易》於乾坤，譬諸言仁，有專言者焉，有偏言者焉。耑言乾坤，則包六子而該六十四卦，偏言則八卦配八方，而乾坤、六子均爲入用之位耳。凡圖意所該，有言蓋淺。至於卦，則兩翻對以見對待消長、上下升降之變。其體，則《雜卦》言之，而邵子三十六宮之名所從出也。其序，則本主於翻對，而《序卦》以次序言之，雖非精義，亦其一意也。而凡《易》圖加疊對並之義，亦發例於此矣。其辭，則或取之二體，或取之二象，或取之二中，或取之主爻，或取之卦變，或取之成卦之義，丁寧告戒，以全民用。聖人之憂患後世，於是爲至。

或曰：卦體奇耦，奇七而偶八。《彖辭》者，卦體七八之常也；《象辭》者，每爻九六之變也。文王之辭，《彖》而不《象》，則是揲蓍求卦者，將常得七八而不遇九六乎？或遇九六而無其占，則文王之爲民立占者，蓋未備也。曰：是誠未備也，所以周公繼之，附以《爻辭》，以盡九六之變，而占辭始備爾。

然方六十四卦始有《彖辭》，筮者而遇九六，則亦兼占變卦之《彖》而已。且以一卦爲例言之。《乾》之初變則爲《姤》，雖未有弗用之辭，而《姤》之「勿用」可知也。《乾》之二變則爲《同人》，雖無「在田」之象，而「同人於野」之意可知也。《乾》之三變則爲《履》，雖未有「乾乾惕厲」之戒，而《履》之「履虎尾，不咥」可卜也。至於四變而《小畜》，則「不雨」之辭，不待「躍淵」而可喻。五變而《大有》，則「元亨」之辭，不待「飛龍」而可想。六變而《夬》，則物極當决，又不待「亢之爲言」而可知矣。雖然，終未盡乎事物之變也，故周公因之，遂著九六之辭焉。凡言九六者，皆謂每爻之變也。然又安知文王時不已有《象辭》，而周公特脩補之耶？故《河洛》第九篇曰：「周文增通八八之節，轉序三百八十四爻。」而揚雄亦有「文王附以六爻」之説。《參同契》亦謂「文王帝之宗，結體演爻辭」也。

道之晦明，蓋關世運。伏羲《先天》，自孔子《説卦》以後，儒者無傳焉，而方外之士傳之，如魏伯陽、關子明可概見矣。至於文明之世，則希夷先生陳圖南始出以示人，三傳而至邵子，始大發明於當世，然易道至此亦大備矣。邵子象數，程子義理，朱子兼之，而主筮占。邵子觀象推數，而知法象自然之妙，故曰：「畫前元有易。」程子玩辭求意，以爲「理無形也」，《易》「假象以顯義」云爾，故曰：「至微者理也，至著者象也。體用一原，顯微無間。」朱子深究二家之説，上泝四聖之心，謂「《易》爲卜筮而作」，卦本象數而畫，理因卦爻而著，故曰：「理定既實，事來尚虛。用應始有，體該本無。」嗚呼！《易》道是謂大備。是以朱子贊之曰：「邵傳羲畫，程演周經。象陳數列，言盡理得。彌億萬年，永著常式。」又曰：「惟斯未啓，以俟後人。」蓋語占也。今撮其大要著於篇，以俟學者共考焉。

（藕本卷二）

【校記】

〔一〕此篇原見《通鑑前編》卷五「履祥按」，文字略異。明人章潢《圖書編》卷二收録，不署撰者名氏，題作《先天後天總説》。

〔二〕「萬物」，底本作「萬萬」，據元刻明遞修本《通鑑前編》及宋本《周易》、清末抄本《仁山先生金文安公文集》改。

魯侯弟潰弑其君幽公而自立，是爲魏公〔一〕昭王壬寅十四年

履祥按：弑君争國之禍，實自此始，而昭王不能討，失政甚矣。史稱：「昭王之時，王道

微缺。」朱子亦謂：「周綱陵夷，自昭王始。」有以也夫！

（藕本卷二）

【校記】

〔一〕此篇原見《通鑑前編》卷九「履祥按」，文字略異。

自衛巫監謗，王心戾虐，萬民弗忍，後三年，乃相與畔，襲王，王出奔于彘〔一〕周厲王己未三十七年

履祥按：周自夷王不振，厲王初立，諸侯畏之，荆楚自去王號，三十年間，天下無他故。其後好利，用榮夷公，又以監謗而殺言者，雖芮良夫、召穆公交有陳諫，有《大雅》之刺以感王心，而皆不聽，卒以流亡，身死於彘。嗜好用舍之間，可不謹諸！賴諸大臣彌縫其間，王室不墜，卒立宣王相之，燦然復興，蓋其時周室可振也。至幽王再禍，而宗周爲墟，訖不復振，悲夫！

（藕本卷二）

【校記】

〔一〕此篇原見《通鑑前編》卷九「履祥按」，文字略異。

周衰自宣王始〔一〕

履祥按：周自厲王亂政，日久紀綱板蕩。宣王初年，有志撥亂。董生謂其周道燦然復興，然考之諸書，似不克終者。如廢魯適（音嫡。按：魯武公與長子括、少子戲朝王，王愛戲，立爲太子），不籍千畝，喪師南國，料民太原，殺杜伯非其罪，大略可見。其後幽繼之，不踰十年，而君弑國亡，卒以東遷。夫撥亂世，反之正，非百倍其功，不足以興廢補弊，况宣王末政至於如此哉！《傳》謂夷、厲、宣、幽，而貪天禍。不爲無謂矣。

又按：宣王又以畿内地封鄭，而地分力弱。歷幽、平、桓三世，交質交惡，而射王中肩焉，衰自此始。

（藕本卷二）

【校記】

〔一〕前一段文字原見《通鑑前編》卷九「履祥按」。後一段文字（「又按」以下），不見於《通鑑前編》。

齊侯、宋公、魯侯、陳侯、衛侯、鄭伯、許男、曹伯侵蔡，蔡潰，遂伐楚，次於陘，許穆侯卒於師，楚屈完來盟于師，盟於召陵〔一〕

履祥按：惠王之世，北有狄人之患，南滅至於邢、衛矣；南有荆楚之難，北伐至於鄭矣。所謂南夷與北狄交，而中國不絶若綫也。桓公北却狄而南帖荆，其有功於諸華，可謂大矣。然其却狄也緩，而帖荆也僅。聶北之次，待邢人之奔，楚丘之城，在二年之後，此桓公之緩也。若夫楚之爲中國患，又有什伯於狄者，吞噬群蠻，蓋不足道，僭王號者數世，盡漢陽之諸姬，伐蔡滅息，比年伐鄭。鄭，諸夏之襟喉也，舍齊桓，固未有問罪焉者。然管仲之辭文而不及大，桓公之言私而不及德。菁茅微物，楚所易從，昭王舊事，楚所可脱也。而不敢及其僭王猾夏之罪，以爲討其僭猾，則楚未易卒服也，此管仲之小也。桓公知誇先君之好而不及天下之體，知誇致戰之衆而不及名義之大，所以楚人之辭猶未服也，僅得屈完之盟，始保不戰之勝。齊桓兵車之會，莫盛於召陵，而僅僅乃爾。曾西所謂「功烈之卑」，孟子所謂「小補」，以聖賢作用觀之，是真可謂卑小矣。然以桓公、管仲之資言之，亦可如是而已矣。

（藕本卷二）

【校記】

〔一〕此篇原見《通鑑前編》卷十一「履祥按」。

王使宰孔致胙於齊桓公，下拜登受〔一〕

履祥按：桓公聞管子之言而後下拜，則桓公初心至是滿矣。此宰孔早已窺之，而料其終亂也。

（藕本卷二）

【校記】

〔一〕此篇原見《通鑑前編》卷十一「履祥按」，節略數句成文。

齊侯使管夷吾平戎於王〔一〕

履祥按：王子帶以戎伐周，天下之大罪也。桓公不能討而平戎於王，豈以受子帶之奔，爲此姑息耶？桓公身不能容子糾，而爲王容叔帶，固將曲全襄王兄弟之愛，未免卒釀王室異

日之禍云。（藕本卷二）

【校記】

〔一〕此篇原見《通鑑前編》卷十一「履祥按」，省略前數句。

晉侯侵曹，晉侯伐衛，楚人救衛，晉侯入曹，執曹伯，畀宋人，晉侯、齊師、宋師、秦師及楚人戰於城濮，楚師敗績〔一〕

履祥按：晉文公勤王以示義，伐原以示信，大蒐以示禮，所謂五霸假之也。然圖霸猶有此，後世并此無之矣。晉文之霸，子犯、先軫之謀居多。先軫「報施救患，取威定霸」之説，已不如管仲「三不可」之言。惟子犯謂「詩書，義之府；禮樂，德之則」，其言爲精。而又曰「德義，利之本」，則皆霸佐之心矣。夫有恩則有怨，救宋固報施也，至於分曹困衛，報怨亦已甚矣。稱舍于墓，一譎；分曹畀宋，一譎；私許復曹、衛，一譎；執宛春，又一譎；退旆曳柴，又一譎。晉文公「譎而不正」，於此一役亟見之。在軍，則殺顛頡、祁瞞；師入，則殺舟之僑。此軍法所以伸，戰所以勝，國人所以畏，文公霸業，於是乎備見矣。

又按：晋文霸功不及齊桓之盛，而晋世主夏盟，齊桓霸止其身。蓋齊桓之家不治，而晋文之家事治也。（藕本卷二）

【校記】

〔一〕此篇前一段原見《通鑑前編》卷十二「履祥按」。後一段（「又按」以下）原見《通鑑前編》卷十二「履祥按」另一則，僅節略前數句。

孔子如蔡〔一〕

履祥按：孔子稱：「危邦不入，亂邦不居。」夫子既去魯矣，以衛靈公之無道而居衛；以陳國之小，歲有吴師而在陳；以蔡侯死於盜，國遷於吴，民分於楚而如蔡，不幾乎居亂而入危歟？曰：前日之言，君子守身之常法；今日之事，夫子行道之大權也。夫以聖人盛德，固無施不可，使夫二三君者，能用孔子，委國而聽之，則衛可正，陳可强，蔡可守也，而皆不能，惜哉！雖然，夫子既知其不能用矣，其時楚昭之賢聞於天下，夫子固將如楚也。當在衛也，特以衛靈公致粟，有際可之禮；而再主蘧伯玉之家，當在陳也，又以司城貞子爲主，而陳侯亦有言議之適，故爲二國留行。至其如蔡，蓋爲如楚也。何以知之？有子曰：「孔子去魯司寇，將之荊。先之以子夏〔二〕，又申之以冉有。」則知孔子去魯，將之楚矣。聖人毋固毋必，故爲二國留行爾，然而適楚，又卒爲子西所阻，愚以爲此皆非聖人意也。

（藕本卷二）

【校記】

〔一〕此篇原見《論語集注考證》卷一。又見於《通鑑前編》卷十七「履祥按」。

〔二〕「子夏」，底本作「子貢」，據《通鑑前編》《論語集注考證》及宋本《禮記》改。

九鼎震〔一〕威烈王二十有三年

履祥按：九鼎，三代相傳，天下之形制圖籍也，而震是天下之大異也。司馬公《通鑑》始於是年而不書，《通鑑》以人事爲要也。《左氏》終於趙、韓、魏之亡智伯，而《通鑑》始於魏、趙、韓之爲諸侯，又推其始以及於趙、魏、韓之滅智伯，又推其始以及智伯之立後，舉數十年之事，悉下附於二十三年之內。年之不接於《春秋》者，避續經之嫌也；事之接於《左氏》者，叙紀事之實也。然則吕成公《大事記》之年何以上接《春秋》？曰：《通鑑》爲歷代史法之創始，於續

經爲有嫌；《大事記》用《史記》年表之名例，於《春秋》爲不犯，二意固並行而不相悖也。（藕本卷二）

【校記】

〔一〕此篇原見《通鑑前編》卷十八「履祥按」。

傳

從曾祖曰九府君小傳

府君諱景文，字唐佐，邑之望雲鄉桐山人也。少有大志，力學慕義，不求聞達。與配包氏，竭誠事上，甘旨親承。其大父患噎不療，公殫筐實，效流俗人之見，裝佛像虔禱，而幸得瘳。母病，嘗侍床褥，毀瘠骨立，衣不解帶者數月。母哀則多方以致其樂，怒則率妻跪而受責，晝夜不敢入私室，必得其歡心而後已。父忽患疽，外茄内瓜，痛楚無奈，法宜刀圭鍼砭。公弗忍，日以口就吮其膿血，惟齋禱祈天，乞以身代。父疾愈，而公罹恙，經旬亦痊，人以爲天祐孝子。母薨，廬其右，夜見天光下燭射墓，五色爛然。續廬父墳，茹潔誦梵，鳥鼠繞聽几傍，無怖狀；風雹環四隣，獨不入其舍境。鄉人遇旱，曰：「旱毋苦，金公禱必雨。」隨禱隨應，時人謂之孝子雨。郡守李椿以公事狀聞，詔依例存恤。淳熙六年，會朝旨勸承義役，公首割膏腴，命子煒總成之。然人信公者篤，不踰月而事集。郡守韓元吉更其鄉曰純孝，里爲循義云。爰作小傳，以備他日輶軒之採。

（藕本卷三）

書

答葉敬之書

不相晤者，倏二月餘，室邇人遠，懷思更切切也。兹承手教，下問曰：「堯以天下與舜，于舜則終陟元后矣，如丹朱之難爲情何？」予曰：善哉問也！蓋堯以天下爲心者，故視天下皆吾子也，何親疏耶？樂以天下與舜，冀以安天下也，曾何擇于舜與丹朱耶？又何丹朱之難爲情耶，是顧耶？故曰：堯之心，天之心也。孔子曰：「惟天爲大，惟堯則之。」蓋知堯之深者也。

曰：「至舜之禪禹，或者其踐堯之迹乎？不屑堯獨豪其舉于天下後世乎？」曰：商均果勝禹耶，則舜不免爲踐跡，爲妒堯；苟不如禹，則舜之心，即堯之心也。堯視天下之人皆吾子，則舜視天下之人亦皆吾子也。苟可以安天下者，胥而遷之矣，曾何擇于禹與商均耶？孔子曰：「重華協于帝。」則堯與舜皆天矣。

曰：「然則先儒何以曰『堯行天道以治人，舜行人道以奉天』？」予曰：善言天道者以人事，是故堯命羲和「欽若昊天」，行天道也，則敬授人時者，非人道而何？天與人一也。舜叙百揆，行人道也，則「烈風雷雨勿迷」者，非天道而何？人與天一也。

曰：「堯、舜之禪受，則既聞命矣，若湯之放桀，亦爲天下除殘虐也，而商人乃曰：『我后不惜我衆，舍我穡事而割正夏〔一〕。』人心猶若有未歸者。」曰：商人以穡事爲念，一人之私心也；湯以正夏爲急，天下之公心也。湯以天下之公心，伐天下之同害，猶不免有慚德於天下者，遭天下之不幸，任天下之至疑，而爲至難爲之事耳。是心也，惟仲虺知之獨真，故作誥以釋之。首言「天乃錫王勇智，表正萬邦」，次言「夏王有罪」，「帝用不臧」，是天意舍夏眷湯，湯可以仰無愧于天矣。又言湯「克寬克仁，彰信兆民」，攸徂之民，相慶徯至，是人心去夏而歸湯，湯可以俯無怍于人矣。然湯之所以不寧如此者，不忘戒懼之心也，故雖撫有天下，猶誕告于四方，惟恐「獲戾于上下」，凜凜然若「隕于深淵」。由湯此言而觀之，則人心之難得，更有甚于天意者。在湯且然，而况去湯萬萬者乎！

曰：「湯之放桀，有從而不然之者，特有夏之細民耳。至于武王伐紂，則伯夷、叔齊乃古之賢人也，亦嘗被紂之虐者，不先商人迎之，則義矣，何至叩馬而諫？及天下宗周，恥不食其粟，遂飢餓而死，果不知紂之不道烈于水火耶？抑知而不欲民避之耶？」予曰：武王將天命，易昏以明，使四海之赤子脱陷穽而就枕席。孔子于數百載之後稱之曰「盡美」者，悲商末之民窮也。夷、齊生于其時，目擊其流毒海内，豈不知紂之當伐耶？其心以爲臣之伐君，道之甚逆者也。君至紂固當伐，臣至武王固可伐，後有亂賊之臣，借之以爲口實，乃曰「武王聖人也，而伐紂，當時無一人非之者，則臣之伐君，乃聖人所常行之事」，其于篡奪必多有之。故於武王仗鉞之初，夷、齊叩馬陳諫，所以明君臣之大分也。至不從，則又恥而去之，必餓死不悔，蓋志在殺身以弭後世之亂，使後世之人皆曰：武王伐商當也，而夷、齊猶非之，況去武王萬萬者乎？則所以如夷、齊之非之者，又當何如？雖有篡奪之志，必潛消而不敢竊發矣。夷、齊之本心也，初非真以武王爲非。此商、周交代之大閑，正《易》所謂「《革》之時義大矣哉」者。

前輩論之固詳，兹因敬之之問而更悉之，冀敬之自得之，復申其説于同志之士。愚意仍欲起堯，終東周，按《書》典、謨、訓、誥之辭，作爲一書，以補《通鑑》周威烈王以前一編之缺，志有在而筆猶未有下處。敬之素相愛者，故承問奉答，殊爲草草，兼以鄙志相聞，欲敬之爲我助也。

（藕本卷三）

【校記】

〔一〕「正夏」，底本作「夏正」，據宋本《尚書》、清末抄本《仁山文集》改。

附題跋

論孟集注考證跋

古書之有注者必有疏，《論孟考證》即《集注》之疏也。以有《纂疏》，故不名疏。而文義之詳明者，亦不敢贅，但用陸氏《經典釋文》之例，表其疑難者疏之。文公《集注》，多因門人之問更定，其問所不及者，亦或未修，而事跡名數，文公亦以無甚緊要略之，今皆爲之修補。或疑此書不無微牾者，既是再考，豈能免此？但自我言之，則爲忠臣；自他人言之，則爲讒賊爾。此履祥將死真切之言，二三子其詳之！

淛河後學金履祥吉父敬書于仁山堂病舍。

（《孟子集注考證》，金律刻《率祖堂叢書》本）

仁山文集補遺卷之二

歷代宗譜收輯詩文甚富，今翻閱兩浙宗譜逾千種，檢得署名金履祥者若干首。其譜編校或精良，或粗疏，屬望族舊譜，或出名家之手者，所載較可信。譜載文字又當區分文體，如贊之屬，攀附僞托常見。兹略考宗譜所見篇目真僞，按體編排，得四十三首，存疑六首並録於後。以不能逐篇詳作考訂，所録恐猶有僞托。姑録之以備參酌。

詩

題拱壽圖，贈封君硯泉方先生

高堂具慶世應希，况值天書出帝畿。椿樹萱花循甲子，豸袍霞帔耀春暉。蟠桃有會來仙侶，壽酒同斟戲彩衣。驄馬南巡歸未得，寸心遥逐白雲飛。

（《菰塘方氏宗譜·詩集·外編》，民國十八年活字本）

題童氏世譜

一本由來無後先，支分派遠始紛然。能將譜系稽家世，自得源流指掌閒。血脈親疏方有別，子孫賢否并相傳。君家獨得名臣裔，千載芳名永不諼。

仁山居士金履祥題。

（《松窩童氏宗譜》卷首，民國二十九年活字本）

和千七公自咏

熠熠中央色不偏，風霜零落義熙年。男兒一種綱常味，不讓龍鍾老子先。

（義烏《華溪中心盛氏宗譜》卷首，同治十三年重修本）

宋提刑幹官良驥祖像贊

公諱良驥，字德之，初名馬，號德翁，行萬三四。性温恭，好文學。以父陷於戰陣，制中不入私室，不飲酒茹葷。後爲提幹，棄職歸，謂子孫曰：「忠孝不可一日無，雖亂而爾曹不可不知也。」乃延仁山金先生於家塾以教焉，子孫皆有所成立。年六十二而卒。娶徐氏。子一，桓。女三，長適范丞相孫肅，入直閣；次適范國諭男祐，入官；三適徐省元。合葬銅鑑塢，又名茶培塢，金釵形。

維直而温，色容敷榮。維公則明，視容端澄。毋自欺之云，則進乎大學之人矣。其所謂年彌高而德彌劭者，其在斯人乎，其在斯人乎！

仁山金履祥贊（吉甫）。

右《題讚》出于家藏舊藁，先生之的筆也。按《年譜》，先生與德之祖爲最友，館于齊芳書院者二十有四年，講道最久。疑其師友之間，題撰必多，薦經兵燹，類皆散逸無存。

如我譜序，稍余長者，猶及見之，而迄今亦且泯没。所幸存，僅于一像贊爲可徵考。故敢附録之，以存什一于千百云。

（《蘭江東魯唐氏族譜》卷一，清光緒二十年活字本。按唐良驥傳及贊後題記，乃後人所作）

元隱士廷用公像贊

天降大任，先厄其運。昆季八人，後先繼殞。惟公最少，媲美荀龍。遺大投艱，析薪負重。斑彩歡娱，琴瑟賡韻。宜其室家，順其父母。潛德弗彰，沽玉待賈。佑啓諸男，克繩祖武。令緒宏開，衍慶家譜。奕世之下，高山仰俯。

仁山金履祥拜撰。

（《八石葉氏宗譜》，清咸豐元年活字本）

慎修先生像贊

傲跡赤松，隱身緑橘。暮紉佩蘭，朝飡英菊。夢同鶴鳶，情通木石。澗壑逃名，烟霞志結。五柳依依，七松鬱鬱。桃源之柯，竹林之逸。文山之忠，疊山之節。卓哉先生，與時消息。

仁山金履祥題贈。

（《暨陽同山壽氏宗譜》，清光緒二十一年木活字本）

鄉進士當公像贊

經猷冠世，膽識超群。文淵學海，嶽峙川澄。聲騰黌序，天府策名。泰山北斗，景慕真容。觀瞻道範，兩浙欽尊。

金履祥題。

（《清塘何氏宗譜》卷一，民國三十年活字本）

宋授處州知縣百十一公祖像贊

爲政以德，不淤其名。冰心秉立，王事清勤。循理不朽，施仁廣承。無偏無黨，憎惡公平。才志並茂，浩浩文淵。任重達道，不失與人。

仁山金履祥讚。

（《東魯唐氏宗譜》卷一，民國二十年活字本）

恩旌義民琦公像贊

葛巾道服，不仙不臣。付黜陟於不知，置理亂於不聞。噫嘻！葛天氏之民歟，無懷氏之民歟？

同邑金履祥讚。

（《范陽盧氏宗譜》卷一，清光緒三十四年刻本）

國學簽公像贊二首

國學京諭陳簽公，以書中舍選。公英邁夙成，孝友惟先，躭古善文，博衣緩帶。贊曰：

翁以文名，發其和平，化乎于家庭。象賢惟明，以繼以承，以振其休聲。

又

世家淵懿，儀禮醇詞。史才翰學，冠絶當時。退修祖德，盛世稱奇。希賢淑範，四方仰之。

仁山金履祥贊。

（《蘭江莒湖陳氏宗譜》卷首，民國十六年活字本。又見活字本《蘭江牛社陳氏宗譜》卷一，亦二首，題作《宋國學京諭簽公像贊》，無像傳）

會稽學博桂高公像贊二首

會稽學博陳桂高，一名季權，字子輿。以《禮記》領庚子鄉舉，授學官，轉建德丞。

贊曰：

萬鍾無間，彼爲何人。吁嗟乎君，下位終身。雖則位卑，善政孔殷。借曰不信，視其子孫。

發身文學，淑表俊才。著述經史，儒道宏開。

仁山金履祥爲陳子輿先生讚。

（《蘭江莒湖陳氏宗譜》卷首，民國十六年活字本。又見活字本《蘭江牛社陳氏宗譜》卷一，題作《宋會稽學博桂高公像贊》，無像傳）

午塘始祖爲可公像贊

完其太璞，適爾天和。喬梓奏績，花萼鳴珂。遷喬得所，裕後堪歌。汪洋千頃，午塘碧波。

金履祥讚。

（《金華午塘邢氏宗譜》卷十，民國二十三年活字本）

驤宇鮑公像贊

箕裘克紹，瀟灑出群。身能致主，澤足及民。厥裔象賢，令範常新。

同邑後學金履祥題。

（《石渠鮑氏宗譜》卷一，民國二年活字本）

范寬公像贊

公諱寬，字子恕，通奉房兖州學録暄公之孫，處士佺公之長子也。嘗建天壽宫，以祝聖壽，蒙元敕賜忠惠仁佑府君。贊曰：

葛巾野服，不仙不臣。蓋當世之逸士，真太古之遺民。

至元甲午年秋八月，仁山金履祥吉甫氏題。

（蘭溪《龍門范氏宗譜》，民國間活字本）

瓊一公像贊

天福有德，克犖克昌。子子孫孫，弗替引長。

仁山金履祥題。

（蘭溪《河南方氏宗譜》，民國間活字本）

宋左丞相銓公贊

萃月日之精英，秉乾坤之正氣。讀諫和金之奏疏，爲千古不再之詞章。稽補袞闕之廟謨，實宇内不磨之剛義。

處士金履祥贈。

（《碩範胡氏宗譜》卷一，清光緒十年活字本）

孟節公真容讚

由建遷蘭兮，惟公是始。創業店園兮，我劉因此。德厚流長兮，食報靡已。長發其祥兮，振繩繼美。儼乎其容兮，高山仰止。肅乎可畏兮，疇能與比。垂裕後昆兮，皆公積累。享祀勿替兮，右啓孫子。

仁山金履祥拜撰。

（《劉氏宗譜》卷一，民國三十年活字本）

百四二處士公像贊

蘭水有奇勝，聚廬來隱君。峰環寶婺拱，龍秀柱竿分。卜築新胥宇，鈞衡舊世勳。地靈應産雋，後裔挺人文。

仁山金履祥題。

（《鳳林王氏大宗譜》卷一，清光緒二十四年活字本）

始祖像贊

鍾吴興之奇，篤生岐嶷。收婺浦之秀，佑啓振繩。若卧龍之伏隴中，似飛熊之隱渭濱。素質素心，古貌古情。我瞻遺範，奕奕如生。

金履祥贊。

（《浦陽檀溪陳氏宗譜》卷首，民國間活字本）

宋進士昌大公像贊

博通經史，道學尤著。蒞政清廉，德被黎庶。謳歌載頌，奕世瞻依。

仁山金履祥贈。

（《金華協和曹氏宗譜》卷首，民國十五年活字本）

巽齋像贊

天資穎悟，拔萃超群。民頌甘棠，政冠等倫。噫！斯人之治黎庶，有古人之風也歟！

金履祥贊。

（《浦陽洪氏宗譜》，民國二十五年活字本）

古婺雙溪漁隱翁贊

威儀抑抑，德音秩秩。匪名之求，惟學之積。噫斯人也，而具斯德。是宜子孫千億，而致簪纓之赫奕。是宜福祉駢臻，而昭令譽於無極也耶！

後學金履祥撰。

（《金華東池黄氏家譜》卷一，清道光十九年刻本。原無題，此據贊前《古婺雙溪漁隱翁傳》擬題。黄縈，字吉夫，號雙溪漁隱，金華人）

宋爲金府學録行百六諱森字子林柳公像贊

有以養其内，克遐者壽。有以行乎遠，克昌者後。帝原厥初，追錫命書。自天而降，永保無虞。

同郡金履祥拜贈。

（浦江《柳溪柳氏宗譜》，民國間活字本）

龍圖閣學士楊公諱邁贊二首

顒顒昂昂，瑟彼珪璋。儀容儼雅，金玉爾相。盛德大業，綱舉目張。文學巨族，譜牒輝光。

又像

仰止我翁，立心忠恕。學博才優，政勤績著。黼黻皇猷，表章黎庶。百世之下，咸彰厥譽。

仁山金履祥題。

（《浦陽人峰楊氏宗譜》卷二，民國二十二年活字本）

金華東山迪功郎肇東傅公配許氏安人像贊

思德瞻容，睹範致恭。表符厥裏，聿惟傅翁。翁範則端，翁德則全。廼偕許妣，寶瑟朱弦。外内兩美，善積仁累。天作地開，氣宏象偉。匪山斯原，匪川斯泉。征塵弗染，稱漸於磐。東山喬木，于焉卜築。既固既安，以似以續。孫叔之後，世襲寢丘。敬姜瘠土，亦孔之休。展公丹青，睹公之真。讀公遷記，見公之心。高宗在昔，三年恭默。咸而夢祥，賚似良弼。俾以其形，旁求其人。如金作礪，如雨惟霖。公爲其裔，巨川永濟。惟肖後先，鹽梅世世。

蘭谿仁山金履祥頓首題贈。

（《東山傅氏宗譜》卷十五，清刻本。又見民國十年活字本《東山傅氏十九修宗譜》卷九《文集》，文字略異）

韓時亨贊

蕩蕩魏鎮，烈烈威風。搴旗斬將，名振聲雄。邦倚柱石，功勒彝鐘。奕垂不朽，皇矣爵封。南陽公族，四海名宗。繩繩振振，麟起鳳翀。

金履祥。

（《懷玉賢堂韓氏宗譜》卷三，木活字本。韓茂，字時亨，玉山人）

韓履善贊

清操天植，雅度性生。澤民格主，朝野蜚聲。賢哉令子，無忝父德。輝映後先，譽望赫濯。

金履祥題。

（《懷玉賢堂韓氏宗譜》卷三，木活字本。韓祥，字履善，號直齋，玉山人。嘉定十六年進士，官中書右丞相）

説

題蘭江佳澤馮氏譜像説

説曰：世以譜傳，而不能以像傳。然而能並傳者，必先人勳業著於當時，道德鳴於一世，乃留其像歟！凡模容雖盛，不久而失，亦無譜之故也。吾邑之純孝鄉有馮氏譜像，燦然並傳，可歷千百世而不泯。子孫瞻先人之像，讀先人之譜，而不興仰止之心者，未之有也。是爲説。

仁山金履祥撰。

（《佳澤馮氏宗譜》卷首，民國十八年活字本）

傳

憬公傳并贊

公氏張，諱憬，字洪儀，號啓明，諸暨人。唐孝子張萬和之孫，孝祥之幼子也。其祖若父俱廬墓二十餘年，芝草生，醴泉出。公夙嫺庭訓，文行俱優，奉養二人，菽水承歡。凡父之所以廬守祖墓，與母之所以侍養舅姑者，靡不善體親心，曲盡子職。廣德間，養親疾而不安寢者二年，痛親没而不水飲者三日，忍死勸事，負土成墳，廬墓十有九年。有司表其里，曰一門三孝。贊曰：

人謂天道冥冥，難以審諦。我謂照照如燭，照而數計。君不見諸暨孝子張萬和，一世二世三世孝孝相繼。醴泉出復出，靈芝麗復麗。於呼！天監在兹，子子孫孫，引之勿替。

蘭溪後學金履祥拜撰。

（《暨陽芝泉平闊張氏宗譜》卷一，清光緒十六年木活字本）

秀泉公一堂忠義節孝傳行千九

公萬五給事公次子也，諱堯夫，字仁卿，别號秀泉。質敏好學，穉入泮宫，窮究《六經》，蒐羅諸史，於周、程、張、朱之學，發其精藴，闡其奥旨，尤加意焉。及見時不可爲，絶意進取，惟孝友節義自端，輒曰：「願繫籍名賢足矣。」講學於西湖之濱，從者貧，皆出資以給。嘗過武穆廟，必入拜曰：「丈夫當如是，雖死又何憾！」

母婁氏夫人每疾，甚憚藥，公必隱泣而嘗其半。足跡不入内闈，湯藥必躬，親疾愈始退。

進謁伯兄，必以朝廷爲念，凡興利除害之事，先具草疏陳兄給事公。公或不懌，即從容曰：「恩叨父子司諫，豈容默耶？」不允，則拱立不退。及聞恭帝蒙塵，日慟沉疾。迨殂，急召族之賢達者，囑曰：「吾氏世受國恩，當凜忠義。今國步多危，賢明輩讀書，當惟性命道義自究，以振家聲。如有妄希榮寵者，便非吾族。彼農家者，務宜息争訟，早完税，毋爲鞭撲所加。」餘無他囑，隨哽咽而終。遠近聞之，無不傷感。所著有《雲鷗集》《正學心脉》，内《正命篇》，其絶筆也，惜經回禄無存。

安人傅氏，恭順孝和，嚴於訓子。公卒後，撫靈哀泣，三年不懈。及終制，聚諸子於柩前曰：「吾事爾父之事畢矣，立身樹節，爾宜各勉，切勿忘父之訓，以墮家聲。而今而後，吾不願有生矣。」遂不粒食，時卧柩旁。三子終日哀號，叩首灑血勸餐，惟日進白湯數杯，逾月而卒。

其幼子諱漢武字養節者，處心無競，立己端方，閉户讀書，鄉人莫識。痛考妣之亡，及宋終斬，泣以繼血，三年不言，凡坐立必面南。元旦每閉卧，深置一室，扁題夜齋，内立考妣主，朝夕默坐，非祭事不出。但聞兄姪有少過，啓户切諭曰：「能知『明發不寐，有懷二人』乎？」遷改後已。子弟因莫敢有一毫非禮狀，皆公訓勵陶鑄之力也。噫！一堂忠節孝義有如此，謹録以垂世範。

元大德戊戌黄鍾月，蘭溪後學金履祥拜撰。

（《暨陽烏巖蔡氏宗譜》卷二，清光緒九年木活字本）

葉氏家譜序

《周官》九兩之職廢，而大小宗之法不行，孝弟之風日薄，世治之不古若也。繇是先儒嘗欲振此，故述宗統以明孝弟之道，而譜牒因而作焉。是以譜牒之作，實寓尊祖敬宗之義也。

八石葉氏，本楚沈諸梁食邑於葉，因以爲氏。後裔徙居新安，嗣是有沂國公諱寶者徙居括蒼，翰林公諱經者徙居舜江，宗支繁衍，人文宣著。淳熙、寶慶間，父子同朝，兄弟聯榜，而家聲益振。自玖徙居八石，不相通譜久矣。迨五世孫德華者，惓惓焉用心於譜牒之修，嘗檢故笥，得家乘略數紙，謹按歐陽文忠公例而輯成之。乃以由新安而徙居八石里者玖太公爲一世祖，以及其孫惠行，支派相承，昭穆秩然不紊。

若德華者，可謂深知尊祖敬宗之義，而孝弟之道賴以興者也。葉氏子孫尚體德華之心，存禮敦義，以保宗祀於無窮，則斯譜之傳，愈遠愈芳，豈曰小補云哉！

大德五年二月甲子，蘭江金履祥拜撰。

（《八石葉氏宗譜》，清咸豐元年活字本）

金蘭王氏肇基序

王氏祚允昌繁，歷世名賢，著於晉唐間者，僕未易數也。然考其世系，原于會稽，遷於鳳林，洎三府君卜築於金華郡，十傳而徙於蘭谿，則文定公嫡姪百四二處士派肇基者也。至居純孝鄉，地曰畈洋者，峰環流繞，發結柱竿山，鍾秀毓英，盤旋葱鬱。公覽其勝概，遂自郡城徙居之。雖歲時伏臘，共祠於金郡，而畈洋之基緒實公爲肇端矣。

夫三府君基於彼，公則擴其猷基於此，其繼志述事於先世名賢者，寧復有過是者乎！而莊敏、焕章、文定諸公之烈，因公之丕承，而支分益蕃衍矣。將來雲仍克家，萃聚于宗堂，宜思顯其所肇者，繩祖武而紹先業，與地競靈可也。《詩》曰：「無忝爾祖，聿修厥德。」于王氏之後有深望焉。公之弟魯齋先生，當代道學儒宗也。余得從游其門，因漫次數言，俾録爲序。

時淳祐庚戌冬月之吉，後學仁山金履祥書。

（《鳳山王氏宗譜》卷一，清光緒五年活字本。按：又見於《瀫西畈洋王氏宗譜》卷一，清宣統三年刻本。復見於《鳳林王氏一原宗譜》卷一，民國十四年活字本，末署時「甲辰」，而非「庚戌」）

金蘭王氏肇基序

王氏著姓，始自成周，沿及唐晋，支分靡一。家胙寖昌，或以膴仕顯，或以理學聞，或以積善累行稱，更僕未易數也。然考其世籍，原於會稽，遷於鳳林，洎三府君卜築於金華郡城，十傳而都於蘭，則修之公百四二處士所覽勝而肇基者也。

公爲人沖夷恬澹，好行其德，見伯父相國元勳，勢位煇赫，喟然嘆曰：「人爵之榮，孰與天爵之尊。居其丘壑自適，以貽厥孫謀哉！」於是遨游選勝，歷覽山川，至居純孝鄉，睹厥地畈洋者，峰環流繞，發龍柱竿山，秀氣盤帶，鬱爲奧區，遂自郡城徙居焉。雖歲時伏臘，共祠於金郡，而畈洋有王氏，實公爲托始矣。夫遷都，重事也，修之何樂於跋踄哉？毋亦謂地靈人傑，稽古有徵，而創業垂統，爲子孫計久長耳！

吾蘭雅富才賢，而公之先，尤多偉士，若莊敏、焕章、文定諸公，其選也。公之遷徙於兹，其所以冀後人者，寧復有過是者乎？將來雲仍克家，徘徊於居丘，萃聚於宗堂，思繩祖武而拓先業，宜必有瑰奇名世之輩，珪璋特達之才，與地競靈可也。《詩》曰：「無忝爾祖，聿修厥德。」於王氏之後，其以夫！公之從弟魯齋先生，道學儒宗也，余從游其門，因漫次數言，俾録爲序。

時咸淳庚午孟春之吉，後學仁山金履祥書。

（《鳳林王氏大宗譜》卷一，清光緒二十四年活字本。又見於《王氏一原宗譜》卷一，清宣統三年刻本。此篇與上篇文字多異，並録之）

徐氏分派序

吾邑徐氏，多偃王之裔，而支派分别，各有不同。然自源及流，猶有可考者焉。昔周穆王時，偃王避戰，自泗州來越，隱跡於姑蔑之簿里山，即今龍游縣之靈山也。其後子孫分列各郡，若東海、高平、東莞、瑯邪、東陽、平原、吴郡、武陵、北海、姑蔑，以上十支，皆偃王之裔也。

梁天監七年，御史中丞王僧孺奉敕入臺，顯目云：東海徐者，承章禹之後；高平徐者，承漢大司農範公之後；東莞徐者，承費公之後；瑯邪徐者，承漢西河太守翊公之後；吴郡、東陽、太末徐者，承元伯、元泊之後，元伯、元泊兄弟避王莽之難，過江居吴郡，子孫分居三處；平原徐者，承漢侍中葉公之後；武陵徐者，承登公之後；北海徐者，承幹公之後，爲侍中，失國土，因居北海，與徐陽、徐防並隱南山，與四皓爲侣，《南史》所載如此。

今按：元伯、元泊，當漢成帝時，由長安遷於東陽郡，厥後兄弟二人分爲二派。自元伯至宋時概公爲四十代，始遷於蘭谿太平鄉，實古塘徐氏之始祖也。越七世，待制良能公生五子，長子諫議大夫宏，繼主簿良弼爲嗣，次子宣議郎宇，生子曰思祖。思祖生二子，曰師幹，曰機宜。機宜乃遷於今之鳳山道，仍號其里爲古塘者是也。其嗣世元，以似續日繁，源流易混，爰取族譜纂修之。溯其先則爲一本，析其後則有分枝，自偃王至今，殆歷八十七世矣，而世系相承，秩然不紊。予嘉其得敬祖之深心，且可爲後世子孫所取法也，故據其分派之説，而序以遺之。

宋淳祐二年十月之吉，仁山金履祥撰。

（《古塘徐氏宗譜》卷一，民國三十五年排印本。又見咸豐十年活字本）

富春孫氏譜序

横渠先生《西銘》曰：「乾稱父，坤稱母。」「民吾同胞，物吾與也。」是天地萬物，皆於吾有一體相關之誼，况祖宗以來一脈相傳者乎？

夫開基之祖，僅一人耳。傳世愈久，人數愈多，而人心亦愈涣，各親其親，各子其子，爲爾爲我，畛域分焉。苟在五服之外者，慶不賀，凶不吊，猝然相遇，視之吾途人，而不知由祖宗視之，則均是子孫，又何親疏之有？祖宗之意無親疏，則族中之老者，吾安得不敬？幼者，吾安得不慈？疾苦顛連而無告者，吾安得不思賑救之乎？

予觀孫氏之譜，其遠系斷自鐘公，近系斷自鏢公。爲子孫者，以鏢公之心爲心，則凡出自鏢公者，當思所以厚之矣。以鐘公之心爲心，則凡出自鐘公者，當思所以厚之矣。愈推愈廣，天地萬物，皆吾度内矣。

古聖人祖天下猶一家，中國猶一人，原無待於推也。未至於聖人，不能無私意之隔，非勉强以推之，不可親其親以及人之親，子其子以及人之子。歷兹以往，百念皆然，所以睦族者在此，所以尊祖者在此，由鄉人而可至於聖人之道者亦在此。予不敏，略道其所聞，質之高明，以爲何如？

時大元大德三年季春月吉旦，同邑金氏履祥拜撰。

（《樂安孫氏宗譜》卷一，民國二十二年活字本。按宋亡後，金履祥義不仕元，著文止書甲子，所謂「大元大德三年」云云，係他人所改）

清塘何氏歷代淵源系圖序

上古有公孫氏爲姓者，實爲少典之孫，有熊國君之子。居軒轅丘，用土德，故名軒轅，稱黄帝。是生昌意既元囂。昌意生顓頊，元囂生蟜極。帝嚳，蟜極之子，黄帝之曾孫，嗣顓頊位。娶有邰氏姜源爲元妃，當孕出祀郊禖，見巨人跡，欣然履之，身動，居期而生子，不以祥，既棄，而牛羊腓字，鳥覆翼焉，異名之，曰棄。及長，用播穀封斄，號后稷，别姓姬氏。后稷殁，至不窋，夏太康政衰，失官奔戎狄。鞠子公劉，復修稷業，百姓多歸之。公劉子慶節，國於豳。

卒，子皇僕立。卒，子差弗立。差弗傳毀隃、公非、高圉、亞圉，至公叔祖類。公叔祖類生古公亶父，季歷之父也。季歷子昌爲西伯，傳子發，是爲周武王。成王之弟叔虞，成王戲桐葉而封爲唐。燮父唐叔，改名曰晋。至成侯之孫靖侯宜臼，曾孫僖侯司徒，而穆侯少子成師封曲沃，莊伯之子稱滅晋有其地，賂周命爲列侯，號武公，而厥乃武公三世孫，號韓獻子。傳五世爲康子，與趙、魏共分智伯地，子武子，武子子虔爲諸侯。傳六世孫，宣惠王，聽蘇秦之説，始稱王。宣惠王歿，襄王立。釐王在位二十三年。釐王之孫安王，桓王之子也，在位九年，爲秦所滅。遺子諱允，始改韓爲何。然則姓雖别，仍韓之流裔也。

夫古今姓氏，多出於黄帝、堯、舜、夏、商、文、武，而堯、舜、三代又皆黄帝之裔孫，外之而有柏皇、金天、葛天、炎帝之屬爲姓氏者，蓋稀矣。顧清塘何氏，實允公之裔。自允公九世孫嘉公爲揚州長史，居廬江，十六世孫滕公遷牧亭，十九世杰公隱湖之安吉，即古苕水。霅川者，苕水之下也。於是遷湛塘，則三十三世勳明公也；遷婺城，則三十七世淳伯公也。若烏傷之上何街，則始於四十二世順進公；而蘭陰之清塘，則始於四十九世德公也。血脈貫通，源流可據，欲知祖系，不亦彰彰甚顯哉！

仁山金履祥拜撰。

（《清塘何氏宗譜》卷一，民國三十年活字本。按：萬曆刻本《仁山文集》有《代張起岩和清塘詩》，《清塘何氏宗譜》卷一亦收此詩，可相印證）

金氏宗譜序

譜牒非古也，殆始於秦漢乎！三代以上，諸侯世國，大夫世家，生有宗，死有廟，昭穆相次，子姓相聚，其勢自相連屬而不絶也。秦漢以下，宗法既壞，譜牒興焉，官有簿狀，家有譜系。官之選舉由簿狀，家之婚姻由譜系，使尊有常貴，賤有等威。故人尚譜系之學，家藏譜系之書，雖無廟無宗，而祖宗族屬，尋源反本，枝分派别，咸有統緒，而累世不亡焉。及唐末之五季，取士不問家世，婚姻不問閥閲，故其書散佚，而其學不傳。由賤而貴者恥言其先，由貧而富者不録其祖。嗚呼！譜法至是大廢矣。

宋興百餘年間，譜學猶未盡講，講之猶未盡詳。至歐陽公、蘇老泉，以傑出大儒，創爲譜圖，例大小宗法，而譜學於是始大明，後有作者，亦莫能出其藩籬也。近世以來，名宗右族鮮或存譜，而豪富鉅室亦假地望以自侈，乃遠引異代聞人達官而牽附焉，往往爲識者所嗤詆。

吾家先世原氏劉，爲漢裔，世居義烏，歷晉隋間，屢經兵燼，莫之有稽。特據所載，始自唐學録公禄，沿唐末季，劉避錢王諱，改金氏。迨宋有天賜者，析居蘭谿。故吾譜斷自禄爲第一世，不敢妄援，歐陽公所謂「斷自可見之世」者也。自第一世至第五世止，自第五世至第九世止，以五爲别，百世相仍，歐陽公所謂「凡世再别，而九族之親親見」者也。高祖而下，子孫曾玄相屬而繫，兄弟之子相比，而歐陽公所謂「推而上下之，則見源流之所自；旁行而列，則見子孫之多寡」也。自吾之父書諱字，失諱字者書行第，推而至於父之父，以及高祖，皆當書諱。今失其諱而書行者，豈得已耶？不得已而書行，蘇子所謂「尊吾之所自出也」。凡子得書而孫不得書，蘇子所謂著其代也。此吾譜之本於歐、蘇者如此。

然歐、蘇氏不書娶，吾譜書娶，重其配也。歐陽氏無後者書無子，蘇氏書無嗣，吾譜書不傳，諱世絶也。蘇氏伯叔不書諱，吾譜書諱，推吾父之同出也。歐、蘇氏以遠近親疏爲詳略，吾譜不然，所知見者皆爲詳焉，其不詳者不能知、不能見者也。意若曰：凡今子孫，皆吾陳祖之所出也。自吾至陳，十一世耳，世澤未甚遠也，子孫未甚散也。吾幼時見吾伯叔尊長，或遇歲時晏飲，宗族老少咸聚焉，婚姻死葬咸助焉，患難疾病咸奔走相救援焉，富者賢者不自嫌，今無是也，人情可知矣。故吾之譜爲宗族作也。凡在吾譜者，均吾族也，可得而詳略之哉？吾欲使世世子孫連絡相屬，統宗會元，具見水木本源之義，千百年如一日，千百人如一身，雖其勢不能無親疏遠近之分，要其情終不致相視如途人也。相視如途人者，非吾族也。

矧譜非賢者不能爲，今宗族之間賢者有幾？以吾兄弟讀書，頗知一二，尚回圖却慮，冀成此譜，且復未能，而成之猶或未備，況其他乎？若獨詳其本支而他支略焉，則爲譜者已秦越矣。後世子孫，日遠日疏，欲其尋源問委，不至相視如途人，可得乎？故圖之惟均，解之惟吾，自後子孫續是譜者，愈詳則愈備，愈備則愈親，愈親則仁孝之心斯溥矣。

或曰：親親有殺。予曰：世俗非古矣，兄弟鬩墻，父子德色，況宗族乎？我不患宗族等殺之不明，而患過爲分别，遂至骨肉爾我，日漸疏絶，而路人之不若也。故譜不欲明著其等殺，而等殺存乎其間，使觀者自考也。於乎！以厚視俗，且不能不爲之涣散，況以薄視耶？此作譜之大意也，尚鑑之哉！

裔孫履祥撰。

（義烏《塘西金氏宗譜》卷首，民國間活字本）

題跋

葉氏譜跋

家譜之設，其有關於名教也大矣。世之人以非急務，而不經意者甚多，因循之間，遂至於世系不明，尊卑無序，而人道廢，有識者得不以是關心焉？吾邑葉氏，世有聞人，宗族甚衆，上而得承議公必大修舉於前，下而得會之先生表章於後，使千百世而不泯者，水木本源之義，其誰之功乎？

仁山居士金履祥書。

（《瀫東葉氏宗譜》卷首，民國二十四年活字本）

章氏家乘跋

家之有譜，猶國之有史也。史以紀存亡，而譜則系昭穆。昭穆能明，則宗支焉得而紊哉？章氏譜像，歷數百年，守而弗失，祖功宗德，開卷一覽，上以見其源流，下以見其嗣續，非善繼善述者而能之乎？書此以爲萬世勉。

仁山金履祥跋。

（《章氏宗譜》卷首，民國間活字本）

帶巖楊氏宗譜凡例

一、家之有譜，猶國之有史，故譜法亦多倣史爲例。史有世統，譜有宗系；史有年表，譜亦有代圖；史有列傳，譜亦有譜傳；至於世德、内行諸篇，倣史之有傳、贊也；叢載狀贊贈軸及家藏詩賦詞章，倣史之有藝文也。又，祠以奉先世之神靈，墓以藏先人之遺魄，居以識先世之創守，田産以供祀役之需，皆子孫所當世世修奉而勿替者，故特爲祠墓宅址圖篇，祀役田産囑約。而入仕源流，則足以光昭載籍，而稽古右文，啓後人無窮之思，敢不入焉！

一、宗法大宗百世，小宗五世。譜圖之制，大率類此。必五世爲例者，取五服之義也。五世再提至九世而止者，取九族之義也，而小宗之統明矣。自此九世，再提至數十世，皆同此義。推而上之，文總於一，大宗之統不既昭乎？書法記名、記行、記爵及記子幾，略見相承之義，以便覽也，他不必贅。

一、譜傳所以序昭穆，明長幼也，故以兄弟甲乙爲次第。其序事首書名，次書字，次書行，書某人子，又次書生卒年月日時，繼書配并生卒，末書子幾及名，又合葬某地，凡考者悉書之。

一、居官善政，居鄉善行，積業昭著，不可湮没，作景行以示勸也。今續是編，或蓋棺論定，或年高德昭者，例得備書。至於年雖未艾，而輿論翕從，亦例書之，以與其進。至遺文之内，死載誌銘，生載贈言，亦此意也。

一、内氏之行，不出閫閾，雖百長無多也。然茹荼苦節，丹誠燭天，真心動地，雖萬夫之特，何以加焉？作内行篇，用爲閫式。若夫死再醮，於義已絶，譜不書姓，以示貶焉。至於孝厥舅姑，終身無負，亦并書之，旌特行也。中間女子出適，節孝可加，不污家範者，亦著於篇，以彰德焉。

一、無嗣立繼，於所生之下，書子某出繼某，又於所後之下，書某子某繼立爲後，庶所生之恩，所後之義，並行不悖。若以異姓攙入，及招贅亂宗者，直削不書。其不曾立繼者，則於其下書不世。

一、無嗣者，子姓雖滅，上世猶存圖傳，仍詳備之，不因其後而削其先也。

一、生子命名，或顧名思義，或同輩相因。若取牲畜賤隸，實污譜牒，因而改之。至於祖父已名，子孫避之，至字亦然，禮也。故作譜之日，悉皆改正，勿得仍前，以取謬戾。

一、譜以彰善，亦以隱惡，待宗族以君子、長者、道者。舊有因父而削其子，因婦而削其夫，不免過爲操切，以滅人後，理或不然。令其人能自新，後能克業，仍舊書之，所以廣遷善之門也。

一、嫁女娶婦，必門閥相當，則備書適某地某姓某人，與娶某地某姓某人之女。其家父祖顯者，書以異之。非親父祖，不必泛書。稍有不稱，但書其姓而略其地，其地甚微，并姓略之，欲宗人慎擇，光譜牒也。

一、嫡母之子書正也。或嫡母無子，而庶母有之，則書側室某氏子某，以重嫡也。或正、續二母亦各有子，當書某正母出，某繼母出，使後所自不忘本也。

一、立字毋編行，所以統同而辨異也。子姓名宜遵照依次編排名，以所生年月日時爲次。如有攙越後先，混亂異同，凖不孝論。

一、每歲正旦，宗祠聚拜畢，各具手帖，開當房族有生卒年月、葬地及姻娶之詳，進掌譜處類收。俟五年，或十年，攢入正譜。再刊若遺漏不報，或類收不謹，致誤事者罰。

仁山金氏書。

（《源流楊氏宗譜》卷一，民國十年活字本）

存疑

張仲友先生畫像贊 諱子中，行念九

幼而穎敏，壯而幹蠱。克儉與勤，倣朱公之懋賈。藏知於謙，效老子之若魯。慶以善貽，家以富膴。爲承前之肖子，爲啓後之賢父。

汝昌謹按：丹邨師嘗疑念九府君繼拾六府君而起，堂構方新，非幹蠱者，而稱陶朱公爲朱公，改若愚爲若魯，仁山斷不至此。且此贊《仁山集》不載，疑爲竊名之作，謹附識於此。

（張作楫編《蓮塘張氏增訂遺芳集》卷五，清末活字本。又見於《龍山張氏宗譜》卷十九《藝文下》，清同治五年活字本，無張汝昌按語。張作楠字讓之，號丹邨，金華人）

宋省元瑞玖祖像贊

經濟之才，宏博之學。識見之高，制行之確。誠一代之偉人，乃萬夫之先覺。後學金履祥題。

（《登滕徐氏宗譜》卷一，民國十七年刻本。按民國間活字本《龍門倪氏七修族譜》卷三十九《倪少宇公贊》：「經濟之才，宏博之學。識見之高，制行之確。誠一時之哲人，濬蒙泉而啓鑰。仁山金履祥書。」與此重複四句。民國九年活字本《蓮湖戴氏宗譜》卷一《戴徵士公贊》：「經濟之才，宏博之學。識見之高，制行之確。誠一代之偉人，乃萬夫之先覺。後學金履祥書。」文字悉同。道光二年重修本《源潭俞氏宗譜》卷一《德九府君之儀像贊》：「經濟之才，宏博之學。識見之高，制行之確。誠一代之偉人，乃萬夫之先覺。宋濂題。」則署宋濂撰，其歧互若是）

克寧公贊

孝友日篤，忠敬自持。語言不苟，動息以時。生氣儼若，仰之敬之。

仁山金履祥。

（《雙溪沈氏宗譜》，清光緒二十九年活字本。清末民初活字本《雙牌王氏宗譜》卷二亦有此篇，末署「後學金履祥拜書」）

方氏族譜序

粵稽古昔人物之生，氣化者固無其本，而形化者必有所自。開闢以來，凡草衣木食之流，忽生於海上者，似皆本於形化。吾人自軒轅而下，支裔始蔓延於天下。是軒轅者，吾人之鼻祖也。人雖原於一本，初無姓氏之可據，繼是以往，或以官爲姓，或以地爲姓，始有倉氏、庫氏之分，而紛紛其姓乃立焉。故蒼姬之周，垂有八百餘年之祚，一皆本派后稷，良有以也。

吾蘭邑方氏諱堅者，字實之，乃雲源始祖懋宏公之十一世孫也。慨然有木本水源之念，追思始祖諱紘者，先貫新定籍，歷仕漢朝。至二十七世孫諱宗者，自新定析居於白雲源，唐時爲浙東監察推官，遷節府長史。至三十一世孫諱干者，因舉不第，隱居鑑湖，爲唐詩士，由是子孫愈蕃，人才愈盛，赫赫奕奕，簪纓者弗克枚舉。至四十一世孫諱迅者，擇地隱居，不屑仕進，乃自睦遷於蘭谿之雲源居焉，遂爲雙溪之始祖也。今實之輯族譜，於遠祖也，則但列其世次而不及其詳；於近祖也，則必別其源流而各道其實。蓋略其所可略，而詳其所當詳，誠得譜體者矣。

譜既就緒，乃以序文請予。予以諸名公既已序之矣，復何贅哉？固辭不獲，遂爲文以續之。蓋不没人善，秉彝良心，厥家世裔，代不乏人，得無一言以識之乎？識之以此，亦厥家之實録也，使後之爲子孫者，吾身之所從出，猶木之有本，水之有源也。予故發此，以爲尊祖敬宗者勸。

時至正十九年孟秋七月朔日，仁山金履祥撰。

（《河南方氏宗譜》卷一，民國二十二年活字本、民國三十年活字本、民國十一年木活字本均同。並見於《九龍塘方氏宗譜》，僅一字之别。序末署「元至正十九年歲次戊辰」，然履祥殁於大德七年。且至正十九年爲己亥，非戊辰）

山澤陳氏宗譜序

夫天地間，有人民而後有夫婦，有夫婦而後有父子，有父子而後有子孫。自兹以往，至於九族，支分派别，千緒萬端。或兵戈擾攘而播越，或陵谷變遷而散處，以至吉不慶而喪不吊，及至歲遠年湮，風移俗易，子孫邂逅如途人爾。

東陽陳氏，自胡公滿封於陳，以訖於今，八十九世。至仁寵公，自括蒼遷居山澤，至十世，義居下莊，閔居東山，讓居玳溪，桓居台州。子孫之盛，瓞衍瓜綿，蟬聯青紫，萃於一族，綿綿不替，豈非上世積德之深乎？以今仁寵公遷居爲始祖，一世二世至於萬世而無窮。兹譜之作，使子孫知水之有源，木之有本也。後嗣或力學以顯親，或力耕以興業，揚名後世，可不勉哉！於是乎書。

元大德八年歲次甲辰，仲春之吉，仁山居士金履祥書。

（《務園陳氏宗譜》。又見蘭溪《玉山等地陳氏宗譜》，原題作《舊序》。大德八年，履祥己卒）

瀫西范氏續修家譜序

夫家之有譜，猶國之有史也。史以記存亡，而譜則係昭穆，蓋所以尊吾之尊，親吾之親也。使族無譜，則祖先存殁之日莫之知，葬埋之地莫之認，吾身不知所自出，而尊尊之道乖矣。族屬親疏之名分不明，遠近隆殺之服澤不識，吾親之一體而分者視之如途人，而親親之道廢矣。此族之所以不可無譜也。

况宋范文正公，内剛外和，汎愛樂善，尚忠厚，好施予，「先天下之憂而憂，後天下之樂而樂」，置義田，立義學，教養兼舉，海内之人，莫不敬慕其德。繼以忠宣、恭獻，事業炳炳鱗鱗，具載信史。厥後其嫡孫正路，由蘇遷蘭，嗣蠡而下，科第不絶。其爲族之表表，而不可無譜牒以會集之也明矣。

予爲善慶處士范公宏西席，吾徒相如、重庚捧范氏之譜繪圖列傳以示。余見昭穆世次燦然有倫，長幼卑尊秩然有序，嘉之曰：「孝矣哉！汝二人之爲慮遠也。」族譜既輯，庶幾可以享祀先祖，登拜墳塋，可以叙昭穆，通吊慶，昭揚先德，告戒後人，其於尊尊親親之義，不爲小補也。後之子孫，守而弗替，祖功宗德，開卷一覽，上以見其源流，下以見其嗣續，非善繼善述者能之乎！是爲序。

時大元至元十年冬十月下浣，仁山金履祥拜撰。

（《龍門范氏宗譜》譜前序，清光緒十一年活字本。按：民國庚辰重修《高平何氏宗譜》卷一有此序，署作「楊萬里跋」。據《桐川范氏合修宗譜》，范宏爲范純仁之子，仲淹之孫，生於北宋至和元年。其不合若是。姑録之備考）

附録一　宋仁山金先生年譜

仁山先生年譜序

婺之學，蓋始自五先生云。成公世學，以關洛爲宗，而文定親炙勉齋，得考亭之奥，授之文憲，仁山先生並師二氏，而充拓衍繹，以開白雲之傳。一時閭里學士，彬彬嚮風，婺以此稱小鄒魯云。然余嘗聞之，儒者之學，所以昭揭人文，蹈脩聖軌，而匡世風也。元之變極矣，爲宋臣子，宜皆憤然傷之。而當時章縫之士，非惟莫之傷也，乃俛焉臣之不顧，可謂儒者之道如此乎？先生宋之遺民也，自德祐之難，遂高舉不屈，而《前編》之叙，《亂藁》之題，《箕操》之廣，泫然有餘悲焉。斯其心可與汩汩汶汶者道哉？顧其名獨以著述顯，而敦行明誼之節，猶若有未白者，余是以譜而表之，俾世之學儒學者鑒焉。時嘉靖庚子五月五日，邑後學徐袍撰。

仁山先生年譜

宋理宗紹定五年壬辰，三月丁酉，先生生于蘭谿縣純孝鄉桐山之第。

先生名履祥，字吉父。本劉氏，避錢武肅王嫌名，從文更爲金氏。居三衢桐山峡口，後徙家蘭谿三峰，又徙今桐山下。曾祖天錫。祖世臣。父夢先，是爲桐陽散翁，娶童氏，生四子，先生居其三。將娠，散翁以事留蘭邑，夢家塾壁間畫虎甚文，已而真虎復升屋大吼，覺而自語：「『維熊維羆，男子之祥。』吾殆得男也耶！」歸而先生已生，遂以祥名。長而更名開祥，後從師友，謂開祥非學者名，遂名履祥云。

六年癸巳，先生二歲。

端平元年甲午，先生三歲。

二年乙未，先生四歲。

三年丙申，先生五歲。

嘉熙元年丁酉，先生六歲。

二年戊戌，先生七歲。

三年己亥，先生八歲。出繼從兄章後。

先生幼而敏睿，父兄稍授之書，即能誦記，智若成人，宗黨咸愛異之。從伯父琳因命後其長子章，散翁許之，遂往爲之嗣。

四年庚子，先生九歲。

淳祐元年辛丑，先生十歲。
二年壬寅，先生十一歲。
三年癸卯，先生十二歲。
四年甲辰，先生十三歲。
五年乙巳，先生十四歲。
六年丙午，先生十五歲。
七年丁未，先生十六歲。補郡庠生。
八年戊申，先生十七歲。
九年己酉，先生十八歲。試中待補太學生。

有能文聲，而先生反自悔其所爲之非，且悼其所志之未定，益折節讀書，屏舉子業不事。取《尚書》熟習而詳解之，然解至後卷，即覺前義之淺。時同郡王相字元章者，幼爲童子科，學問詞章，望於庠序，先生取友得之，而元章亦深相器許。

十年庚戌，先生十九歲。欲往見北山先生，不果。

時先生知向濂洛之學，聞北山何文定公基得文公朱子宗旨，欲往從之，而莫爲之介，故不果。

十一年辛亥，先生二十歲。

十二年壬子，先生二十一歲。

寶祐元年癸丑，先生二十二歲。

二年甲寅，先生二十三歲。受業魯齋先生及北山先生之門。

先生謀諸元章，將求書往謁敬巖王公佖。敬巖名監司，能收接後進，時方里居，蓋欲偕之以踐北山之庭。元章曰：「見敬巖姪，不若見魯齋兄。」先生亦曰：「曩嘗獲睹王先生《文粹序》而竊慕之，不知其爲令兄也。」元章即爲書曰：「金吉父與相生同年而月長，蘭谿學者莫或先焉。今欲請教于左右，吾兄求賢弟子久矣，亦必有以處吉父也。」於是獲見魯齋王文憲公柏，而受其業焉。初見，請問爲學之方，文憲曰：「立志。昔先儒胡文定公有云：居敬以持其志，立志以定其本。志立乎事物之表，敬行乎事物之內。」又問讀書之目，曰：「自《四書》始。」已又因魯齋以進於北山之門，既定東嚮之禮，復起言所以仰慕之意，且歷序少小漂流顛冥之故，願有以教之也。北山曰：「會之屢言賢者之賢，便自今日『截斷爲人』。」并以爲學之要示之。會之，文憲字也。自是從游二先生間，講貫益密，造詣益精，而知學非身外物矣。

初作《讀論語管見》。

魯齋先生題曰：「寶祐甲寅立冬日，蘭溪金吉父來訪，以《讀論語管見》一編示余。觀其立説，則曰凡有得于《集注》言意之外者則書，余竊惑焉。夫孟子之所謂自得，欲自然得於深造之餘，而無强探力索之病，非謂脱落先儒之説，必有超然獨立之見也。舉世誤認自得之意，紛紛新奇之論，爲害不小。且《集注》之書，雖曰開示後學爲甚明，其間包涵無窮之味，益翫而益深，求之于言意之内，尚未能得其髣髴，而欲求于言意之外，可乎？此編儘有見處，正宜用力。奉以歸之，不敢有隱。苟能俛焉孳孳，沉潛涵泳于《集注》之内，他日必有驗余之言矣。」

三年乙卯，先生二十四歲。

四年丙辰，先生二十五歲。

五年丁巳，先生二十六歲。仲兄彌高卒。

彌高字與瞻，以是年四月卒，年三十。後五年爲作《行狀》。與季弟麟同請銘于魯齋先生。

六年戊午，先生二十七歲。

開慶元年己未，先生二十八歲。

景定元年庚申，先生二十九歲。

二年辛酉，先生三十歲。寫真自贊。

序曰：「景定辛酉之春，桐陽叔子肖其容而爲之贊。贊之爲言佐也，佐爾弗及，非以自頌也。」詞曰：「幼爾冥行，長爾及更。驟爾壯齡，樂爾純清。爾矯而輕，以重而敦。爾警而慵，以敏而勤。爾謹而獨，以養以存。爾戒爾弱，以毅以弘。肅爾威儀，惟敬之門。視爾踐脩，維德之成。小子識之，毋忝爾所生。」是歲，作《深衣小傳》，王希夷以絶句索和，先生答之云：「深衣大帶非今士，考禮談經盡古書。莫把律詩較聲病，聖賢工夫不此如。」

歸宗，執散翁喪。

先是章已生子，散翁命歸宗。問于魯齋，魯齋曰：「昭穆既不順，而彼復有子，上承父命，歸正宗緒，夫亦何疑耶？」至是散翁疾革，命即歸宗。已而奄至大故，先生還承斬衰之重，以畢葬祭之禮。凡章家幹蠱之事，尤極意彌縫，不使少有闕失。未幾章夫婦先後卒，先生皆爲之服齊衰期以報。

魯齋先生自金華來視壙。

魯齋有挽桐陽散翁詩云：「瀫水之西，巍然一峰。是曰道峰，翔舞而東。林巒蓊蔚，丘壑渾融。雍雍聚落，惟金之宗。五世積累，鍾此散翁。散翁頎頎，生有異質。學敏而博，心廣而實。迺孝迺睦，迺大其識。教子一經，維寬而栗。教人盡己，維久無斁。選舉法壞，取士以文。决于一夫，升沉遂分。良才美德，所甘隱淪。負我求我，負人非人。兩語垂訓，風俗反淳。我之識翁，因翁二子。典刑是親，翼翼亹亹。曾不幾見，翁遽不起。我來哭翁，亦已晚矣。匍匐之義，真可愧死。我既哭翁，亦相佳城。千嶂矗矗，萬壑沄沄。一丘永閟，昭明上征。萬壑沄沄，千嶂矗矗。子子孫孫，載昌載毓。」

三年壬戌，先生三十一歲。

四年癸亥，先生三十二年。

五年甲子，先生三十三歲。自號次農。

其説曰：「宗周班禄之制，自天子而下，凡四等。國自諸侯而下，凡六等。其下惟農。農田百畝，上農夫食九人，上次食八人，中食七人，中次食六人，下食五人，亦凡五等。百畝均也，而若是差，地有肥磽，力有彊弱也。然古者以周尺六尺爲步，步百爲畝，今以官尺五尺爲步，二百四十步爲畝。古者周尺當今浙尺七尺四分，今之浙尺當今官尺一尺一寸三分，絶長補短，則古者百畝當今東田三十三畝有奇也。以今三十三畝有奇之田，一夫耕之，其屋居與其租税之入，古又出之公田，宜其力贍者食九人而無不足，弱者食五人而亦有餘也。予生二千餘載之後，去周室遠矣，學先王之道，將以措諸國家。謂君心可正，公卿士大夫可齊，民風可一，夷狄可屏也，而非有庠以養之，非有卿大夫以興之，群試有司，類非宗周之制。取聖人之經，副字儷語，謂之程文。少自振奮，則有司駭之，以爲非度。予以是數黜，家貧親老，亦甚病焉。知予者以爲有志未遇，責予者以爲未能忘禄仕也。嗟乎！有志未遇者，時也；而未能忘禄仕，亦勢也。使予得百畝之田而耕之，余亦豈能區區然較得失一夫之目哉！昔顔子一簞食，一瓢飲，不改其樂，孔子賢之。彼顔子猶有簞食瓢飲，足以事育，安知千載之下，其空又有甚于顔子者？予也上無可官之禄，下無可植之畝，進無代耕之禄，退無可耕之計也。食人之食則多愧，自食其力則無地，不然，予何求哉？予嘗欲于桐山之下，晏原之間，爲舍八楹，擬古二畝半之宅；求田三十三畝有奇，擬古百畝之田；注下灌高，擬古遂畝。予負笠而荷蓧，耦耕而力耘，朋雞種蔬，上養下教，閒歌《七月》之詩，《公劉》之雅。願天子清源以厚下，公卿大夫士忘私以爲公，使時稣歲豐，穡事不擾，則予也固三代之農也，他何求哉！予力貧而體弱，不能爲上農夫之事，庶幾其次；次不能爲，庶幾其中；中不能爲，爲中次可矣，故命之曰次農。噫！三代之治不可見，百畝之田未易求，安得遂吾之所求耶，復安得見吾之所不可見者耶？」是歲，有《和魯齋涵古齋詩》云：「圓融無際大無餘，萬象森然本不癯。百聖淵源端有在，《六經》芳潤幾曾枯。人於心上知涵處，古在書中非遠圖。會到一原惟太極，包羲元不與今殊。」又云：「陋巷深居世已疏，書齋幽雅更清癯。神徂聖伏人何在，往古今來迹易枯。太極運行長自若，羲皇向上可潛圖。渾涵妙處皆全體，大用周流自不殊。」《書浮屠可立薝蔔齋記後》云：「薝蔔，夷花也，釋氏書有取焉。予少也魯，不能讀釋氏書，以爲縱其有同，吾道自足，况其不同，大儒君子且辭而闢之，比之淫聲美色，不敢觀也。薝蔔之説，予蓋懵焉。佛者『翠竹黄花』之語，我先生夫子亦亟稱之，因物喻理，彼亦各有得也。雪庵可立上人以薝蔔名齋，自爲之記，予舊友何君師文爲跋其後。暇日，何公權昆弟舉以示予，讀之爽然，且要予書其左。可立上人我之自出，逃儒歸釋，使我親黨間俊游爲少，余蓋屢嘆之，故不辭而爲之書。」九日，有與弟麟及何公權昆弟輩登三峰詩。

度宗咸淳元年乙丑，先生三十四歲。如京師，過謁嚴先生祠。

有詩云：「誰云孟氏死，吾道久無傳。我讀子陵書，仁義獨兩言。仁爲本心德，義乃制事權。懷輔存體用，治亂生死關。廼知嚴先生，優到聖賢邊。歸來釣清江，夫豈長往人。漢道終雜霸，文叔徒幾沉。何如對青山，俯仰自油然。我來一瓣香，敬爲先生拈。陟彼崔巍岡，想此仁義心。儼若羊裘翁，縹緲暮雲深。」末二句，一作「如見羊裘翁，此道無古今」。是歲，有次題王立齋静嘉樓詩云：「層樓新扁表新功，个裏功夫自不同。儼若思時居此敬，寂然静處感而通。山窺南北浮嵐小，月轉東西灝氣充。更植樓前佳玉樹，君家槐蔭比車攻。」末二句，先生自注云：「立齋故相家，時門前又新種槐。」後魯齋改云：「有玉韞藏温且栗，他山之石不須攻。」

二年丙寅，先生三十五歲。八月，壽魯齋先生。

時魯齋年七十，先生爲詩壽之，序曰：「華之高，美王子也。于是子王子年七十，而獻是詩。」詩：「金華之高，其色蒼蒼。維華降神，生及何王。維王及何，文公孫子。天子是師，斯文之紀。翼翼王子，教行于東。思樂東周，舞雩之風。東人之子，其來秩秩。是追是琢，是進是服。有車班班，有來自東。子曰予耄，落此新宫。新宫嚴嚴，珮玉翩翩。毋曰予耄，而將閉關。自古在昔，聖賢有作。七十之齡，德烈方恪。于時阿衡，一德之書。于時尚父，猶皤之居。于時宣尼，從心不踰。六籍是正，三千其徒。百里何爲，亦顯其君。武公九十，懿戒維新。屹屹王子，三壽作朋。視彼霸侯，曾何足論。巍巍王子，我人所宗。維北有斗，維岱在東。亹亹王子，毋遏來學。是潔是進，亦審亦度。毋信其言，省其退私。毋晦其明，而左右咨。明明天子，宅此四國。寤寐幽人，旌旄幣帛。北山之陽，其及王子。毋然遁思，孤我帝祉。帝心孔翼，帝民孔棘。盍濬其源，而沛其澤。穆穆王子，毋靳爾猷。以永斯文，邦家之休。吉甫作頌，其詩孔陋。相彼兕觥，以介眉壽。」是歲，有《贈諸友》詩云：「臨别哦詩比贈蘭，聖賢問學貴先難。歸與休用嗟離索，來歲時時到歲寒。」歲寒，魯齋先生書院名也。

三年丁卯，先生三十六歲。壽北山先生。

時北山年八十，先生爲詩壽之，序曰：「北山之高，美咸淳天子也。天子能繼志師賢，而聘何夫子焉。」

「北山之高，表我東底。惟山降神，生何夫子。維何夫子，文公是祖。是師黃父，以振我緒。翼翼夫子，令德在躬。道廣心平，不外此衷。北山之陽，盤溪之將。以處以安，不矯不亢。昔在理宗，維道之崇。既表程朱，亦躋呂張。謂爾夫子，纘程朱之緒。卿士率連，百辟咸譽。咨爾夫子，設教于鄉。即命于家，長此泮宮。夫子曰辭，辭是好爵。玉几導揚，燕翼是托。明明天子，丕承皇考。曰求多聞，曰咨有道。天子曰都，咨爾夫子，爲世宗今按：《年譜》作「守」，據萬曆刊本《仁山文集》改。儒。來游來歌，東觀石渠。夫子曰止今按：《年譜》誤作「山」，據萬曆刊本集改之，臣非素隱。士各有志，亦既耄只。天子曰猷，咨爾夫子，汝予交修。講殿經帷，爾優爾游。夫子曰道，惟帝之蹈。臣何容力，亦聿既耄。天子曰吁，鴻飛冥冥，罔終棄予。稟子宫祠，寓我渠渠。夫子由由，匪詭匪隨。匪傲匪求，云受奚爲。孑孑干旌，侯伯是將。鳳凰于飛，亦集爰止。北山之陽今按：《年譜》原作「北山之陽，北山之陽」，據萬曆刊本集改之，優優夷夷。盤溪之流，可以樂饑。明明天子，肇域彼四海。樂學師賢，有永無怠。巘巘北山，其高極天。障此東南，利欲之瀾。敢拜稽首，天子萬年。充之保四海，好德之端。敢拜夫子，眉壽無愆。今按：《年譜》衍一「毋」字，刪之。金玉爾音，以永斯文。」是歲，《題王立齋矩今按：《年譜》誤作「短」，改之。軒記》詩云：「以矩今按：《年譜》誤作「短」，改之。名軒義已諧，方方尋丈自恢恢。勿侵四壁籓籬隔，不費一天風日來。學者勿欺惟暗室，聖門所樂只靈臺。盍朋但讀立齋記，誰謂顔居日陋哉。」題下自注云：「軒狹且暗。」

四年戊辰，先生三十七歲。是歲有《登嚴州北高峰》及《棲真紀勝》《游小三洞》諸詩。

十一月，八行公入縣祠。

八行諱景文，先生從曾祖也。與同鄉陳天隱、董少舒俱以孝義重于鄉，時稱三孝子。郡守韓元吉名其鄉曰純孝，至是縣官立祠祀之。先生有《奉安祝文》。

十二月乙未，北山先生卒。與魯齋、思誠二先生議服。魯齋謂先生曰：「北山當世巨人，今制門人之服，而非古則無以示四方矣。子其思之！」先生議用白布深衣而純以素，冠用素冠，加絰于內，而以生絹加于外，絰用細麻，帶用細苧。魯齋定議用玄冠端武加白布，謂即古之素委貌也，深衣不用素純，而布帶加葛絰。及先生往問張伯誠，乃不以爲然，曰：「北山之生不爲詭俗之事，死而吾輩之服殊詭于俗，非北山之意也。爲吾黨者，以學問躬行自勉，有以發明北山之學可矣，不必爲是服也。生絹白衫加布帶，而白巾如常，庶可表此，而亦不甚駭于俗。且今爲古服，魯齋服之可也。朋友中有義利不明，進退失節者，見吾輩之服亦服之，則反玷北山矣。」于是魯齋約日成服，伯誠不往。魯齋曰：「其耻與吾人黨乎？」先生曰：「非耻與先生爲黨，耻與履祥一輩朋友爲黨耳。且伯誠丈之説，存之以爲朋友之糾彈可也。」先生有《挽子何子》詩云：「道自朱黄逝，人多名利趨。獨傳真統緒，惟下實工夫。粹德兩朝慕，清風四海孤。斯文端未喪，千載起廉隅。」「昔年夫子在，已處曉霜稀。氣運嗟辰歲，天文動少微。素帷兄並殯，丹旐子同歸。總是堪傷處，瑶琴聲更希。」「每侍圖書右，令人俗慮空。隱憂惟世變，卧病亦春融。聖處一言敬，天然萬里中。音容今永已，哀痛隔幽宫。」

五年己巳，先生三十八歲。二月丁亥，祭北山先生。

其文曰：「嗚呼先生！問學得聖賢之傳授，存殁關世道之隆污。是惟知德者足以知此，而衆人將謂吾言之爲迂。自夫堯舜以至于孔曾思孟，又千五六百之年而後有程朱。前者曰以是傳之，後者曰得其傳焉。不知所傳者何事與？蓋一理散于事物之間，俱真實而非虚。故事事物物，莫不各有恰好之處。所謂萬殊而一本，一本而萬殊。先生蓋灼見乎此，故廣探精擇以求，而篤信恪守以居。著于語默出處之義，而粹于踐履之實，存養之腴。又間指此以示門人也，此其傳授之符乎？然自朱子之夢奠，以及勉齋之既徂。口傳紙授者或浸差其精藴，而好名假真者又務外以多誣。惟先生慕師言以發揮，剔衆説之繁蕪。以爲朱子之言備矣，學之者惟真實之心地，與刻苦之工夫。能此者雖不及吾門可也，又何有于開門而受徒？衆決性命以干進，世滔滔皆利欲之塗。然廣厦細氈之召，先生猶不受也，而况爵禄之區區！蓋聞其教者有以知爲學之非外，而聞其風者足以廉天下之貪愚。此先生之有關於世道也，何一朝而已夫！昔先生之論世，每懇切以嗟吁。雖病老于山林，與斯世其若疏。隱然玉府之有鈞石，巋然隆冬之有後枯。今也先生之終，甚矣吾道之衰矣，竟世道以何如？雖朋從之有傳，奈晨星其益孤」，「抑恰好之妙旨，與真實刻苦之訓謨，言猶在耳，其敢忘諸！惟玩索而不舍，益服行而不渝。尚有以繼先生之志，而讀聖賢之書。」時同祭者五人，張必大、童偕、余澤、童俱及弟麟。祭畢，退游北山智者寺，有詩云：「來往師門十五年，此山曾近未躋攀。于今始至滋懷憾，不見先生却見山。」

十一月，再祭北山先生。

文曰：「嗚呼先生！道德之隆。孰能形容，已有魯翁。昔我侑奠，能言一二。今此祖行，祇言微意。念昔多歧，中師魯翁，指我宗師。甲寅季秋，時始受學。『截斷爲人』，一語夢覺。謂古聖賢，一敬畏心。曾子終身，臨淵履冰。然所敬畏，匪拘匪慴。常以爲重，則罔或越。謂凡事物，用各不同。曷云萬殊，一理所通。蓋凡事物，有恰好處。萬殊一本，維敬之故。謂昔程子，上蔡初來。曰此可望，展拓得開。予亦謂子，於此可進。難乎有常，戒爾所病。出入師門，餘十五年。受教弘多，愧負師言。間關悠悠，緒業未卒。今喪夫子，嗟悔何及！比歲卜居，求義所安。先生曰然，大書仁山。先生既歿，我始成室。揭揭庭顏，依依典則。北山之南，先生所盤。南山之北，先生所寧。伏哭柩前，訣此一奠。哀我斯文，曷以報稱！尋恰好處，存敬畏心。終期展拓，不辱師門。」按：柳文肅公狀云：文定恪守師傳，「參訂訓義，于《易大傳》《本義》《啓蒙》《大學》《中庸章句》《論孟集注》《太極圖》《通書》《西銘》之外，凡文公語録、文集諸書，商確考訂之所及，取其已定之論，精切之語，彙叙而類次之，名爲《發揮》，已與諸書並傳于世矣。若文公、成公所輯周、程、張子之微言曰《近思録》者，宜爲宋之一經，而顧未有爲之解者，亦隨文箋義，爲《近思録發揮》，未詮定而文定殁。先生乃與同門之友汪蒙、俞卓續抄校正，篇次前後，一仍文定之舊，且爲製序，而屬之文定之孫宗玉今按：《年譜》脱一「玉」，據元刻本《柳待制文集》補」。又按：仁山書堂，當爲是年所築。

六年庚午，先生三十九歲。

自弱冠以後，至是歲雜詩文彙爲一集，自題曰《昨非存稿》，共三册。按：先生文稿凡四集，今皆散落，惟吴禮部家藏得先生手筆一册，皆已巳以前所作，即所謂《昨非稿》者是也。其後董東湖遵重加編校，自手筆册之外，增入二十餘篇，共爲三卷云。又按：是稿中有《篆老母扇》云：「奕奕桐陽，穆穆北堂。清風其長，既壽且昌。」則知散翁既殁，而童安人尚在也。其後不知卒于何年，姑識于此，以俟考而補之。

七年辛未，先生四十歲。至京師進奇策，不用。

先生負經濟大略，雖不事進取，亦不忍遽忘斯世。時襄樊之師日急，人皆坐視而不敢救，先生因進牽制擣虛之策，請以重兵由海道直趨燕薊，則襄樊之師將不攻而自解。且備叙海舶所經，凡州郡縣邑，下至巨洋別島，難易遠近，歷歷可據以行，宋終莫能用。及後朱瑄、張清獻海運之利，而所由海道與先生所上書咫尺無異者，然後人服其精確。

按：襄樊之地，自咸淳四年被圍，至九年陷入于元。先生進策，當在此數年之間。許文懿公曰：「先生嘗一舉進士，不利，遂絶意進取，以布衣游諸公間，率以文義相處。當宋季世，睹國勢阽危，慨然欲以奇策匡濟，爲在位所沮，議格弗上。其語秘不傳，然當時計畫之士咸嘆其策不用。」

八年壬申，先生四十一歲。

九年癸酉，先生四十二歲。

十年甲戌，先生四十三歲。七月，魯齋先生卒，治喪如北山之禮。

文憲殁，先生相其家以治其喪，率其門人制服如前議，鄉人始知師弟子之義繫于倫常之重如此。又爲文以祭曰：「文運重明，鼎盛乾淳。集厥大成，越惟考亭。考亭之亡，道散四方。鼇峰之傳，北山之陽。猗歟先生，師資就正。有的其傳，立志居敬」，「攻堅鈎深，高視旁通。即事即物，無理不窮」，「究其分殊，萬變俱融。會諸理一，天然有中。見其全體，靡所不具。度其大用，隨舉而措」，「履祥登門，今二十春。轉迷起弱，弘褊矯輕。進之北山，館我歲寒。施及其徒，鱗次朋升。昔我大故，貧不克葬。先生賙之，復視其壙。引義返正，師訓有嚴。始拘謬愆，卒踐師言。涵養拓充，雖未克稱。環堵餐蔬，罔敢越隕。勉我力學，以大發揮。方期卒業，遠游來歸。時夏請益，至已微疾。爲我坐言，不踰其則。謂喜介寧，竟聞淵冰。哀哉兹今，有問無徵。」魯齋既殁，凡所著書，僅能脱稿，而未及有所正定，先生悉爲讎校以傳。又嘗取魯齋與北山往來問答之詞，集爲《私淑編》云。

帝㬎德祐元年乙亥，先生四十四歲。召爲史館編校，不果用。

先生夙有經世大志，而尤肆力于學，凡天文地形、禮樂刑法、田乘兵謀、陰陽律曆，靡不研究其微，以充極于用。嘗游杭都，諸公貴人争相引重。及進策弗售退歸，至是國勢阽危，乃思其言，而以迪功郎、史館編校召之，則已不及于用矣。

設教釣臺書院。

旁郡嚴陵有釣臺書院，郡守以文憲上蔡故事來聘，先生爲之一出。舉子陵懷仁輔義之説，攄發仁義之藴，學者始知有義理之學焉。自辛未以後至是歲，雜詩文二册，自題曰《仁山新稿》。是歲，魯齋先生得贈承事郎。先生爲焚黄告文曰：「朝廷以外患孔棘，叛降接踵，棄君親而遁者，雖宰執侍從，自負崛强，或不免焉」，「思得先生剛明正大之賢，挽回世道，而不可復。是用追贈京秩，以寓求賢不及之意，使聞風者莫不興起也，節惠異數，次第舉矣。諸公以某逮事先生，俾奉燎黄，致告几筵。先生不亡，其體朝廷所爲表章風厲之意，尚歆受之。謹告。」

二年丙子，五月以後爲端宗景炎元年，先生四十五歲。元兵入臨安，以帝㬎及太后北去。先生遂避居金華山中。

宋將改物，兵燹乘之，所在繹騷。先生之居，猶與盜近，因挈其妻孥，避之金華山中。驚悸稍息，則上下巖壑，追逐雲月，探幽討勝，寄情嘯咏，而是心之泰然者，初不以亂離之瘼嬰拂之也。久之，始歸就寧宇。

端宗景炎二年丁丑，先生四十六歲。

三年戊寅，五月以後爲帝昺祥興元年，先生四十七歲。爲思誠先生賦《洞山十咏》。

十咏者，一高石巘，二朝真洞，三冰壺洞，四雙龍洞，五椒庭，六中洞，七小龍門，八五叠泉，九老梅巘，十中峰。據先生詩序，當在是年以後作，故繫于此。序略曰：「思誠子張君少游金華，攬奇選勝，晚好逾極。丁丑、戊寅之間，避地是山，有桃源之心焉。朝夕游處其中，始盡其美。嘗謂洞山之勝，有十景焉，暇日邀予，相與觀之。」又曰：「思誠子于朱門爲嫡孫行，端平、淳祐，文獻靈光。值亂處約，布衣蔬食，薪水或不繼，人不堪其憂，處之裕如」，「冰雪孤松，端操凛凛。其于此山，表微擇勝，諸所品題，終爲山中故事。不鄙謂予，各課一絶。自維鄙拙，未必能爲此山輕重，而思誠子之命，不容辭也。勉綴左方，思誠子其幸教之！」詩不録。

帝昺祥興二年己卯，先生四十八歲。宋亡，先生遂決志避世。

先生以宋室遺民，耻復屈身異代。自是歲以後，所著文章止書甲子，而不及年號，其自署則曰前聘士云。

作《廣箕子操》。

宋季爲相者曾聘先生館中，先生以奇策干之，不果用而去。宋亡，先生感激舊知，賦詩一章云：「炎方之將，大地之洋，波湯湯兮，翠華重省方。獨立回天天無光，此志未就死矣，死矣死南荒。不作田横，横來者王；不學幼安，歸死其鄉。欲作孔明，無地空翺翔；惟餘箕子，仁賢之意留滄茫。穹壤無窮此恨長，千世萬世聞者徒悲傷。」

元世祖至元十七年庚辰，先生四十九歲。《通鑑前編》成。

先生以司馬氏之作《資治通鑑》，取法《春秋》，繫年著代。秘書丞劉恕作《外紀》以記前事，顧其志不本于經，而信百家之説，是非既謬于聖人，不足傳信。而自帝堯以前，不經夫子之所定，固野而無質。夫子因魯史以作《春秋》，始于隱公之元年，實平王之四十九年也。王朝列國之事，非有玉帛之使，則魯史不得而書，聖人筆削，何由而見？況左氏所記，或闕或誣。凡若此類，皆不得以避經爲辭。乃用邵氏《皇極經世》曆、胡氏《皇王大紀》之例，損益折衷，一以《尚書》爲主，下及《詩》《禮》《春秋》，旁採舊史諸子，表年繫事，復加訓釋，斷自唐堯，以下接于《資治通鑑》，勒爲一書，名曰《通鑑前編》，凡十有八卷，《舉要》三卷。且自題其編，有曰：「荀悦《漢紀》《申鑒》之書，志在獻替，而遭值建安之季。王仲淹續經之作，疾病而聞江都之變，泫然流涕曰：『生民厭亂久矣，天其或者將與堯舜之治，而吾不與焉，則命也。』」先生作書之意，蓋在于此。

先生以古書有注必有疏，朱子于《論語》《孟子》製《集注》，多因門人之問有所更定，其問所不及者，容有未備也，及其于事物名數，或以爲非要而略之，廼皆爲之修補附益，成一家言，名曰《論孟考證》。早歲嘗注《尚書》，章釋注解，既成書矣，一日有悟，盡斥諸説，獨推本父師之意，一句畫段，提其章旨與其義理之微，事爲之概，考正文字之誤，表諸四闌之外，名曰《尚書表注》。按：二書不知成于何年，無從考據，姑附于此。

十八年辛巳，先生五十歲。

十九年壬午，先生五十一歲。

二十年癸未，先生五十二歲。

二十一年甲申，先生五十三歲。

二十二年乙酉，先生五十四歲。

二十三年丙戌，先生五十五歲。

二十四年丁亥，先生五十六歲。

二十五年戊子，先生五十七歲。

二十六年己丑，先生五十八歲。是歲，有《告魯齋先生謚文》。

二十七年庚寅，先生五十九歲。

二十八年辛卯，先生六十歲。自丙子以後至是歲，雜詩文二册，自題曰《仁山亂稿》。

二十九年壬辰，先生六十一歲。子顗卒。

先生娶徐氏，子男三：長穎，次熲，次顗。顗有志于學，早卒。是歲以後雜詩文名《噫稿》，且題其端曰：「自丙子之難，而生前之望觖；自壬辰哭子之感，而身後之望孤。曰亂曰噫，所以志也。」

三十年癸巳，先生六十二歲。

三十一年甲午，先生六十三歲。

成宗元貞元年乙未，先生六十四歲。

二年丙申，先生六十五歲。編次《濂洛風雅》成。

時先生館于唐氏齊芳書院。是編類載濂洛諸公下及何、王二先生詩詞，唐良瑞爲序。按：齊芳書院乃唐良驥德之所築以延先生者。德之有贈先生詩云：「公已蒼頭我黑頭，兩情常得守清幽。紛紛世事浮雲變，汩汩人生逝水流。行止何期南又北，交情又見夏還秋。可堪天意常如此，只合無心任去留。」「命有窮時道不窮，道窮何處更求通。此生未老應須學，萬事由來要適中。物欲盡時心始曠，天真動處氣初融。百般佳趣難形狀，自與常人迥不同。」

大德元年丁酉，先生六十六歲。是歲，有《祭葉養志今按：《年譜》原作「榮」，據萬曆刊本本集改之。祖母文》。

二年戊戌，先生六十七歲。

三年己亥，先生六十八歲。

四年庚子，先生六十九歲。

五年辛丑，先生七十歲。白雲先生許謙自金華來學。

謙聞先生講道蘭江上，委己而學焉。先生曰：「士之爲學，若五味之在和，醯鹽既加，酸鹹頓異。子來見我已三日，而猶夫人也，豈吾之學無以感發于子耶？」謙聞之惕然。時謙年三十有一矣，請不拘常序，就弟子列。

六年壬寅，先生七十一歲。設教金華吕成公祠下，謙從卒業。

先生嘗語謙曰：「吾儒之學，理一而分殊。理不患其不一，所難者分殊耳。」謙由是致辨于分之殊，而要其歸于理之一。又曰：「聖人之道，中而已矣。」謙由是事事求夫中者，而用之數年，盡得其所傳之奥。

《大學指義》成。

先生在金華，以《大學》爲第一義，諸生執經問難，皆爲之毫分縷析，開示藴奥，于是取其要者筆之，名曰《指義》。又出《疏義》一編，曰：「此予少年所成也，詞雖少浮，而大義已著，固可即是而觀朱子之書矣。」二書白雲爲序，門人東平陳克紹鋟梓以傳。

七年癸卯，先生七十二歲。三月壬辰，先生以疾終于正寢。

先生疾革，門人許謙自金華徒步冒雪來省。先生將易簀，謂子頫曰：「《前編》之書，吾用心三十餘年，平生精力盡于此，吾所得之學，亦略見于此矣。吾爲是書，固欲以開後學，殆不可不傳，亦未可泛傳也。吾且殁，宜命許謙編次，録成定本。此子他日或能爲我傳此書乎！」于是授之白雲。

大德十年丙午九月甲申，葬于仁山後壠。

兩峰對立，中有圓墩，地名小鈞。既葬，白雲先生爲挽詩云：「德粹身常潤，時艱志莫舒。治安曾獻策，私淑幸遺書。方寸涵千古，襟懷湛太虛。哲人今已矣，吾道竟何如？」「統緒傳朱子，淵源繼魯翁。誨人沛時雨，對客藹春風。志立修身本，誠存作聖功。遺言猶在耳，一慟閟幽宫。」其後禮部吴先生師道移文學官，謂先生道德無忝于前修，論著有裨于後世，列之祀典，義叶古今。于是學正徐鉉特爲申請，列祀于先賢之祠。禮部有《奉安先生神主詩》云：「我里堂堂有碩師，窮經白首問誰知。諸君宣化文明運，百世流芳道德祠。鄉曲論公身殁後，衣冠色動禮成時。服膺私淑遺編在，豈乏方來秀傑姿。」「仁山山下故書藏，上泝真傳自紫陽。策祕當時桑海變，道行異世日星光。先生永配千年祀，學子濃熏一瓣香。端藉廣文崇教事，相看不恨鬢毛蒼。」至正中，特謚文安。國朝成化中，敕郡建正學祠，與何、王及許並祀。正德中，郡守于邑城天福山建仁山書院，歲春秋祀弗替。

附録門人叙述

許文懿公謙曰：「先生仁山于書無所不讀，而融會於《四書》，貫穿于《六經》，窮理盡性，誨人不倦，治身接物，無一毫歉，可謂一世通儒。」又曰：「先生神勁而清，氣候明潔。平居獨處，終日儼然，至與物接，則盎然和懌。閨門之内，相敬如賓。生平篤于分義，有故人子坐事，母子俱繫于官，其後分配爲隸，子母不相知死生者垂十年，先生傾貲營搆，卒贖以完。其子後貴，先生終不自言，相見勞問辛苦而已。方從王先生時，與同舍生夜步庭中，指謂之曰某星入某次，某分野當有某變，已而果然。鄆人李某者，嘗侍坐于先生，言次及其鄉，先生因歷歷爲言其山川、風土、物産之宜，如指諸掌，某大驚服。先生之于學，其精博類如此。」

柳文肅公貫曰：「先生之學，以其絶稟，濟之精識，得于義理之涵濡，而成于踐履之充闡。研窮經義，以究窺聖賢心術之微；歷考傳注，以服襲儒先識鑒之確。無一理不致體驗，參伍錯綜，所以約其變；無一書不加點勘，鉛黄朱墨，所以發其凡。平其心，易其氣，而不爲淺恒之求深；鉤其玄，探其賾，而不爲臆決之無證。自其壯歲，韜英蓄鋭，致其人十己百之功，固已深造自得乎優游厭飫之域。迨夫晚暮，意篤見凝，心和體舒，所發皆睟盎，所趨皆寬平，於一動作語默之間，自然丕冒太和之内，而無回護揜覆之弊。學之成己，蓋若此也」，「四方學者，承風依正，肅襟造請。方群疑塞胸，轇轕糾纏，莫能自解，而親其軌範，領其誨言，固吝消亡，隱僻軒露。如人疾疢，察製脉劑，適其浮沉滑濇之候，而中夫攻慰補瀉之宜，動悟乎格，不俟終日。其或一時扞格而不入，則寬以養之，徐而制之，浸灌磨礱，未嘗無益而錯施之也。」又曰：「文定何公早嘗師事黄公勉齋，與聞真實刻苦之訓，而文憲王公則又得之何公者也。何、王二氏生同里，同志于道，同時易名，有司以謂何公之清介純實似尹和靖，王公之高明剛正似謝上蔡，時稱知言。而先生則自其盛年，親承二氏之教，以充之於己者也。盤溪之步趨，歲寒之講切，立志持志之訓謨，嚅嚌道腴，而游泳聖涯，其所資者深，所造者遠矣。雖進不爲諸葛孔明之起赴事會，而崔州平、徐元直之知爲偉人者不失也；退猶得爲陶元亮之任運歸盡，而其所願爲魯仲連、張子房者，尚皦然而不誣也。簞瓢樂道，著書忘老，英華之敷遺，芳澤之流滋，豈不足以表儒行之卓，繫師資之重哉！一世之短，千世之長，以此較彼，孰得孰失，必有能辨之者矣！」